王晓晖 著

中国故事
的另一种讲述

Telling China's Stories in
Another Way

生活·讀書·新知 三联书店

Copyright © 2024 by SDX Joint Publishing Company.
All Rights Reserved.

本作品版权由生活・读书・新知三联书店所有。
未经许可，不得翻印。

图书在版编目（CIP）数据

中国故事的另一种讲述／王晓晖著. —北京：生活・
读书・新知三联书店，2024.3
ISBN 978-7-108-07764-6

Ⅰ.①中⋯　Ⅱ.①王⋯　Ⅲ.①新闻报道-作品集-
中国-当代　Ⅳ.① I253

中国国家版本馆 CIP 数据核字（2023）第 241449 号

责任编辑	胡群英
装帧设计	蔡立国
责任校对	张　睿
责任印制	宋　家
出版发行	生活・讀書・新知 三联书店
	（北京市东城区美术馆东街22号 100010）
网　　址	www.sdxjpc.com
经　　销	新华书店
印　　刷	河北松源印刷有限公司
版　　次	2024年3月北京第1版
	2024年3月北京第1次印刷
开　　本	635毫米×965毫米　1/16　印张18
字　　数	242千字　图12幅
定　　价	69.00元

（印装查询：01064002715；邮购查询：01084010542）

江南兩岸春柳綠碧烟歛盡
春江如十里蒲葉射馋香
千尺桃花春水足
溪翁鎮日临傳梁笙尋長竿
不為魚七年抄色不飞皮处为不
足儲光羲

父徵明詩
己亥曉晞

誕齊彭殤為妄作後
之視今亦由今視昔悲夫
故列敘時人錄其所述
雖世殊事異所以興懷
其致一也後之攬者亦將
有感於斯文 辛丑春日
鳴暉

天下皆知美之為美
斯惡已皆知善之為
善斯不善已故有無
之相生難易之相成
長短之相形高下之
相傾音聲之相和前

安知帝上載無臭萬物流隨感應德靈不

馬如響恭雜遝景福崧藐繁雲龍官鳳日色烏不輟筆停上善降

當陽張中卅去年臘
月寄山預來苗荊南
久之四月余乃到沙頭
耶視之萠芽森然有
盈尺者意皆可棄小
兒輩請試煮食之

目 录

第一辑

中国最高国家权力机关的红椅子　3
"橡皮图章"变硬了　8
共和国第四任委员长彭真记事　11
张洁清：在伟人身后　26
万里退休不发愁　30
猛士剑胆王汉斌　33
中国外交部发言人李肇星印象　39
中国立法神话
　　——《中外合资经营企业法》的诞生及两次修改　43
中国行政官员临"海"彷徨　49
"中国脑库"与中南海　51
官商心仪黑帽子　57
"回归是一个大 Party"
　　——澳门孩子心中的回归　66

第二辑

神气十足于光远　71

吴敬琏：谔谔中南海　　74

思想如大河，理论像新诗
　　——中国社会科学院副院长刘吉访谈录　　78

厉以宁的多面人生　　85

小涓非细流
　　——中国社会科学院研究员、博士生导师江小涓印象　　93

网络奇人姜奇平　　100

王蒙忆冰心　　111

绀弩九十岁　　113

张贤亮的《青春期》　　116

小苗和大树的对话　　127

斯好如斯　　134

宗璞：风庐静写文人心　　137

《丰乳肥臀》和莫言　　142

第三辑

山西的心思　　153

遭遇香港文化　　161

中国人在塞纳河边　　167

全球化，谁的盛筵？　　178

中国文人被冷落了？　　191

一九九六，中国文学年？　　194

文学的花絮飘落下来　　202

中国作协年轻了
　　——中国作协书记处四位新人印象记　　205

北京文坛叹林希　　209

南开二人转　　211

带心的采访　216

第四辑

《三十年中国梦　六十年中国风》代后记　223
《中国式震撼》代后记　231
中新社探索中国特色话语和叙事体系构建的历史脉络和实践价值　233
用"中国共产党的'十万个为什么'"撬动世界对第一大政党的好奇心
　　——中新社不断探索讲好中国共产党故事新路径　256
新全球化时代的中新社与中新风格
　　——中新风格在对外话语体系构建中的独特价值　264

第一辑

是以萬物〔物也〕不尊道而貴德〔我也〕道之尊〔忘我〕德之

中国最高国家权力机关的红椅子

北京人民大会堂二楼的全国人大常委会议事厅有四百张红椅子。它们从1988年以来默默承载了一段中国民主演进的历史。

七届全国人大常委会委员长万里和另外十几位副委员长每两月一次落座在大厅东侧的一排红椅子上，身后高悬着一枚巨大的国徽，面前是一张凹形条桌和一片青枝绿叶。

委员长席面对的是一百三十五张红椅子组成的委员席。这块红色方阵中有卸任部长，知名科学家、理论家、教育家，有功成名就的艺术大师，领一时风骚的经济领域开拓者，还有民主党派组成人员。四年来，他们在这里制定法律，通过人事任免案，决定重大人事问题，监督政府的工作和法律的实施。据不完全统计，仅七届全国人大常委会期间，中国就制定法律四十二部。

万里委员长一直强调，要用法律来巩固改革成果，所以，每部法律的出台都必须积极而审慎。一般一部法律自提请常委会审议到颁布出台最快需经两次常委会审议。这中间，中国立法机关的工作者们有时间与各省、自治区、直辖市和中央各部委官员以及法律专家进行多次的座谈。

牵涉问题比较复杂的法律则需要更多的时间。据说，《工业企业法》起草就用了六七年的时间，提请常委会审议后，又经调查、修改，时有一年多。

作为全国人大法律委员会副主任委员，宋汝棼在研究、修改法律时严守他的十六字方针：寻经查典、寻师访友、上山下乡、切磋琢磨。

至于寻经查典，可并非只是寻查中国之经典，还要寻外国之经，查外国之典。十年来，中国每制定一部法律，几乎都要参考借鉴大量国外法律。

1989年6月，一百多位委员在红椅子上落座预备审议《集会游行示威法（草案）》时，供委员参考的资料中就有大量外国法律资料。其中有美、法、西德、英、日对申请游行、示威的行政管理办法，苏联、匈牙利、波兰对管理机关权限的规定，以及对违犯规定者的处罚条款，等等。

这部为中外各方人士关注的重要法律案在经过十几次座谈和反复修改以后，又被公之于众，交由全民讨论。

待它第三次回到全国人大常委会议事厅时，国务院起草的草案总则"为维护公共秩序和社会安定……制定本法"，已被修改为"为保障公民依法行使集会、游行、示威的权利，制定本法"。

现在，红椅子上解决不了的问题交由全民讨论的方式已为越来越多的人接受。中国最高国家权力机关的组成人员恪守这样一个原则，即制定法律要从最大多数人的最大利益出发。全民讨论既提高了开放程度，又发扬了民主，集中了民众的智慧，何乐而不为呢？

随着中国社会整体的开放与民主的推进，发生在全国人大常委会议事厅里这四百张红椅子上的争论也日渐多起来。

身为数届全国人大常委会委员的袁雪芬难忘1988年夏天的那一幕。那天，委员们是带着对物价工资改革的忡忡忧心走进议事大厅的。当时，中国改革正面临一个紧急的关头，但委员长会议提出的议程却未包括群众最关心的物价问题。

于是，委员们相继发表不同意见，关于议程问题的辩论持续了一个上午，直至下午委员长会议之后，彭冲副委员长宣布，常委会将加入一项议程——请副总理姚依林来作物价工资改革方案的汇报。

现在，政府高级官员向常委会作工作汇报，已成为常委会监督政府工作的基本形式之一。议事厅委员长席南侧的两张红椅子向人们提供了一份真实的记录。

在常委会办公厅供职多年的夏先生称,中国的四任总理都曾列席全国人大常委会会议,姚依林副总理、田纪云副总理、国务院副总理兼计委主任邹家华、国务委员兼财政部部长王丙乾、国务委员兼外长钱其琛都不止一次就重大问题向委员们作汇报。

一份不完全的统计表明,七届全国人大常委会二十五次会议共听取政府高级官员就有关重大热点问题的汇报三十多次。

据说,1989年8月,委员们在听取清理整顿公司情况的汇报以后提出了许多十分尖锐的批评。国务院随即召开常务会议,拟定了进一步清整公司的措施。据此,国务院特别成立了领导小组,并决定首先清理国务院及其部门所属的公司。

监督,这个敏感工作到底能在中国的政体运转中深入到哪一个层次呢?万里委员长上任伊始,要求他的同事们掌握两个尺度:首先,权力机关与政府部门根本目标是一致的,监督是为了保证政府、法院、检察院有效地执行宪法和法律,是对它们的支持和促进。其次,全国人大常委会行使监督权,必须依法办事。

现在,全国人大常委会监督工作的一个重点,是对国民经济和社会发展计划、国家预算执行情况的监督。国务院在执行计划和预算过程中所作出的部分调整方案,也必须报常委会批准。凡属直接控告最高国家权力机关决定和任命的国家工作人员违宪违法情节严重的,由常委会责令有关部门查清事实,进行处理。

据知,每年,有十万多件人民来信从四面八方飞抵全国人大常委会,在人们心目中,最高国家权力机关的形象日渐清晰。每两月一次,全国人大常委会议事厅悬灯初放,关心中国政治的民众便把目光投射到那四百张红椅子上来,他们惊喜地注意到了万里委员长月前的那一番慷慨陈词。他呼吁近四百万各级人大代表理直气壮进行监督。

这份关于监督的讲话被中国各大报章全文登载,其中"任何人没有超越宪法和法律的特权"一段话，更是在中国政治生活中"一石激起千层浪"。

其实，一系列有关法律对国家权力机关的监督手段已有明确规定：询问、质询、特定问题调查、罢免和撤职……常委会的工作报告记录了委员们另一个信念，即把全国人大常委会的活动置于人民的监督之下，让最高国家权力机关的决策过程处于一种更开放更透明的状态下。

说到开放，就不能不提到全国人大常委会议事厅西南部的二十四张红椅子，它们有幸在1988年6月迎接了中国最高国家权力机关会议的第一批旁听者。几年过去，现已有近二百位工青妇组织人士在旁听席上亲历重大问题决策和重要法律出台的过程。

共青团中央的孙先生曾为此感到很激动。但几次常委会开过以后，他的荣誉感转化为一种责任感。目前，旁听者反映意见、提出建议的渠道正在探索过程中。坐在旁听者前面的列席人员虽然不能按动桌子上的电子表决器，但他们可以在常委会的各种场合发表自己的观点。

在上月召开的七届全国人大常委会第二十四次会议上，山东省人大常委会主任李振曾作洋洋洒洒几千字的发言，对他的关于《工业企业法》执行情况的发言，万里委员长赞许有加。与李振一起列席会议的有各省、自治区、直辖市人大常委会的负责人士，另外还有一些全国人大专门委员会的委员和人大代表。

政府官员和最高人民法院、最高人民检察院负责人列席的红椅子是摆在主席台委员长席两侧的。最高人民法院院长任建新、最高人民检察院检察长刘复之每次常委会必到会谛听，最近的一次常委会会议上就有王丙乾、钱其琛、李贵鲜三位国务委员列席。

如果说，列席的红椅子每次都座无虚席，那么，大厅后部的几排工作人员席则经常虚位以待。即使一周前准备工作已经开始，但约一周时间的会议召开过程中仍有大量的工作。委员们的每一次发言都由工作人员记录下来，在半天时间内印刷成简报。委员们通过工作人员夜以继日的工作可以了解到最全面的情况和背景。

所以，工作人员席的红椅子被冷落也就在情理之中了。不过，常有人越位蹼先，因为越来越多的记者被允许采访常委会，原设的几排记者席日渐拥挤，于是，工作人员席就被记者们"合理利用"了。

在几年前的一次常委会会议上，记者们被告知，要全面反映委员们的审议意见，赞成意见和反对意见都要涉及。所以，当记者们再回到全国人大常委会议事大厅里来的时候，他们的笔变得更加坦率。

现在首都十几家新闻单位获准采访全国人大常委会，中国公民通过这些媒体看到了最高国家权力机关工作运转的情况，以及发生在议事厅四百张红椅子上平静而又动人心魄的故事。

（1992年3月25日中国新闻社首发；载1992年
3月28日《中华工商时报》）

"橡皮图章"变硬了

全国人大常委会委员,曾为一些民众送给他们的绰号"橡皮图章"而感到汗颜。这五年中,六届人大常委会的委员们不再是点头拍手的角色,而成为中国法制建设的中坚。

据统计,六届全国人大五年来共颁布法律三十五件,补充修改法律的决定十一件,有关法律问题的决定十七件,共计六十三件。人大常委会委员何英说,五年来中国基本大法逐一建立,无法可依的局面基本结束。北大副教授刘隆亨说,人大的立法程序正进一步合理化、民主化,经济立法已步入企业家、民众、专家、司法四方参与制定法律的正轨。

六届全国人大常委会致力法律的健全,以及对法律制定所持的审慎态度,使中国从"人治"走上了"法治"的渐进过程。委员长彭真每次发言必言法治。他说,要以法治国而非人治。法律涉及的范围越来越广。《民法通则》《破产法(试行)》《土地法》《水法》等等,已成为国民生活必不可缺的准则。经五次审议拟将提交七届人大的《全民所有制工业企业法》又把立法的严肃性推向一个新的层次。交全民讨论以最大范围吸取民众的智慧和意见,成为立法的一条新规律。

一部部成熟的法律公布实施,又有一系列新法投入起草。有的委员在审议《企业法》时就想到了《公司法》《投资法》。可靠消息说,《价格管理法》《律师法》《投资法》《有限责任公司条例》《股份有限公司暂行条例》正在起草或酝酿之中。随着中国逐渐发展,全国人大常委会已成为不可替代的法律权威机构。

畅所欲言，面对面争论，甚至争得面红耳赤。人大常委会委员曹禺说，无论怎样，只要以国事为重，就不会成为个人恩怨。彭真说，我一人说了不算，大家说了才算。各抒己见，行使委员的权力，不随意附庸，成为一件自然而然的事情。六届全国人大常委会的民主空气渐浓，"一言堂"一去不复返。虽然讨论《企业法》意见渐趋一致，但陶大镛仍然坚持自己的观点，他认为"草案"关于企业对国家授予经营管理的财产享有占有权的规定，可能会造成企业所有代替全民所有的局面，而企业的出租和有偿转让权，也将距宪法规定的全民所有原则越来越远。与此同时，胡绩伟建议设立辩论制度；曹禺建议将常委对政府官员的质询公之于众，通过广播电视增加常委会的透明度，在全国人大及常委会上设旁听席……

据知，参加常委会报道的几家主要新闻机构的记者曾不止一次受到委员以及常委会负责人士的批评，因为他们把大量篇幅都放在了主要的赞同意见上，而忽略了主要的反对意见。

常委会一位负责人不久前拒绝了记者对他关于法律监督方面的采访，理由是无法谈出什么更多的东西。在几乎每一次常委会会议上，委员们也痛感有法不依现象的严重：制定了《森林法》，乱砍滥伐现象不止；有了《保密法》，"小道消息"仍旧满天飞。

就连委员们本身有时也面临有法难依之境，二十三次常委会会议通过的人大常委会议事规则规定，十人联名可立议案，可提出对国务院及其各部、委及高检、高法机构的质询案。但真正代表民众的质询迟迟难以实现，看来中国人还没有习惯"质询"。另外，一些省长、部长在常委会审议通过之前就已走马上任。

在一次常委会会议上，委员们表决批准杨钟就职林业部，几个月之后，委员们又表决批准撤销杨钟林业部部长职务的决定。这使委员们不由想起"橡皮图章"来，但在新林业部部长高德占的就职表决中，委员们认真地行使了自己的权力，如果高德占再少三票，那么国务院的提名就将被否决。

此间人士曾感叹:"橡皮图章"变硬了。委员们也有人在为此欣喜,他们中还会有人进入下一届全国人大常委会。随着中国民主与法制建设一步一步深入,立法将成为人大常委会一项更加繁重的任务。据传,新的人大将成立内务司法委员会以加强法律监督等事宜。

(载 1988 年 3 月 25 日《参考消息》)

共和国第四任委员长彭真记事

中华人民共和国全国人大常委会第四任委员长彭真已经九十四岁了。

彭真的九十华诞正是1992年10月12日中共十四大召开的日子。在十四大开幕式结束后十分钟，江泽民、李鹏及其他党和国家领导人一行十几人就驱车前去看望彭真，向这位老一辈无产阶级革命家、共和国开国元勋致以亲切的祝贺。

那一天，彭真的家里摆满了花篮。

"我是公民一个，共产党员一名"

八年前，为推进干部年轻化进程，身为全国人大常委会委员长的彭真，坚决地辞去了一切职务。从第一届全国人大就担任常委会副委员长兼秘书长的资深领导人彭真1988年以后甚至不再是一名全国人大代表，从那时起，这位八十六岁的老人就成为"公民一个，共产党员一名"。

退下来的这八年间，彭真极少在公开场合露面，一般也不接受记者采访。他读书、学习，到外地考察，依旧忙忙碌碌，只是忘记了休息。卸任后，时间性强、强度大的工作就很少了，但这个习惯终日工作、以事业为生命的人很难清闲下来。工作，似乎就是彭真的生命。

三个月，七部法

1929年，二十七岁的彭真因叛徒出卖被捕。在国民党的监狱里，他创造了一个奇迹。当时肺结核被称为不治之症，可彭真硬是靠着几粒鱼肝油丸就挺了过来，度过了六年半的铁窗生涯。在"文革"中，彭真又住进了监狱，被监禁达九年。如果平均一下，九十四岁的彭真每周有一天是在监狱中度过的。"逆境出真知"，彭真对于共和国民主与法制建设的根本信念和不懈追求，也许正是来源于这种亲身经历。

1979年，彭真开始重新工作。七十七岁的彭真开始创造另一个奇迹：立即着手主持修订和起草《选举法》《地方各级人大和地方政府组织法》《人民法院组织法》《人民检察院组织法》《刑法》《刑事诉讼法》《中外合资经营企业法》七部重要大法。

为使这七部法律尽快出台，彭真和全国人大常委会法制委员会（1983年9月更名为法律工作委员会）的工作人员几乎把人民大会堂当成了自己的家。据说，当时法制委员会的工作人员常常工作到凌晨两三点钟，许多人干脆就打地铺住在办公室里。

经常是在深夜12时左右，法律的修改稿送到彭真的办公室。逐步健全的中国法制之路，开始在人民大会堂不熄的灯光里展示给世界。有些专家说，中国拨乱反正的一些重大措施都包含在这七部法中，比如国家主要机构的组织与运作原则、保护公民的政治权利和个人财产、扩大直接选举范围、实行差额选举等。

曾有知情者透露，许多法律条文，尤其是关于制定《刑法》《刑事诉讼法》的主要原则，都是彭真"文革"时在监狱里反复考虑过的。在个人的困苦境遇里，彭真体验着的，是千百万人民的切肤之痛！一个国家里那么多的人一夜之间失去政治权利和人身自由，这种现象绝不能重演！

彭真意识到，只有法制健全的社会才能为人民的民主和国家的进步提供保障。所以，他为健全法制不遗余力。据统计，六届全国人大及其常委会共制定法律、条例以及有关法律的决议、决定六十三件。而在许多中国人的印象中，全国人大及其常委会变得引人注目始自第六届，人民代表大会制度的大踏步迈进始自第六届，始自80年代中期。

很少生病的彭真在三个月拿出七部法的高强度劳动之中终于生病了。当中央准备开会讨论这七部法律时，彭真高烧不退住进了医院。不过最后，彭真还是坚持按时出席了这个会议。他是要求医生给他打了退烧针之后赶赴中南海的。

最大多数人民的最大利益

在法律极度匮乏的20世纪70年代末，日夜兼程修筑中国的法律大厦是必要的，但要体现出世界第一人口大国最大多数人民的最大利益，仅靠日夜兼程是不够的。

尤其是宪法，作为国家的根本大法，更需要有足够的历史性和前瞻性，有足够的权威性与全面性。1981年7月起，彭真开始直接主持宪法的起草工作，并亲自起草了宪法的序言部分。

在此之前，中国先后制定过三部宪法：1954年宪法，毛泽东任起草委员会主席；1975年宪法和1978年宪法，都是中共中央直接交给全国人民代表大会起草的。

虽然春秋只有两度，但中国的变化却日胜千年。1978年的宪法还在肯定"无产阶级文化革命""以阶级斗争为纲"，而在现实的中国社会，工作重点已转到经济建设上来，国内阶级状况、民主化程度、国家领导制度和国民经济体制都发生了重大变化，于是百废待兴的中国又一次面临着宪法的重大修改，年近八旬的彭真承担了这个重任。

经过三个月的调研，彭真提出了他对修宪的意见：

——宪法一定要从中国的实际出发，一个是现实的实际，一个是历史的实际，现实的实际是根本的。

——宪法要研究外国的经验教训，吸取其中精华的、好的、对我们有用的东西。

　　——宪法只能写现在能够定下来的最根本的、最需要的东西。宪法要起到统一思想、进一步巩固安定团结、保证四化建设等工作顺利进行的作用。

　　——以1954年宪法为基础，继承并发展1954年宪法。

　　——坚持四项基本原则，是修改宪法总的指导思想。

　　转眼十四年过去，1982年宪法引领着庞大的时代巨人走过了十四年的岁月，一直沿用到今，这便是1982年宪法代表了最大多数人民的最大利益的一个说明。

　　另一个说明，是十四年前五届全国人大第五次会议的投票表决结果。1982年12月4日，3040名代表无记名投票的结果是，3037名代表赞成，3人弃权。

　　1982年宪法充分体现人民性的又一个标志是历时四个月的全民讨论。据称，一时间，中国的工人、农民、知识分子、干部等各族各界人士纷纷加入对宪法草案的讨论，这个讨论的过程被专家称为民众参与国家管理的一个重要过程。

　　四个月的全民讨论，二十五天的修宪委员会会议，几十部修改的稿本，两年零三个月的修改过程，都可以作为中国制定法律的郑重证明。

　　郑重是为了体现最大多数人民的最大利益。宪法对公民的权利和自由增加了新规定，比如"公民的人格尊严不受侵犯""公民的人身自由不受侵犯"。如果没有经历过"文革"，这些规定是写不出来的。

　　郑重也是为了对中国的前途和命运真正负起责任，让宪法不仅得以颁布，更得以充分实施。与国家、民族一同经历沧桑的彭真在千百次焦灼与思虑后，明确地提出，在中国，宪法实施的最根本、最可靠的保障，就是把宪法交给十亿人民。

　　彭真说，宪法通过以后，要采取各种形式广泛地进行宣传，做到家喻户晓，十亿人民养成人人遵纪守法、维护宪法的观念和习惯，同违反和破坏宪法的行为进行斗争,这将是一个伟大的力量。

法律面前人人平等

少年时的彭真是因为心有不平才向往革命的。作为政治家的彭真深深懂得,社会公平是人民幸福的前提,是国家安定的保障。所以,法律面前人人平等是彭真在学习法律、领导建立和健全法制过程中得出的必然结论。

早在1954年,彭真就提出了"法律面前人人平等"的口号,强调"不允许有任何超于法律之外的特权分子"。

中国人民对这一原则的困惑和不懈的追求,反映在国家大法的制定过程中。众所周知,有关法律面前人人平等的规定被写进1954年的宪法,在1975年的宪法中被删去,在1982年的宪法中又得以恢复。

1979年,彭真从陕西商洛偏远的大山里走进北京人民大会堂,提出"党领导人民制定宪法和法律,党也领导人民遵守、执行宪法和法律"的法制思想,坚定地主张"党的组织和党员要在宪法和法律的范围内活动"。

两年以后,彭真总结中国共产党一贯的为人民服务的经验、民主集中制的经验,总结古今中外法制建设的经验教训,以极快的速度形成了一套系统的立法思想。他在1981年民法座谈会上提出了中国立法工作的指导思想和基本原则:

——立法要适应改革开放的需要,为社会主义现代化建设服务;

——立法必须从中国实际出发,把正确的政策、成熟的经验以法律形式固定下来;

——立法要研究、借鉴古今中外的经验,吸收对中国当代有益的东西;

——立法要走群众路线,听取各方面意见,在高度民主基础上高度集中……

彭真认为中国法制建设不是一朝一夕的事情，他主张把法律交给老百姓。所以，他特别强调，"法律要备而不繁，简明扼要，便于群众掌握"，"要便利老百姓打官司"，因为"法律为人民所掌握就会变成维护社会主义民主和法制的强大力量"。

彭真在人大任职期间，全国人大常委会专门作出决定，在全国范围内进行普及法律常识教育的活动。在这个民主习惯甚少、法制观念又不强的国度，法律的普及进行得十分艰难，但立法、普法和执法一直是彭真法制思想的主要内容。

制定法律、普及法律、监督执法，彭真在执着于法制建设的同时没有忘记人大自身的建设。作为第四任委员长，他说：人大常委会的工作，既要不越权，又要不失职。人大和它的常委会对政府的工作该管就管，少一事不如多一事；日常工作问题，多一事不如少一事；不要代替政府工作，不要不恰当地干扰政府工作。方针不是"唱对台戏"，也不是等因奉此、不问是非的"橡皮图章"。"要通过法律确定的国家制度，使人民把国家的命运掌握在自己手里。"

六届全国人大及其常委会正是本着这一原则，在80年代中国大变革的时期充实了自身，加强了人民代表大会制度这一中国的根本政治制度。在这五年，中国县以上行政区域内普遍设立了人大常委会。人民代表大会制度的完善使中国民主与法制变得更有内容，使中国的政治体制改革得到了实实在在的推进。

真理面前人人平等

与主张法律面前人人平等的法制思想相一致，彭真力主在真理面前人人平等，他为他的认真与执着付出了沉重的代价。

1965年，中国政治风云变幻，棍子天天打，帽子满天飞。尤其在文化界，"左"的倾向已经相当严重，彭真却在全国文化厅局长会上直指"左风"，提出要"区别政治问题和学术、艺术问题"。

他说，学术与艺术，有政治问题的，应该联系政治问题对待；不是政治问题的，就不要轻率地同政治上的大是大非，特别是同敌我问题混淆起来，也不要轻率地下结论。他说，学术、文化、艺术方面的批判，是要使我们的学术、文化、艺术繁荣起来，不是使它萧条。

在当时严峻的情势下，彭真没有改变自己，他依然在大声疾呼："一切人，不管谁，都应该坚持真理，随时修正错误"，"在真理面前人人平等"。

半年以后，在标志"文革"开始的1966年5月中央政治局扩大会议上，彭真受到了严厉的批判，中共中央政治局委员、书记处书记和其他一切职务被撤销，并失去了人身自由。1967年，彭真的夫人张洁清被抓进秦城监狱。同年8月，彭真八十六岁的老母亲被斗，吐血身亡。四男一女五个孩子也流散各地。

众人皆知，彭真在"文革"之初第一批被卷入严酷的政治迫害中，在"文革"结束后最后一批回到北京。据不完全统计，关于他的批斗会开了二百多个，数量排在众多被批斗的领导人之首。

彭真在三十七年后再度失去自由时应是另一种心情。于是，彭真又拿起书，带着一个民族的困惑，重读《毛泽东选集》《马克思恩格斯文选》《资本论》。没有笔，彭真就把彩色的牙膏袋撕成细细的小条，贴在书上作标注。现在，这些贴着彩条的领袖文集还在彭真的书房里，与那些数不尽的历史书一起，默默地诉说着那一段历史。

坐了九年监狱，而后又在陕西商洛高高的大山里过了三年"田园生活"，1979年1月27日，彭真应邀出席首都党政军民在人民大会堂举行的春节联欢晚会时，中国已经进入了一个新时代。

彭真恢复工作以后又一次在中央党校发表讲话。当时，下边的与会者递上许多纸条，询问彭真九年狱中生活。彭真把纸条放在一边，继续他与"文革"无关的谈话。

忽然大厅没电了，麦克风没有声音了。过一会儿，电又来了。这时，彭真拿起一两张纸条念了一下，然后说，这九年是一段漫长的时间,但你想开了,它在我们党的历史上,不过像刚才灯暂时灭了一会儿一样。现在,灯重新亮了,我们该做什么,就又去做什么了。

当时,彭真的话引起与会者长达几分钟的掌声。不同寻常的时间概念宣示着一代革命家的胸怀。在彭真的心目中,事业永远高于自己,自己永远作为事业的连接体出现。

实行法制范围内的民主,把民主变成法制

也许是真理面前人人平等思想的延续,彭真极力主张实行法制范围内的民主。

彭真总说,中国人缺乏民主的习惯,所以中国需要办许多民主培训班。80年代初在中国农村新旧体制转换时期,彭真提出了健全村委会的思想。

当时,全国涣散村级组织达百分之三十以上,个别地区高达百分之七十;干群关系不融洽,有的地方干部欺压群众和群众殴打、谩骂村干部的现象不断发生;农村计划生育、粮食征购、收取提留成为三大难题。有人用这样的话来形容农民:"不批不斗不怕你,有吃有穿不求你,有了问题就找你,解决不好就骂你。"

而这时,彭真和国家最高权力机关的组成人员正在审议《村民委员会组织法》。这个法律意在基层实行群众自治,让群众实行自我教育、自我管理、自我服务,自己直接行使民主权利,进行民主选举、民主决策、民主管理、民主监督。

许多人不理解,他们认为,中国农村尚不具备自治条件,农民缺乏自治能力,村民委员会应由乡政府领导。

在这众多议论声中,彭真却在思考着一个更为重要的问题。彭真说,群众是国家的主人,这是问题的本质所在,但从现象上看,群众却是被领导的,现象与本质还没有完全形成一致,我们的某些现行体制和为人民服务的宗旨还没有完全统一起来。

出身农家的委员长感觉到,抓村民自治问题是抓到了一个根本的问题。他对当时的民政部部长崔乃夫说,中国这个国家为什么能搞好,根本是群众路线走得好,就是由群众通过自己讨论,集中起来,再坚持下去,自己当家做主。

他的思路越来越明朗:没有基层直接民主,社会主义民主就缺乏全面的巩固的群众基础。办好村民委员会、居民委员会是国家政治体制的一项重大改革。

彭真说,"在基层,有人管农民,但群众怎么管干部,怎么管乡政府,就没有规定,民主不完备,要彻底解决这个问题"。

正是因为看到"有些人不是为老百姓办事,把老百姓丢了",彭真才在完备村民自治法律的同时,致力中国"民告官制度"的建立。

1982年,在《民事诉讼法》起草修订过程中,有人向彭真汇报,老百姓说,官告民一告一个准儿,民告官却欲告无门。这情况使50年代曾在菜场听市民骂街的这位老北京市长坐卧难安,彭真决意解决这个问题。所以,《民事诉讼法》在起草过程中加上了有关行政案件的规定。

1988年,中国的"民告官"法——《行政诉讼法》颁布时,彭真已经卸任,但这部法律是在彭真任委员长期间起草完成的,中国的行政诉讼法制度也是从《民事诉讼法》颁布之时就开始建立的。

"老老实实,对就对,错就错"

老一辈革命家薄一波曾经回忆,他第一次见到毛泽东时,毛泽东向他推荐两本书,一本是刘少奇的《论共产党员的修养》,另一本是彭真的《晋察冀边区各项具体政策及党的建设经验》。

那是1941年彭真作为中共中央北方局委员兼晋察冀分局书记向毛泽东和政治局作的边区工作汇报。在那次汇报以后,彭真就被留在中央工作,担任中共中央党校教育长、副校长。那时,彭真请作为校长的毛泽东为党校题写的校训即是:实事求是,不尚空谈。

五十年后，八十八岁的彭真在中国延安精神研究会纪念中国共产党成立六十九周年座谈会上发表讲话的题目又是《实事求是，不尚空谈》。

这个黄土地上的农家子经过多少年的求索，形成的世界观就是认识历史发展方向，走历史必由之路。彭真说，实事求是是我们现在和将来都必须坚持的思想路线。"实事"不同，"是"也不同，"实事"变了，"是"也会变。我们要根据不断变化的"实事"去求"是"。

怀着对不断变化的"实事"和"是"的追求，彭真在当委员长的五年里视察了二十个省、自治区、直辖市。1984年，彭真为草拟国营工厂法奔赴各地进行调查研究长达两个半月。

其实，实事求是精神的形成是彭真在探索真理的路上行走的必然结果。在他献身一项事业以后，实事求是成为他理想与现实之间的最佳路线。随之而来的认真与郑重，注重调查研究和听取不同意见都是求是过程的衍生物，是彭真别无选择的工作方式。

1985年6月底，彭真到天津去看望一个老战友，天津市委得知后请他给讲讲话。出于对同志们的尊重和对事业的郑重，彭真又习惯性地开始了一次艰难的构思。深夜1点半钟时，彭真还在房里走来走去。等他和秘书讨论结束要休息时，已是凌晨4点。随后，彭真给天津市的同志讲了整整一个上午，不用讲稿，只拿着写了几十个字的提纲。

1986年3月，八十四岁的彭真去公安部讲话，从上午9点30分一直站着讲到下午1点。事后，他又根据记录稿修改了九遍，才交付打印。

1988年，中央批准出版《彭真文选》。彭真就此曾对身边工作人员有过一段特别提示。他说，"整理我的东西，你们不能随便改。不能用现在的看法改当时的思想，这就是历史"。

四十五万字的文选收集了彭真1941年至1990年的重要文章、电报、讲话共九十篇，彭真将这些文章一一反复看过，少则三遍，多则七八遍，一个字，一个字，连标点符号都没有放过。

多少年过去了，许多人还不能忘记新中国成立之初这位北京市长在中共北京市第一次代表大会上讲的话。彭真说，要正视工作中的缺点，老老实实，对就对，错就错，有多少就说多少，这是共产党员的本色。

然而，能一辈子老老实实，对就对，错就错，不说瞎话不容易，这需要人心底有一个真的信仰，并有足够的勇气在需要的时候捍卫这个信仰。几十年，彭真习惯了认真地工作和生活：首先不随便说；第二，说时郑重；第三，说了就要做。

"我说了又算又不算，谁对就听谁的"

彭真从不草率地决定一个问题。在决定重大问题之前，他从来都是充分听取意见，尤其是不同意见。他说，听不到反对意见，就觉得不踏实。

彭真听不同意见与走走民主过场给别人看是截然不同的。彭真说，别人说的对，为什么偏要抱着错误，为了一点点面子不放松；别人说的不对，也必有其理由，考虑进去，自己对的东西也就更全面了。

"坚持真理，随时修正错误"，"我说了又算又不算，谁对就听谁的"，这是彭真的名言，与他共事的人经常有机会听到他这么说。在这样的氛围之下工作，直言表达不同意见是顺理成章的事，甚至争论，也未尝不可。这时候，你不必担心彭真会把争论理解为对他的冲撞，这位身居高位的领导者最讨厌弄虚作假，最讨厌整天"是是是、好好好"的人，彭真喜欢实话实说。

一个在彭真身边工作多年的人言及于此深有感触：有时候有些问题你想不通，彭真可以花很长时间，在事情发生很久以后，通过各种渠道，从不同侧面，特别注意方式地跟你谈，还使你毫无察觉。但是，你别想去敷衍他。

彭真曾感慨，身边的人不讲真话是不得了的事，所以他喜欢那些有见解，包括有些与他想法不尽一致的人。这种对不一致的容纳说明彭真考虑问题立足事业而非个人的尊严，而这种立足角度正是一个政治家和一个官僚的区别。

彭真经常跟全国人大常委会负责人士说，常委会上只要大家意见不一致，就不要勉强通过，在立法问题上，有争议好，要尽量让大家充分发言，让大家把话讲完，不要怕耽误时间。

从第一届全国人大开始，彭真就在人大任职。作为人民代表大会制度的倡导者和奠基者之一，彭真对人大制度的意义理解得很深刻。他说，人大是集体决定问题，每人一票，我也是一票，大家的权利是一样的。

1988年，彭真在即将卸任时回眸六届全国人大常委会五年来的工作说，常委会没有辜负全国人大的委托和宪法赋予的职责，根本的一条就是按民主集中制原则办事，集体行使权力，集体决定问题。

正是因为这种集体决定问题的惯例，六届全国人大常委会才有了广泛的民主和充分的讨论，才有了大多数委员的心情舒畅和国家最高权力机关逐步形成的力量。在这中间，彭真忘却的是一己的"尊严"，赢得的是整个社会的进步。

在全面否定毛泽东的思潮中勇敢站出来，在"两案"审判中把党内斗争剥离出来

在高墙电网之间考虑法律条文，需要坚强的神经系统。狱中的彭真在吵闹和谩骂声中喝下一大杯凉水，气也就消了一半，就可以静心读书了。当一个人忘记了自己的安危得失，在自己前途未卜的情况下执着于国家的前途，他便有了博大的胸怀和足够的意志力。在对毛泽东思想的评价和"两案"审判过程中，彭真再次展示了这种胸怀和意志力。

1979年，遭受了十几年政治迫害的彭真复出后第一次参加中央工作会议，就面对着全面否定毛泽东、毛泽东思想的思潮。以国家利益为重的彭真在这个大动荡的时刻勇敢地站了出来。

彭真在东北组发言时说，对毛泽东应当全面地来看，所谓全面，就是历史的全面、现在的全面和未来的全面。展望将来，我们应该举什么旗帜呢？如果我们放弃了毛泽东思想，不高举毛泽东思想旗帜，

我们高举什么旗帜呢？毛泽东思想就是马列主义普遍真理与中国革命具体实践相结合。如果把它放弃了，实际上也就是放弃了马列主义的旗帜，那么，我们用什么理论来作为全党、全军、全国人民的行动指南呢？我们必须坚持高举毛泽东思想的旗帜，否则，必然造成全党、全军、全国各族人民的思想和整个革命阵线的混乱。

在以后的林彪、"四人帮"反革命集团"两案"审判中，彭真经历了又一次考验。作为"两案"审判指导委员会主任，作为许许多多重大历史事件的直接参与者和领导者之一，彭真在数米厚的材料前痛苦地思考了很久。

最后，彭真理清了思路：把刑法作为"两案"审判的唯一依据，把党内路线斗争与之剥离。他反复强调，要严格区分党内路线错误与违法犯罪的界限，不能把路线错误作为定罪的依据，而必须以事实为依据，以法律为准绳，查清林彪集团和"四人帮"反革命罪行的事实，作为审判"两案"的依据。

据说，在法庭上，十几年没有见到彭真的江青在高悬的国徽后面感觉到了彭真的存在，是他冷静地把持大局向她索取一字一句都经得起历史检验的证词。

处理完国家大事，彭真心中又一次泛起对"文革"中死去的母亲和家人的怀念。1980年，彭真回到山西老家。当时村里的派性尚未完全消除，彭真就找家人、找乡亲、找批斗过他亲属的人谈心。他说："我这次回家就这么两件事，第一看看乡亲们，帮大家解开旧怨，劝大家把宿怨一笔勾销，团结起来干四化。第二给我母亲上坟，倒不是因她被斗死，主要是感谢她对我的养育之恩。"

在母亲的遗像前，彭真深深地叹了一口气。母亲活着的时候没有跟儿子享多少福，但母亲的死却直接与儿子有关，与那个混乱颠倒的年代有关。曾经多次，彭真把母亲接到北京同住，但劳苦了一生的母亲不习惯都市里的生活，住不了多长时间就回到乡下老家去了。1967年，母亲被批斗致死的那个窑洞就是她生彭真的那个窑洞。1902年，一个属虎的男孩诞生在黄土高原上的农民家庭。后来他离开了家,因为心有不平,所以向往革命。七十三年前,他加入了中国共产党,从那时起,他就有了一个真正的信仰,有了一生的追求:

二三十年代,彭真在白区创造了共产党在白区工作经验的一部分;

三四十年代,彭真在根据地创造了共产党在根据地建设理论的一部分;

五六十年代,彭真致力北京市工作,创造了共产党夺取政权后进行国家建设经验的一部分;

七八十年代,彭真致力中国法制建设,现在,中国正逐渐成为一个法制健全的社会。

通过立法保障和促进改革开放

有人说,彭真有这样一种能力,把自己的思想变成他人的行动目标。在任职委员长期间,彭真率领他的同事们用法律的手段为中国的改革开放作出了许多重要的工作。

80年代中期,中国处于大变革时代,改革实践与发展和法律的建立与健全处在一个矛盾状态中。体制在变,如何立法?是按照方向去制定法律,还是按照通行的规范去制定法律?改革亟须法律的保障,但立法的条件尚不成熟,彭真为此陷入了两个月的思考期。

彭真思考以后拿出来的办法是:授权国务院在经济体制改革和对外开放方面制定暂行的规定或条例。

全国人大常委会就此作出正式决定,这一决定被称为中国在改革过程中解决立法问题的重大措施。这种类似于国外授权立法的方式给予国务院在改革过程中以更大的制定行政法规的权力。在这一授权后,政府认为哪些方面的改革应以法律来保障,就可以酌情制定有关行政法规,待改革成熟之后,再由全国人大制定成法律。

专家对这种既慎重又灵活的办法予以高度评价。历史也再一次检验了彭真作为一代杰出领导人对时代潮流的适应性和推动力。高龄的彭真头脑依然清醒和冷静，像他自己要求的那样，"永远站在革命和建设的最前沿"。

1979年，刚刚恢复工作的彭真敏锐地发现了他告别了十几年的中国政治、经济生活的前途之所在。当中国还只有一家中外合资企业的时候，彭真便主持制定了《中外合资经营企业法》，为即将飞速发展的中外合资企业提供了宽广的法律跑道。

1989年，彭真到珠海考察，针对有人对特区市场的非议，他说看了珠海特区的市场，觉得很不错……管理好、质量好，市场繁荣、物品齐全……彭真的讲话给特区以极大的鼓舞。

九十四岁的彭真，这位一生追求真理、追求行动的政治家，现在已经没有足够的体力来追寻中国改革的步伐，但仍以依旧机智的大脑关注着中国改革的事业，用温暖的目光关注着事业的后来者。

他的夫人，八十二岁的张洁清每日守候在他的身边。五十七年的时间没有消磨掉他们不渝的爱情。这名1936年加入中国共产党的北京师范大学毕业生，自从嫁给事业高于一切的彭真，她自己就成了这位杰出政治家工作的延伸。

据知，彭真曾对儿子说，"是我耽误了你母亲。她可不是一般的女性，她为革命做了很多事情"。

当记者想采访这位长久隐于杰出政治家身后的杰出女性时，张洁清婉言谢绝了。在这一点上，也许他们夫妻早已心有默契。

到现在，这位中国一代杰出政治家、全国人大常委会第四任委员长，只有几本文选、专集，一本画册。还有一本总共一百零一页的生平大事年表，它以纪年的方式平平淡淡地记录了彭真由许多个惊心动魄的故事组成的一生。

（与《法制日报》原编委阎军合作；载1997年第4期《人物》，1997年第10期《新华文摘》）

张洁清：在伟人身后

几乎所有的中国人都知道彭真，却只有很少的中国人知道他的夫人张洁清。

以她的资质、德行、智慧和美貌，张洁清原本是在很多地方都可以脱颖而出的，但她却一直默默地生活在彭真身后。作为一代伟人的妻子，她向无怨言。

甚至彭真都为她叹惋不止。逝世前，彭真曾对孩子们说："你们的妈妈是个了不起的人物，是我耽误了她。"

九年前的10月12日，中共十四大隆重召开。开幕式之后十分钟，车流从人民大会堂鱼贯而入北京医院，中共高层领导人为中国共产党老一辈革命家、共和国开国元勋九十岁的彭真祝寿。那一年，医院报了四次病危，然而彭真都不仅奇迹般地活了过来，而且后来还荡舟湖上，亲自为张洁清撑船划桨。

据说，在医院的日子里，躺在病榻上的彭真一直与守在床边的张洁清执手相对。现在，彭真逝世已经四年了，彭真的灵堂还在，他大大小小的照片摆满家里各处，床头的挂历就一直停在他去世的那一天。张洁清依旧活在丈夫的氛围里，八十六岁了，但脸上的善意和清秀还没有消退。

"担架花轿"入洞房

也许，当初的中共北方局组织部部长彭真就是被这种善意和清秀吸引住了。而当时，刚刚从北平女子师范大学毕业的张洁清，只知道自己要送一份秘密文件给身为高层领导干部的"魏先生"，她甚至没敢说话，就匆匆离开了。

本来，这位祖上曾在中南海居住过的大家闺秀是与革命无缘的，但在五四运动风起云涌的时候，张洁清家不仅出了极力反对新思想的二叔张璧，也出了中共早期党员、全身投入革命的姑姑张秀岩。

张洁清崇拜并追随张秀岩，在经历了被追捕、入狱后，她成为一名真正的革命战士。张洁清从北平出发寻找革命，却在通向革命的路上和爱情不期而遇。时任中共中央北方局书记、晋察冀分局书记、北方局党校校长的彭真对她的爱情表达，让年轻的张洁清忐忑不安。

革命者的爱情自是不同寻常，张洁清最后是"担架"当"花轿"入了洞房。那一年冬季，天气寒冷，彭真对感冒发烧卧病不起的张洁清以最朴素的方式定下婚约："搬来和我同住吧，这样，我好照顾你。"

革命爱情二合一

交付给这简单"形式"的是漫长的、跌宕的一生，而张洁清处理复杂生活的法则十分简单，就是把爱情和革命合二为一，把帮助、照顾彭真的工作和生活，把自己对彭真的感情当成是自己的工作和对革命的忠诚。这位在1936年就由中共元老姚依林介绍入党的资深党员就这样找到了自己生活的支点。这支点使她坚强，也使她贤惠，使她变得无怨无悔。

据称，这位名门望族的大家小姐是在敌人炮火的追击之下，在一间露天的破教室里，匆匆生下第一个孩子的。孩子刚刚落地，就被大衣一裹，和躺在担架上的妈妈一起上路，逃离敌人的追击。当时，看着抬担架的老乡走路十分困难，张洁清把盖在身上的被子扔了下去。行军几天后，张洁清落下了永远无法扔掉的腰腿疼。

张洁清带着战争留给她的终身疼痛跟随着彭真，从延安、张家口、东北、晋察冀到北京。到了北京，张洁清就一直住在这所地处喧闹市区的寂静小院里。身为解放前的望族之后、解放后的领导夫人，张洁清虽有大家之风，却无豪门之色。几乎每个见过张洁清的人都会感受到她身上自然显现的律己、平和、善意和适度。按规定，组织上两次准备给张洁清增加工资，而她却两次写报告，说明自己在彭真身边工作，对党和人民的贡献有限，要求组织上不要给她加工资。所以，她的工资和相同情况的人相比，低了三四级。

跌宕人生无喜悲

到了北京后，张洁清先在北京市委负责机要工作，后来，她又成为彭真的专职政治秘书、彭真办公室副主任，1964年被选为全国人大代表。但代表只当了一届，张洁清就更进一步退出中国公开的政治生活。

在这点上，他们夫妻心有默契。1988年，身为全国人大常委会委员长的彭真为推进中国干部年轻化进程，坚决地辞去了一切职务。从此，第一届时就担任全国人大常委会副委员长的彭真甚至不再是一名全国人大代表。彭真半开玩笑半认真地称自己是"公民一个，共产党员一名"。在更多的时间里，张洁清更是"公民一个，共产党员一名"。在丈夫工作顺利的时候，她甘居身后；在丈夫受到挫折的时候，她挺身而出。女儿傅彦在"文革"的监狱里看到妈妈突然全白的头发和坚定的沉默时失声痛哭，但张洁清从丈夫受难到恢复工作，都没有过大悲和大喜。她跟着丈夫蹲监狱，又跟着丈夫被发配商洛。在那里，他们在门前的一小块空地上，种了西红柿和茄子。直到1978年，他们带着在商洛的旧家具和破面缸重新回到北京，回到他们绿色葱茏的小院，回到久违的桌前。

投桃报李，恩爱一生

彭真的办公桌还是他走前的样子，他房间的桌子和书柜还是待在原来的地方。在这张桌前，彭真创造了在三个月内制定七部国家大法的奇迹。据悉，"文革"之初，彭真第一批被打倒，"文革"后最后一批回到北京。据不完全统计，关于他的批斗会开了二百多个，数量居于百官之首。不能工作的限制强化着他对工作的渴望，在他刚刚恢复工作的那三个月里，人民大会堂的灯光经常是彻夜不眠的。

现在说起这件事，张洁清仍掩饰不住心中的自豪。她抚摸着曾带着彭真体温的桌子告诉记者，这张桌子别人从来不动。张洁清教育子女，不看、不碰上面放的东西，不接桌上的电话。张洁清自己也是，不该问的，坚决不问，不该说的，坚决不说。

他们也曾生过气。1964年，中国成功地爆炸了第一颗原子弹，但在消息正式公布前，彭真竟一丝风声没露。直到消息公布了，彭真才拿着一张试验的照片给张洁清看，为此，张洁清把他好个埋怨。

但这只是特例，做了几十年夫妻，他们几乎没有过争执和疏远。他们的孩子为此感到温暖和自信，父母的恩爱，成为他们热爱生活的动力。据说，并非只是张洁清对彭真多有关照和帮助，为公务已经不得抽身的彭真也时时牵挂着妻子，逆境中的砥砺自不待言，平常也经常把自己认为好的东西留给张洁清。也许并不是张洁清特别爱吃的，但这点滴中的真情让张洁清满足并至今回味。

了解彭真和张洁清的人都知道一幅绝美的照片——绿树连天，绿草满地，永远在彭真身后的张洁清坐在轮椅上，彭真在后面推椅缓行。他们脸上的表情祥和、温暖、默契，像夕阳将落，又像月亮初起。

那是用一生的爱情才能酿造出的表情。

（与《法制日报》原编委阎军合作；2001年中国新闻社
6月20日电题；载2002年第11期《中国老年》）

万里退休不发愁

中国第五任全国人大常委会委员长万里卸任数十日，给自己总结出一个顺口溜："退休不发愁，桥牌加网球，还有诸多好朋友。"

日前，万里在他中南海的寓所里告诉记者，3月末正式退下来后他体重稍有增加。万里说："只要中国经济发展，人民生活水平不断提高，国家政局不出现大的动荡，我的晚年就是乐悠悠。"

活跃于网球场

尽管万里七十六岁，鬓发如雪，但在球场上依然挥拍如旧，恍如少年。用两小时打过三盘网球，万里感到"浑身是劲"。

网球是他六十多年的爱好。打球对于万里来说，是"最好的休息"。这种休息方式陪伴了70年代当北京市副市长、安徽省委第一书记的万里，陪伴了80年代当国务院副总理、全国人大常委会委员长的万里。万里说："球场上瞬息万变，每接一个球，都需要准确的判断。"他认为："打球不但锻炼体力，而且锻炼人的机智、敏捷和判断能力。"

所以，万里身体很好。到现在，看书看报很少戴眼镜。但是，在中共十四大刚刚结束的那一天，万里戴上了搁置已久的老花镜，拿着宪法和党章对照着看了五六遍，而后郑重提出宪法应该修改的意见。

当修改的宪法在最高权力机关得以通过时，万里已经和新一任委员长作过历史性的拥抱。这位对中国改革开放、经济和法制建设有过重大贡献的领导人今年3月正式告别政坛。

读"左"倾贻害实录

退下来的生活很有规律,上午读书看报会朋友,下午去打桥牌和网球。万里说,我现在是老百姓,一般活动都不参加,也不给别人题词。

中南海风静水美,万里临水而居。含和堂小院里的海棠树安静地陪伴主人读书。万里在读毛泽东主席终生珍爱的一本书《容斋随笔》和一本"左"倾贻害的纪实录。他介绍说,《容斋随笔》是历代中国皇帝任忠臣办好事,听谗言办坏事的故事集。这位对"左"倾持异议的领导人至今提起"左"的危害仍心中意气难平。

万里现在最关心的是农村问题、教育问题、市场经济与法制建设问题等。在主持中国最高立法机关工作五年以后,万里仍痛感中国要成为一个法制健全的社会尚需很长时间,"因为中国的封建残余太多,直到现在有法不知、有法不依、执法不严、违法不究的现象还很多"。

然而,"没有高度的民主法制就没有中国的现代化",万里说,在市场经济条件下,人必须享有充分的自由与民主,但自由与民主要用法制来贯彻。

强调立法与监督

据知,七届全国人大常委会致力中国法制建设以保障改革开放和公民自由与民主的权利,五年里共制定了八十七个包括宪法修正案在内的法律和关于法律问题的决定。与此同时,万里强调把监督与立法置于同样的地位,工作监督和法律监督的一些手段在七届全国人大常委会上被越来越多地利用起来。

回首往事,万里应该感到安慰。从"正点部长"到"吃米找万里",直至中国最高权力机关日益集聚的力量对中国政治生活产生的影响，万里一直立于中国政治潮头与这个国家共命运。万里认为，一个领导是否英明，要看他能不能吸收真正代表民众利益，代表国家的利益，不是私利，不是小集团利益的意见，看他能不能任贤。

而万里工作能有实绩，则是依赖躬亲的调研和大量的信息。对这些情况与信息的把握促成了一位政治家的正确决策。万里说，一个国家不了解世界各方面的信息不行，不了解这些信息就不能当一个国家的领导。

对国内报纸的看法

从政数十年养成的习惯现在还在坚持着。卸任后的万里现在每天要看十几份报纸和资料。万里在向记者发表对传媒的评论时透露，他经常阅读世界各大通讯社的消息和一些港台报纸。万里对国内有些报纸假大空话连篇的情况十分反感，他认为，报纸应不带主观偏见，真实与客观是报纸的责任……

一个半小时，万里谈话意犹未尽。记者离开时，又有人前来探访。"退休"数十日，来访者不断。万里有许多朋友，上自高层领导，下至普通百姓。和他的朋友们在一起，万里了解不同的社会层面，重温一段段历史，再加上桥牌和网球之乐，的确，万里"退休"，何愁之有呢？

（与《法制日报》原编委阎军合作；载 1993 年 6 月 24 日
　《法制日报》，题目改为《含和堂里的笑声》）

猛士剑胆王汉斌

到王汉斌家采访时,他正大看功夫片。据说,这是这位"退役"副委员长的一个重要日程。

王汉斌读遍金庸作品,家藏两套金庸送给他的金庸全集。作为参与、领导制定了两百多部法律、法规的中国领导人,王汉斌肚子里装满了中国法律。同时,他也留了一个小小的地方,用来盛放侠肝、义胆、古道、热肠、剑影和刀光。

两道浓眉透露了王汉斌心底的消息,它们舞动着,引领我们走入中国法律的过去、现在和将来。

"政府的行为必须受到制约,不受到制约必然滥用权力"

"公民的合法权益受到政府的违法侵犯,要有向法院起诉的权利。"这是法制的一个根本原则:公民受到政府的违法侵犯,要有向法院申诉的权利。但是,在制定《行政诉讼法》的整个过程中,争论是很大的。当时的某市法制局局长就说,《行政诉讼法》的指导思想是根本错误的,就是不相信政府。

王汉斌发言了,他的话直来直去。"你违法为什么不能起诉?你不违法你怕什么起诉?有人不愿意当被告或者以为让行政机关当被告就是错的,这个观念不对。"他习惯用两头包抄的反义问句:"说罚款,人家一申辩就从5块变成了10块,到底该罚5块还是10块?应该罚

10块为什么当初不罚10块？应该罚5块为什么人家一申辩就变成了10块？"

当然，反对者没有因为王汉斌的语言攻势变成赞成者，王汉斌和他的同事们又去一条一条地抠法律条文，一天一天地开会。"《行政诉讼法》是保障公民权利最重要的具有决定意义的法律。中共中央下决心通过这个法律是中国重视保障人权的一项极为重要的决策。它同时还是保障国家长治久安的安全阀，老百姓的权益受到行政机关的侵犯，如果没有一个解决的渠道，冤屈越积越多，爆发就不得了。"每次开会，几乎都是王汉斌在说，他说得顽强、执着。

"丁关根不在，我就和小平打一家"

王汉斌是邓小平的牌友，历史可以追溯到"文革"以前。"文革"时他们在养蜂夹道的热闹牌局，曾被批斗为"搞裴多菲俱乐部"。

通常是丁关根和邓小平一家，如果丁关根不在，王汉斌就和邓小平打一家，每次都是这几个人。据说，最早是1961年，中国的领导人分散四处做调查，彭真和邓小平在顺义，待了一个月，调查完了，报告交了，邓小平高兴了，要打桥牌，彭真夫人张洁清就把王汉斌叫了来，自此开始了他们的牌交。

"小平和丁关根配合得最好，"王汉斌说，"丁关根在领导人中打得最好，桥牌协会也得认他的账。小平也打得好。"

少有爱好的王汉斌至今还没有断了打牌的习惯。卸任副委员长，他一般上午看报纸，下午看材料，晚上有时就打桥牌，牌友是邓小平之女邓楠，看来王汉斌和邓家还有了不了的牌缘。

在牌桌上，他们从不谈国家大事，邓小平打牌不聊天，只是叫牌和抽烟。邓小平成为中国改革开放总设计师时是这样，70年代，举国批邓时也是这样。那时，北京市一位领导曾把王汉斌称为不干的干部，现在还老打牌，不好好改造，对此，王汉斌毫不讳言："本人有不干的历史，什么都不干。叫我批邓，写大字报，大会发言批判，我不写也不发言。我向来是挨批的，不会批人。"

"中国的民主政治，村民自治是第一步"

"村民自治的基本精神是村民的事由村民自己来管，行使自己的民主权利。《村民委员会组织法》是加强社会主义民主政治建设的一部重要的基本法律。八亿农民实行直接民主，是一个很好的民主大学校，对中国的民主政治具有重大意义。"而《村民委员会组织法》也是历尽波折，在常委会经过反复讨论才提请全国人大审议，再从全国人大授权回到常委会，经历了好几个回合。

"过去我们国家政府行政权力太大，许多干部对民主不喜欢。就是老委员长（彭真）说的，不熟悉，不习惯，不适应，喜欢我做主，不喜欢老百姓有权利。"据说，当时有很多官员要求把乡政府和村委会的关系改为领导和被领导的关系，让村委会成为乡政府的"腿"，说否则乡政府没有办法工作。而如果作了这种改动，村民委员会的性质就与法律规定的自我管理、自我教育、自我服务的自治性组织相互矛盾。

老委员长彭真早在50年代就有了居民自治的想法，50年代制定的《城市街道居民委员会组织条例》作过相关的规定，确定了城市街道居民委员会的群众性自治性质。而直到如今还有些人不以为然。但王汉斌说："中国的决策层对村民自治投了赞成票，江泽民总书记对村民自治问题非常重视，在一次会见外宾后，他特地跟我谈了要同民政部商量加强村民委员会的建设和宣传报道。由此，中国的民主政治又迈出了重要的一步。"

王汉斌把村民自治称为中国民主政治的重大步骤，而外国人说，中国民主政治最重要的表现就是村民自治。

两个副委员长迎来五十年金婚

在王汉斌当副委员长的时候，彭珮云是国务委员。王汉斌"退役"后，彭珮云被选为副委员长。他们伉俪双飞的故事，是中国政坛的一段佳话。

今年五十年金婚的两位副委员长是在西南联大结识的，那时，他们一个一年级，一个四年级。"'文革'时，她臭名远扬，是全世界都有名的人物。我们都关牛棚，都是黑帮。"王汉斌说，"但要讲问题，我比她严重得多，在北京市我的地位比她重要，当时北京市委给中央的报告都是我起草的。批我的时候，问我：哪个黑文件没有你的份？我说是，都有我的份。"

几十年过去，当时的残酷似乎变得有些滑稽。但当时，遭遇的却是物质的剥夺、精神的蹂躏和肉体的摧残。"'文革'的时候，聂元梓派人来要我交代说彭珮云是假党员，我说不是，他们就打我，从上午到下午，连着两天，拳打脚踢，以后两个礼拜都起不了床。"

彭珮云也被打得够呛，他们是患难夫妻。而今，两个人互不干涉，各干各的事，连书房也是两个。他们性格迥异，彭珮云活跃好动，说话温柔，王汉斌不爱运动，言辞强硬，很难想象，几十年的为官生涯也没有磨掉他的真性情。

在说起《国家赔偿法》时，王汉斌又甩出一段铿锵的回忆。"过去我们蹲牛棚，谁来赔偿呀？后来退工资了，利息也不退呀！还叫我们多交党费，我说我就是不交。他们在台上的为什么不多交，而要我们关牛棚被扣工资的多交？"

退休前做的最后一件事——《专属经济区和大陆架法》

赶在1998年九届全国人大一次会议前，王汉斌让把关于《专属经济区和大陆架法》有关海洋权益的资料赶快印发："不然，我就退休了。可这是中华人民共和国的历史性权利呀!"

王汉斌在他卸任之前,做的最后一件事,就是制定《专属经济区和大陆架法》。这是一部牵扯到中国广大海域权利的法律,王汉斌为这部法律的制定殚精竭虑。他曾找过总书记,找过总理,拿着中国地图,找当时的总理李鹏作说明:"《专属经济区和大陆架法》需要对南沙群岛海域的历史性权利有适当的规定,否则,我们跟子孙没法交代。"

现在,在李鹏主持下,《专属经济区和大陆架法》已经制定出来,关于中国的历史性权利的条款已经有规定,王汉斌松了一口气,他所付出的努力可以向他的责任心交代了。但关于立法的争论还在继续,超前了,滞后了,看法各不相同。

而王汉斌却不同意立法过程中有所谓超前和滞后的问题。"成熟一条,制定一条,成熟一个,制定一个,这是老委员长说的。有把握的,就写进法律,没有把握的就制定不了。什么叫滞后?难道没有把握的也可以写进法律?"

"1979年,在中国还没有现代意义上的中外合资企业的时候,就制定了《中外合资企业法》,这是不是超前?但那是有把握的。《行政诉讼法》《村民委员会组织法》有人说是超前了,行不通,但实践证明是适宜的。所以,不能笼统地谈超前还是滞后,而要看实际情况,要看是不是成熟,是不是有把握。如果是成熟的、有把握的,就要早日制定。如果还不成熟,没有把握,即使有需要,想制定也办不到。《证券法》就搞了七八年,常委会先后审议了五次,到去年才制定出来,这就是因为有一系列重大问题有争论,没有把握,这算不算滞后?就算滞后也提前不了。"

说完,王汉斌仰面朝天,一副不以为然的样子。这副表情使得王汉斌在许多人心目中严肃有余,强硬有加,但其实,他在圈内是以开明、开放著称,有时候,有点像个老顽童。

"报道不同声音有什么坏处?"

——他在说这句话的时候,还是那副不以为然的样子。估计,当初在电视台记者被挡在大会堂门外,王汉斌下令让他们进来拍《破产法》的联组会时,他也是这种表情。

从冷的脸体察到热的心,不是件容易的事。当记者问他,当初为什么会这样做时,王汉斌突然用很小的声音说:"我一直认为人大的报道应该更开放、更活跃一些,对批评意见的报道,应该更充分一些。"

"为什么不可以报道不同意见呢?真理越辩越明嘛!"王汉斌又恢复了他惯常的响亮和明确,"报道不同的声音,只有好处,没什么坏处。积极的建设性的意见,即使不对,我认为也可以登在报纸上。我不同意的也可以登。"

学政治学出身,当过几年报纸的国际版编辑,而后也是一路的文字生涯,但王汉斌却一派戎马精神,说话做事,尖锐爽直。比如,说起运动这样一个很温和的话题,他也要说得没有一点拐弯和退路。他不说"我不爱运动",而是说"我就爱不运动"。他的家也少有文人的闲情逸致、着意抚弄,即使是装饰品,也摆放得粗粗落落,毫不刻意。只是墙上挂的一幅题字,像是大有深意。

"剑胆"。

——两个字,点出了满屋的精气神儿。

(与《法制日报》原编委阎军合作;载 2000 年第 2 期《人民日报》"大地"副刊,题目改为《伉俪副委员长的政坛佳话》)

中国外交部发言人李肇星印象

充任中国外交部发言人时有六年的李肇星说：每周一次的外交部记者招待会是中国改革开放的一个窗口，是中国与世界相互了解的一个渠道。作为发言人要尽可能多地提供信息，满足记者的要求。

李肇星坐在我们面前，微笑着。他那令人摇头的山东口音和不惊人的外貌都已经被公众宽容和接受，越来越多的人喜欢用记者们的话来评价他：李肇星是句句有新闻的发言人。

每周半小时的外交部记者招待会，没有热宴冷餐，没有客套寒暄，甚至没有清茶一杯。录音机在记录，记者们在捕捉，八十多平方米的记者招待会大厅，空气放慢流动的速度。李肇星用来招待中外记者的"是新闻，是对事件的评论，对问题的看法"。

在上百个这样的半小时里，李肇星好像没有说过"无可奉告"。他认为，记者怎样提问都可以。他甚至喜欢记者提出尖锐的问题，他认为，尖锐的问题对发言人是一种激发。

"作为中国的外交部发言人，最有利的条件就是中国人民和世界人民的根本利益是一致的。"李肇星说，无论是海湾危机，还是在柬埔寨、阿富汗、朝鲜半岛局势等一系列重大国际问题上，中国的态度都是光明磊落、不谋私利的。

所以，李肇星坐在外交部发言人的讲坛上时，心底的坦然就写在脸上。一位外国记者评价说：这是一种大国风度。李肇星的信条是：忠于祖国，忠于职守，打开心灵，不说假话。

这个在高高麦垛上度过童年的农民的儿子十八岁时终于跨进中国著名高等学府的门槛。李肇星在北京大学西语系和北京外国语学院研究生班就读七年以后被派往中国驻肯尼亚使馆，一去八年。供职新闻司后，李肇星再驻非洲工作两年。1985年归国就任新闻副司长，后升任新闻司司长、外交部部长助理。

现在，他已走过四十多个国家，无论在哪里，李肇星都体验着作为一个中国人的自豪感和责任感。而这即是李肇星认为的外交部发言人应有的第一素质。

李肇星性情温和，与他共事的外交部官员几乎没有见过他发脾气。但在涉及国家主权和民族尊严的问题时，李肇星会变得情绪激动起来。

六年前的记忆还是崭新的。李肇星在他的第一次记者招待会上便和一位西方记者就西藏主权问题有过一番唇枪舌剑，那一瞬间李肇星觉得浑身的血好像都冲到了脑门儿上。

据说，在那次记者招待会结束以后，那位西方记者便走过来就李肇星的出色回答表示祝贺。这位初次亮相的发言人于是多了一位记者朋友。这以后，李肇星"曝光"的时候越来越多了。但是，"尽管你经常曝光，可应该意识到个人是渺小的"。李肇星说这是作为发言人应有的第二素质。

从采访李肇星的困难程度，对此可以有更深体会。李肇星对中新社记者的多次采访请求一如他对待以往的记者，"始终非常和气而又极为坚决地反对报道他本人"。

记者于是出其意料，径直走进他家和他的夫人、外交部国际司官员秦晓梅聊起天来。李肇星瞠目良久以后便向客人展示了他山东人的热情。

李肇星说，当发言人最大的好处，就是永远让自己处于一种知识更新的过程中，永远不能说我会了，这样，可以保留一点学生气质。

话还未了，李肇星突然想起要给新闻司一位明天将鹊桥赴会的年轻人打个电话。不知他在司长的指导下情感的小船划到了哪一程，记者只知道，李肇星在繁忙工作之余还经常出现在工间休息时的球场。水平高低且勿论，和那些年轻人在一起的时候，李肇星也是一个意气风发的少年郎。

李肇星说，集体比个人重要，作为发言人意识到这一点十分重要，否则就不能平等地待他人。记者访问过为发言人做大量准备工作的新闻司新闻发布处。这些被李肇星称为"后台"的官员为我们描绘了一个不仅宽和，而且有着足够外交机智的发言人形象。

数月前的外交部记者招待会曾有一次关于邓小平健康的有趣问答。法国记者先问道："我们被告知邓小平很健康，不知现在是否仍然如此？"李肇星回答说："他身体很好。最近有报纸报道的情况与此相反，那完全是无中生有。"德国记者咬住不放："邓小平是在家还是在医院拥有这良好的健康状况？"李肇星微笑着回答："一个具有普通常识的人是会知道一个身体健康的人应该在哪里的。我不知道您在身体好的时候是否住在医院里。"

事过三天，一位外国驻华大使向李肇星表示了惊奇与喟叹："您怎么能回答得如此之妙？"

熟悉政策、反应快、懂外语，也是李肇星认为的发言人的必备素质。

应该说，李肇星的应对如何同他的政策熟悉程度和语言能力都有关系。

李肇星最初的梦想是当作家或记者，初中时的文章就曾变成铅字，大学毕业时的诗作又发表在中国第一大报《人民日报》上。后来，李肇星用若干个星期天和夫人一起编译了《世界芭蕾舞史》。至于他用一家三口人的名字合成的笔名发表的文章就更多了。

地道的英文使李肇星当发言人时可以有更多思考的时间，深厚的中文功底又使他可以出口成章，它们是李肇星快速旋转的大脑的两只翅膀。

中国外交部发言人还应该成为外交部和记者的桥梁。据称，前不久，官方又强调要为外国记者客观报道中国提供更多方便。

香港记者陈建平说:"李肇星在一百七十多个外国驻京记者面前,用一个让人理解和接受的形象出现,他跟你像是朋友。"

每次外交部记者招待会前,李肇星都微笑着站在大厅门口迎候记者,善意从嘴角流露出来,从目光里散发出来,紧张的记者招待会气氛因此变得祥和。

在这个冬天的夜晚,记者又看到李肇星和谐温馨的家庭生活。

李肇星的岳父说:他有时陪我们去听京戏,尽管他不很懂戏。

李肇星的夫人说:他不太会干家务活,但总起来看倒也是个好丈夫。

儿子禾禾没有评价父亲。这个十二岁的男孩子正端坐在电视机前紧张地记录新闻联播节目要点。他把中国外交部发言人变成了新闻发布对象——每当未能按时回家收看新闻节目的李肇星夜晚归来,儿子便开始向他发布今日新闻。

(与原中国新闻社记者王多多合作;

载 1991 年 2 月 21 日《羊城晚报》)

中国立法神话

——《中外合资经营企业法》的诞生及两次修改

中国第一部外商投资法——《中外合资经营企业法》日前在刚刚闭幕的九届全国人大四次会议上审议修改后以高票通过,不日就将公布生效。

这部本次大会审议的唯一一部法律制定于二十二年前。当时,中国几乎没有一个中外合资经营企业。

二十二年间,中国改革开放风起云涌,波浪翻滚,大步向前,市场经济已经日渐成熟。

现在,中国中外合资经营企业已达三十六万多个,实际使用外资金额已达三千五百多亿美元。

立法超前

在还几乎没有一个中外合资经营企业的情况下,要制定《中外合资经营企业法》,这说起来好像是一个立法的神话。但当时从政治斗争中醒悟过来、从经济崩溃边缘掉转身来的中国,就是这样冒着"立法超前"的危险,决然地用法律向世界宣示了它对外开放的决心。

回京不久的彭真带领他的同事们在人民大会堂不熄的灯光里,创造了三个月制定七部法的奇迹:《地方各级人大和地方政府组织法》《选举法》《刑法》《刑事诉讼法》《人民法院组织法》《人民检察院组织法》等六部法律都是涉及中国政治生活的重要基本法律,这第七部就是《中外合资经营企业法》。

对于当时的中国人来说，中外合资经营，是一个遥远而艰深的字眼。但当时的中国领导人高瞻远瞩，看到了中国的未来需要对外开放，需要进入外资，使之成为百废待兴的中国所具有的更大经济发展动力。

据说，制定完这七部法，彭真积劳成疾被送进了医院。他在五届二次全国人大会议上为这七部法所作的说明简短而又分量沉重：

——从今年开始，全国工作的着重点转移到社会主义现代化建设方面来。随着这个历史性的转变，我国必须认真地加强社会主义民主和社会主义法制。

——国务院为了在平等互利的基础上吸收外国投资，扩大国际经济合作和技术交流，决定与外资合营某些双方认为有利的企业，这就需要有相应的法律。

"没有法律人家根本不敢来"，曾任全国人大常委会法制工作委员会副主任委员，现任香港特区基本法委员会主任委员的项淳一遥想当年：谁愿意把大笔的资金放在一块没有法律保障的土地上呢？而中国刚刚结束了那么长时间的颠沛与混乱，也只有法律的建立才能标示中国的决心和能力。

1979年7月8日，《中外合资经营企业法》颁布施行，之后几个月成立的北京航空食品有限公司有幸成为这个立法神话里首先登场与观众见面的主角。作为中外合资企业的鼻祖，这家企业现在还自豪有加地称自己为"第一号"。在摄影机前，他们兴奋地打出手势，以"一"为荣。他们的合资合同已经续签，营业面积也翻了近三倍。当初，在很长时间内都前不见古人，后少有来者，这家第一号中外合资经营企业充分享受了先觉者的寂寞。

据称，中国在1979年到1982年开办的中外合资企业只有几百个，外资在进入中国之前有着一个为期不短的观望期，而后才停止犹豫，比肩接踵，争相走进中国。据统计，中外合资经营企业在1985年九个月内的开办数就达到上述三年的总和。

通过这些踏上中国国土的外资和企业，中国也开始蹒跚迈向世界。

小平过问

很难逆向地推测历史，如果当初没有邓小平的过问，《中外合资经营企业法》能否真正最后制定并通过。在当时的中国，对外开放，怎样开放，开放到什么程度，人们都还没有达成共识，所以关于《中外合资经营企业法》的争论颇多，有人甚至认为，如果分寸上把握不好，中国的主权问题都会受到侵害。

争论最大的问题当属要不要限制外资的比例问题。据悉，为了慎重起见，中国最高立法机关请诸多驻外使馆找来了国外相关的法律，发现许多发展中国家都规定了外资进入的上限，不能超过一定的比例。

彭真又进一步请来了荣毅仁、经叔平、古耕虞等人作咨询，提建议，征求意见。据说，就是在这次会议上，"红色资本家"荣毅仁先生提出，应该大胆地欢迎外资到中国来，合资过程中不宜对外资作上限比例的规定。

面对争论，邓小平坦然展现出一个大国领导人的风范和胸襟。他的语言总是那样短促而且肯定：在我们的土地上，我们怕什么？

结果是，在许多发展中国家都对外资进入规定上限的情况下，中国作了超常而大胆的处理——不但没有规定上限，而且还规定了下限。

1979年7月8日，中国第一部外商投资法《中外合资经营企业法》开始施行。1982年，中国的最高权力机构又把允许外资进入写入了中国的宪法。这一举措颇有石破天惊之意，在社会主义国家中这样做的，中国是第一个。

项淳一说，当时的法律规定非常笼统，因为中国还没有外资进入的足够经验，特意把条文制定得相对简单，给以后的实践留下足够的探索和发展空间。

其后，国务院又制定了六个相关条例，与《中外合资经营企业法》相关的另外两部外商投资方面的法律《外资企业法》和《中外合作经营企业法》也分别在1986年和1988年相继制定，中国关于外商投资的法律日益完善起来。

作为中国第一部与外商投资有关的法律，《中外合资经营企业法》在吸引外资到中国方面起到了历史性的作用，项淳一说。

两度修改

中国的改革开放已实行二十二年，和《中外合资经营企业法》的年龄相同。二十二年间，《中外合资经营企业法》两度修改。可以说，《中外合资经营企业法》的制定和修改、诞生与成长正是中国改革开放的晴雨表和备忘录。

1985年以后，外资大量进入中国，外国人认定，中国是一个可以给他们带来巨大利益的黄金地。到1989年年底，中国批准的外商投资企业数已经达到二万二千多个，实际使用外商投资金额达到一百七十五亿美元。

此时中国的发展实力和国际化程度已是今非昔比，外资在中国的发展也迈上了一个新台阶，许多发展中的问题又亟待法律的修改作保障。所以，在实施了十一年后，七届全国人大三次会议上对《中外合资经营企业法》进行了第一次修改。

首先，改动涉及合资期限问题。将原规定中合资企业双方必须商定合营期限修改为按不同行业、不同情况作不同约定。有的行业可以约定，有的可以不约定。立法机构认为，这样做有利于创办技术密集、投资额大、回收期长的合资企业。

其次，改动涉及外商最为关心的是否会轻易地被收归国有的问题。参照《外资企业法》增加的规定称："国家对合营企业不实行国有化和征收；在特殊情况下，根据社会公共利益的需要，对合营企业可以依照法律程序实行征收，并给予相应的补偿。"

另外，改动涉及中外合资经营企业的领导权问题。将原规定的合资企业董事会由中方担任，修改为"董事长和副董事长由合营各方协商确定或由董事会选举产生"。

曾任全国人大常委会法制工作委员会副主任委员的宋汝棼称，到1990年修改的时候，争论已经不多。修改字数也不多，但赋予投资方的权益却非常大。如此重大的赋权，表明了1990年时中国的自信。如此少的争论，表明越来越大的开放度，越来越统一了中国人的思想：开放、合作才能带来互惠和共同的利益。

如同十一年前的这次修改，又一个十一年后的又一次修改，改动的条数很少，改动的字数也很少，但都内涵丰富，都给中外合资经营企业拓展了更大的生存和发展空间。

每过十一年，便是一个历史性的跨越。偶然，也不偶然。两个巨大的跨越以后，中国已经成为和世界有着紧密经济联系，并在世界政治和经济中占有举足轻重地位的大国。

准备入世

这时，中国已批准外商投资企业三十六万多个，合同外资金额为六千七百多亿美元，实际使用外资金额为三千五百多亿美元，多年来稳居发展中国家之首。

这时，中国经济经历了五年的高增长，又在刚刚结束的九届全国人大四次会议上制定了新世纪的第一份五年计划，不同以往的是，这份五年计划是中国第一份真正以市场经济挂帅的五年计划。

这时，中国迈到世界贸易组织（WTO）的门前，并向全世界承诺了全面开放的时间。朱镕基总理在他所作的第十个五年计划纲要的报告中宣称，中国将适应经济全球化趋势，进一步提高对外开放的水平。他并特嘱，做好加入世贸组织的准备和过渡期的各项工作。

中国再次修改《中外合资经营企业法》，便是这种准备中的一个部分。为适应国际大环境，与国际规则接轨，中国在该法制定二十二年，修改十一年后，进行第二次修改。据悉，此前，《外资企业法》《中外合作经营企业法》已修改完毕，而之所以《中外合资经营企业法》居于其他两法之后修改，是因为在制定之初，对外开放还乍暖还寒，为了保障法律的郑重和稳定，特别规定只有全国人民代表大会才有权对该法作出修改。

而此次对该法的重要修改之一，就是取消该法的修改必须经全国人民代表大会的条款。专家评论说，当初增加了这一条款，是为了保证对外开放的顺利进行，今天决定删去这一条款，也是为了保证中国对外开放进一步加大和操作的更加便利。这一增一删，皆为开放，用心良苦，颇具深意。

另外修改的几项主要内容还有：

——删去关于合资企业生产计划应报主管部门备案的条款。

——将原规定合资企业所需原材料等应尽先在中国购买，修改为：合营企业在批准的经营范围内所需的原材料、燃料等物资，按照公平、合理的原则，可以在国内市场或者在国际市场购买。

全国人大常委会法制工作委员会主任委员顾昂然称，修改反映了十年来举办合资企业中外商最为关心的问题，进一步体现中国的对外开放，有助于解除外商的顾虑，将进一步促进引进外资工作的开展。

又一次重大的赋权和开放在本次人代会上引起的争议依旧不是很大，因为许多人都已经像中国的外经贸部部长石广生先生一样，认为"中国顺应世界浩浩荡荡之潮流，此其时矣"。

（载 2001 年《法制日报》并获中国新闻奖）

中国行政官员临"海"彷徨

时下中国行政官员"下海"的消息已不是新闻。

许多人言及官员"下海"都可以拎出近自北京市旅游局局长薄熙成,远至云南省政协办公厅副主任金和等一长串名单来。国家统计局也在不断提出新的统计数字,内地六省市官员创办的经济实体已逾七万,辽宁一年内就有四万官员出机关……似乎轻松愉快,毅然决然。

但日前贵州官员王贤贵投海自尽的消息传来,人们才在惊诧之后发现,其实许多中国官员都处在选择的痛苦和彷徨之中。

商潮撼动"官本位",但"官"念不会一夜之间离官而去。外面的世界很精彩,但市场经济大潮的海水有苦也有咸。

记者得知,某部几位处级官员表示要"下海"筹办公司后提出条件:一由部里出资扶持,二将管理人员工资提为八百元,三将公司定为局级单位。

他们在寻找官商之间进退自如的理想地带。这种寻找表达了许多官员的两难心态:汹涌而来的市场经济大潮使他们又喜又惧,沿革下来的行政体制使他们又不满又依恋。

商业部行业管理处处长覃业峻说,不管怎么变,人员如何流动,总会有路可走的。对个人而言,无非两条路,到公司或留机关。如果真去了公司,就准备喝几口水,冒一些风险。不过,真要让他选择,他还是想留在机关。

覃业峻把他的选择归因为惯性,而日前某报对许多机关大院作的专题采访表明，官员们心理上很矛盾：既希望动，又害怕动。待在机关里，工资不高；去公司，虽可增加收入，但没了依托，又不免惶惶然。据知，机电部前几年压缩编制从机关调整出来的人中，只有一个人是自己去谋职业的，多数人还是留恋原职。

现在中国政治体制改革终于进入了与经济体制改革的共振期，官场"减肥"别无选择。今后将有相当一部分官员要实现由"官"到"民"的痛苦转变。

市场经济需要有更多清醒而自觉的"下海"弄潮儿。如某部年届三十官居处座的高平，眼前坦然一条仕途却自坠青云之志，毅然辞官自办公司，两年盈利二百八十万元人民币。

他说，中国官多，官多生事。与其羁绊于人事纠葛，公务扯皮，浪费自己，耽误事业，不如罢吃"皇粮"去做实事。从靠财政支付工资的三千多万国家干部队伍里走出来以后，高平觉得找到了另一种表达自身价值的途径，所以他经常劝诫那些犹犹豫豫"观海"的为官的朋友：

——"下海"对国家有利。中国市场经济的建立与发展需要把人才引向经济。一比三十四的官员与人口比应该在尽可能短的时间内降下来；

——"下海"对个人有利。更自由、更充分地发挥个人潜力，提高自身生活水准。

当然，这一切都取决于你是否适合从商"下海"。商业部一位处长干了十八年的宏观管理，深知搞企业的不易，他说，并不是每一个人放下行政职务就能成为企业家。

组织人事部门的官员认为，机关也需要大批有才华的干部，而要留住干部，使机关具有吸引力，必须加快干部人事制度的改革步伐。

而分析家认为，随着公务员制度的建立和干部人事制度改革步伐的加快，机关的吸引力会有增无减，但市场经济大潮的诱惑将在长时间内与行政体制的稳定性相抗衡，官员们的彷徨也将长时期存在。

（1992年中国新闻社首发，《侨报》刊出）

"中国脑库"与中南海

从中南海出新华门,往东走,过了天安门,没有几公里就到了中国社会科学院。被称为"中国脑库"的中国社会科学院离中南海并不远。

实际上,中国党政高层的路线、方针、政策的形成都有它深刻的理论探索的背景。从"实践是检验真理的唯一标准"到社会主义市场经济体制目标的确立,从经济体制和经济增长方式的"两个根本性转变"到国有企业"抓大放小",从社会主义初级阶段理论到社会主义人权理论等,许多理论观点都还是处在"禁区"的时候,便由社会科学理论工作者经过艰辛的探索后率先提出了。

直接的通道

据悉,1991年,江泽民、李鹏曾把六十名中国社会科学院的专家学者请到中南海,共商中国社会科学院和中国社会科学发展之大计。

原定半天的座谈,被延长到一个整天。江泽民和与会政治局常委们商量,把下午的会议和事情都推掉,把中国最高层领导群体的整个一天时间全都给了中国社会科学院的学者们。

当然,学者与最高层领导人这样晤面对谈的机会并不是很多,但在这两个群体之间,思想的"见面"、精神的聚会却比人们所知道的频繁得多。一年四季,十之有七的日子里,学者们的最新研究成果,面对现实热点难点得出来的最新结论，都会通过直接的通道报送给中南海。

中国社会科学院还曾不止一次专门召开会议，鼓励更多的学者成为中南海智力支持的提供者。

一位中南海官员透露，在各部委的上报信息中，高层领导人对中国社会科学院学者提供信息的批示通常名列前茅。

有的研究成果为关于经济改革与社会发展的重大决策提供了依据，有的为中央起草"九五"计划2010年远景规划的建设提供了参考，有的为法律法规的制定提供了咨询意见。

中南海在汲取"脑库"的智慧。中国社会科学院法学研究所郑成思研究员报送中央国务院的研究成果，去年一年就有六项得到高层领导人的批示。

学者思维的科学性和前瞻性开始在国家政治、经济和社会生活中发生作用。去年，郑成思的论文《警惕建立合资企业中的中方国有知识产权流失》报送国务院后，李岚清副总理作了重要批示，国务委员宋健转给了国家工商管理局，要求有关部门研究具体规章制度。

据知，经过研究，国家工商管理局以48号令的形式颁布了企业商标管理的若干规定。这一文件采纳了郑成思的建议，对企业转让商标，企业对商标价值的评估，企业以商标形式与外国企业合资等问题作了明确的规定。

动用总理基金

那是1991年的5月，中国社会科学院"中国经济形势分析与预测"课题组的学者们专就经济预测研究项目向中央打了报告。

当时，学者们相信，迅速发展的中国经济越来越需要预测研究，官方会意识到预测的重要。而出乎学者们意料的是，中南海对这份报告反应迅速，六天以后，国务院总理就亲自批准立项，并动用总理基金，直接拨付专款。

中南海的这个动作意味深长。因为原来中国是不讲究什么预测的，那时，国家计划覆盖经济活动的各领域与全过程，而预测被认为是资本主义自发性、盲目性的产物而受到批判。

然而，中国在变，从前单一所有制的统一决策变成了多种所有制并存和决策多元化。经济市场化程度越来越高，国际化水平也日益提高，实现了从封闭向开放的大转变。

于是，经济预测的时代到来了。仅中国社会科学院就有分析与预测宏观经济发展的经济蓝皮书，分析与预测农业、农村经济发展的经济绿皮书，分析与预测社会形势发展的社会蓝皮书，分析与预测国际形势发展的国际形势黄皮书。一本书就是一个彩色的预言，给高层决策提供一个阔大的背景，也给民族带来一个发展的预期。

萨缪尔森曾把经济预测比作汽车的前灯。他说："就像汽车明亮的前灯一样，良好的预测展示了经济的前景，并有助于决策者根据经济条件来采取行动。"

中国经济发展高速列车的"前灯"是在90年代初点亮的。经过充分准备，从1990年起，"中国经济形势分析与预测"课题组成立，正式开展了预测工作，以便为实现国民经济和社会发展的第二步战略目标提供系统的、科学的定性分析与定量分析相结合的理论依据。

有人把这种分析称为政治算术。它不用词语进行思辨，而用数字、重量和尺度来表达自己想说的问题。据称，官方对此很感兴趣，因为它不仅大大提高了数量分析的科学水平，而且在制定社会经济发展计划和经济政策、监督调控宏观经济运行以及提高决策科学化水平方面都起到了相当大的作用。

中国社会科学院数量经济与技术经济研究所副所长刘树成说，几年来的实际检验，表明该课题组对每年经济走势在变动方向上的把握是准确的。比如，1991年的全局回升，1992年的继续扩张，1993年的峰顶，1994年至1995年的平稳回落，这些判断都是符合实际情况的。

后来，第二批总理基金又相继到位，学者们继续在绞尽脑汁做着一道道政治算术题，不过他们在心态上有了变化：从担心"预测不准会招致责难"，变为"没有科学的预测，就没有正确的决策"。

刘树成向记者展示了资深经济学家刘国光与他合写的关于"软着陆"的文章。这篇长文被刊载于中国重要报刊，朱镕基副总理对该文的重要批示，被当作编者按随文发表。

据知，朱镕基关于学者文章的批示及有关指示后来成为1997年朱镕基办公室第一号发文。随后，中国各经济部门都总结了"软着陆"的经验。

在刘树成为"软着陆"欣慰的时候，数量经济与技术经济研究所所长李京文和社科院的二十多名经济学者正为《走向21世纪的中国经济》而兴奋不已。

《走向21世纪的中国经济》是对2010年中国经济进行全面分析与预测的第一部专著。它是"中国脑库"的思维走势与中南海官方决策的需求相结合的产物。

李京文说，1995年至2010年的十六年，是中国社会主义市场经济体制形成与确立和中国经济结构大变动的时期，也是中国经济快速增长的黄金时期。对未来十六年的中国经济作出预测和分析，是经济学者的一项重要任务。正在这时，国务院领导也要求学者们开展2010年中国经济发展思路的超前研究。

依此书分析，1991年至2010年是中国经济增长的黄金时期，据模型测算，90年代中国GDP可保持9%的增长率。2001年至2010年中国GDP增长平均不会低于7.5%，那么，到2010年中国国民经济总体规模将跃居世界前列。枯燥的数字勾画出的是一派绚烂动人的前景。

执教怀仁堂

中南海怀仁堂是个神秘的地方，历史上许多关系国家命运的抉择就是在这里作出的。

但有时候，怀仁堂也是一个特殊的课堂。

今年六十三岁的资深法学研究员王家福曾两次充任中南海里的"老师"，在怀仁堂的圆桌前，在江泽民总书记、李鹏总理的对面高谈阔论。

王家福在走进中南海之前，一直在琢磨，讲些什么才是最适当、最有效的。他思考的结果是，讲领导人或许平时没有注意到但确是极为重要的问题，讲那些让他们听了就会感到非注意不可的问题。

在怀仁堂的讲桌前，他指出，社会主义市场经济法律制度建设是一场法制革命，不是旧制度的修修补补。建立这一制度，要真正树立法治观念，摆脱人治，要大胆借鉴西方发达国家的先进经验，要区别公法与私法，要区分作为公权的国家和作为所有者的国家，要摒弃与社会主义市场经济不相适应的国有企业财产权理论，要坚持市场经济法制的统一……

怀仁堂里时而是"老师"一人讲解，时而是"师生"相互交流。江泽民、李鹏等国家最高领导人边听、边论、边问。

王家福提起怀仁堂的法制讲座来感慨颇深。他说："国家领导人为了治理国家听取学者的意见，如果能给他们一些帮助，我很高兴。"

王家福并没有回避一些敏感的话题。在中南海，王家福不可避免地讲到了权力。这位学者直言，不受制约的权力就像脱缰的野马，必然导致腐败，产生罪恶。他还讲道，过去以为共产党一定"万岁"，实际上，任何执政党如果背离人民的利益，就会被人民唾弃。

据知，讲座超过了预定的时间。讲座结束时，江泽民肯定王家福从理论与实践相结合的角度，就加强社会主义法制建设和依法治国的问题作了很好的讲解。他并表示，这对他们加深对法制建设一些重要问题的认识，更好地运用法律手段管理国家的社会事务是有帮助的，这样的讲座以后还要不定期地办下去。

除王家福之外，1994年上海学者曹建明曾在中南海作过关于对外开放与关贸总协定的讲座。去年夏天，江泽民总书记分别特约中国人民大学罗国杰等八位教授研究关于中外历史方面的重大问题。今年5月，中国社会科学院学者吴建瑶作了关于一国两制与香港基本法的讲座，中南海里的学术研究空气似乎愈益浓厚。

敢讲真话

做医生要有医德，自比为社会医生的社会科学家们更珍视其独立正直的学术品格。中国社会科学院工业经济研究所副所长金碚认为，学术为社会、为决策服务，最重要的是看问题要更客观，敢讲真话。不是政府制定一个政策，你就来诠释它。诠释工作也是很重要的，也需要有人来做，但那是另外一件事。学者应代表社会的良知和智慧。

曾在美国做过一段时间研究工作的金碚说："我个人不太主张学者对政府说，你应该这样做、那样做。好像政府没有这样做，就是没有听我的话。作为一项政治决策，要听各方面意见，而任何一个学者，都只能是在自己的学科内最有发言权。"

在他看来，中国现在是研究社会科学的一个很好的舞台，有比较宽松的学术环境，激励着"中国脑库"加速运转。

六十多岁的研究员陆学艺曾因直言批评政府的农业政策而受到邓小平和万里的重视和肯定，他根据自己的经验认为，知识分子不能光讲空话，他们有条件、有责任、有义务诊治社会的病症，有条件、有责任、有义务为决策作出咨询。

而年青一代的学者们正在时代的大变迁中找到自己的位置。据悉，在中国社会科学院第二届青年优秀成果奖的获奖成果中，研究中国现实问题和国际问题的成果占百分之四十七，内容涉及经济体制改革、企业改革、金融改革、人口问题、农业问题和农村经济改革、投资经济与基本建设等各个方面。

身居其中的金碚则由此得出结论：现在的年轻学者正越来越多地以积极入世的态度对待学术，而政府与学者关系的更加密切，则有力地推动着决策科学化、民主化的进程。

（载1997年第9期《华声》）

官商心仪黑帽子

博士的黑帽子宛如魔术师的黑帽子，这几年在中国神秘地旋转，时而转出门庭冷落的凄凉场面，时而转出趋之若鹜的热闹景象。

1994年便是这热闹场面的开幕，这一幕开得迅猛，开得广阔。1995年则是这热闹场面的延续，此时，万马奔腾战犹酣。

黑帽子下应者云集

中国社会科学院研究生院1994年购置了100套博士服，校方从1∶5的招考比例中隐约感到：前十年里博士生指标招收不满的历史也许自此结束，他们所要做的是如何向国家教育委员会争取更多的名额，以使应试合格者如期走进中国社会科学院的大门。

国家教育委员会一定是在收到许多类似的要求后，才打破原定计划。据透露，原定1994年招收7000名博士生的计划被重新调整，该年实际招收博士生9000多名，达到历史最高水平。

中国自然科学最高学术机构——中国科学院1995年招收博士生约1400人，他们会像一年前入学的博士生们一样很快融入中国自然科学的前沿研究，成为中国科学院科研工作的生力军。而在几年以前，他们的身影则单薄得多：中国科学院1992年、1993年招收的博士生仅为700多人。而十几年前，只有几十人。

一时间，学生考博、学者考博、官员考博、老板考博……人们争相涌向知识的圣殿。昨天,傻博士的称呼还响在耳畔;今天,考博士的热潮已涌到眼前。

黑帽子迁入中国科研重地

在中国科学院,博士生被视为科研工作的生力军。该院教育局招生办主任郑晓年说,中国科学院今年招收的博士生人数达历史最高水平是需要与可能的一种对接。

据估计,未来五年中,"文革"期间的大学生大都将退出科研第一线,国家需要大批有志于科研的年青一代补充进来,形成不同年龄段人才的正常交替。江泽民总书记在1994年一年里就曾多次敦促中国科学院,要求他们努力把自己建成培养高级技术人才的基地。

此时,正是中国科学院大幅改革、精简裁员之际,依照计划,800人的物理所2000年固定人员将被压缩至400人左右。人员精简,科研任务不减,所以,很大一部分工作要由硕士生、博士生和客座研究人员承担。

而1994年以来,中国市场经济渐趋有序,不规范的就业机会相对减少,报考博士研究生便成了拓宽学术视野、创造就业机会、寻找国际交流可能的最佳选择。

加之中国科学院又有1100多个博士生导师,于是在这块中国的科研重地上,需要与可能一拍即合。自1994年起每年有千余名幸运者走进学院,他们进院不久就能投入到学院每年近万个科研项目中去,这些项目多数都是国家基金委重大或重点研究课题、"863"项目和国家科技攻关项目。他们还能享用正负电子对撞机、同步辐射加速器、重离子加速器、强激光装置等国内仅有的一些大型科研装备。

据说,晚上在实验室加班的基本上都是研究生,在夜幕下的灯光中,他们刻苦钻研、奋力攀登,用自己的心智去占领一个又一个学术制高点。

精神需求与生计需要

江苏省社会科学院社会学所所长、四十多岁的邹农俭就学北京,是为了能有一段时间跟着导师,安静地把自己的学术思想理理清楚。与此同时,他也想让头上的帽子与自己脑袋大小一致。

邹农俭关于农村问题的研究已很受业内人士好评,但有机会在具有内容以后又有形式,得到一个与自己学问相称的学位又何乐而不为呢?邹农俭说,学位是学术水平的一种代表,内在与外在合一才是一种最佳状态。

对最佳状态的追求也是供职某通讯社的臧力先生回头去考博士生的原因。这位在未名湖畔读过本科和硕士研究生的"北大人"似乎更注重自己的内心感受。他说,他对读书、教书、写书生活有一种特别的喜好。另外,他还有一种"北大情结",读"全北大"是他的一个梦,现在,这梦想已经成为现实。

臧力觉得读博士使他的学术视野拓宽了许多,他逐渐能够全面地、公允地、学术性地分析问题,而不再靠小念头和新感觉去看事情。他准备毕业后先教几年书,写几本书,他说,有可能产生点影响最好,不行也就算了,重要的是从中找到内心的快乐。

对于大多数毕业于高校的学生和就教于高校的教师来说,考博更多地不是一种"精神需求",而是一种"生计需要"。这不是一个轻松的话题:戴不上这顶黑帽子有时就意味着无法晋升高级职称,有时就意味着找不到称意的工作,有时就意味着出国的机会擦肩而过,一个人的一生有时也就这样改变了轨道。所以,他们必须努力,咬紧牙关,再在考场上作一回冲刺。

官员戴上黑帽子

海关总署副局级官员黄胜强前不久以令人满意的成绩考入中国社

会科学院研究生院。当他迈入这所位于北京东北郊的边远的校园时，他前已有"古人"，后亦有"来者"。

据有关人士披露，共青团中央书记处第一书记李克强已拿到了北大经济系的博士学位，另有官居国家体改委、港澳办、计委等国家机关司局级要职的许多人都是戴上了黑帽子的博士。1995年中国社会科学院研究生院新招收的百余名博士生中就有一批处级官员，该院党委副书记翁杰明认为，他们已成为中国考博热的重要依据。

考博人数多、考博生源多元化、博士生学科重大调整构成了中国考博热。翁杰明说，这其中，官员考博是中国考博热中一道特别的风景。依照他的估计，二十年后，中国的领导群体将由一批具有硕士、博士头衔的职业、半职业管理者组成，而一个健全的知识结构则是他们所必需的。

迅速变化着的中国经济会给未来中国政治生活带来什么？这是一个重大而有趣的话题。每一个五十岁以下的中国官员都无法回避它。在国家民政部供职的李耀东先生说，一个国家的现代化，首先应该是人的现代化。高速发展的中国呼唤一代精英分子的出现，先期致力于自身知识结构完善的官员是敏感迅捷的"暖水春鸭"。

中国社会科学院文学所研究员、博士生导师杨义先生对此已有评价，他认为，有一些高档次的人才来管理国家和参与社会政治生活是好事，这将提高国家决策的科学性和体制运行的知识文化含量。他说，高级人才应有跨学科、跨行业、跨部门的能力，重要的是官员读博士应认认真真进入博士的角色，先走进来，再走出去。

老板追逐黑帽子

如果说中关村的大老板就读北大算是近水楼台，那么海南赛格集团的总经理几年备考中国社会科学院就该算是不远千里了。1995年，"三鸣养生王"的总裁又报考了中国科技大学研究生院的数学博士，不知这数字和养生之间有着多大距离和多少联系。

与官员戴黑帽交相辉映,大款考博士生也是博士热中的一大景观。前些时候,曾有大款住在四星级的大饭店里日夜兼程准备博士生考试,而眼下,中国社会科学院的新科博士生里就有几名经理、总经理漫步在研究生院的校园。

对老板考博,人们众说纷纭。有人说,老板考博士是为了用高级知识和思维方式宏观地指导企业发展。有人说,老板考博士是为了树立新的企业形象。有人说,老板考博士是中国儒商追求的现实反映。有人说,老板考博士是因为他们有钱以后还想要有社会地位以求心理上的平衡……

翁杰明说,不管如何评价,对知识的追求总是好的。而知识在中国现实生活中日益显示出它的作用,正是近来中国考博热的最根本原因。他认为,在中国的市场经济逐步有序化的时下,靠机遇和冒险去获取超额利润不会再是一种普遍现象了。

黑帽子下面的秘密

博士制度是一棵知识的大树,上面有许多神奇的果子,它们能给人带来社会地位的全面提升。

比如跨地域流动。在如今跨地域流动尚难实现的情况下,考博是个最佳选择。中国社会科学院年轻的社会学学者陆建华说,即使毕业后不在北京择业,回到地方也是一条龙。北大一名博士的择业过程恰好为陆建华的观点提供了佐证。这位成绩平平的博士一到某省的名牌大学就职就如愿分到了住房,第二年他又成了大学的教授,后来还被评为该省优秀青年学者。

又比如出国交流和深造。当出国深造对许多青年学者还是一个梦想的时候,考入中国科学院的博士生则随时可以梦想成真。中国科学院给研究生们提供的机会令人眼花缭乱:长期出国合作培养、短期国际交流、参加国际学术会议……凡此种种，不一而足。

博士头衔已成为知识的标志、经济地位提高的条件、职务晋升擢拔的先期储备……令人仰慕的声望也开始在眼前招摇起来。据悉，香港一家私人大公司的老板已明码标价，以一套住房和二十五万年薪迎候内地的博士们。这时候，博士们的感觉如何呢？

傻博帽子已去，穷博帽子尚存

博士们说，傻博士的帽子已经摘去了，但穷博士的帽子还依然戴在头上。在喧嚣与浮躁的世风之下，在研究生院里清静与清苦地读三年书也并不是一件容易的事。

许多人都会作经济学成本核算：读博士三年得失各是多少？陆建华说，这得失平衡和成本核算的过程，全部地透露了现今要读博士的年轻人心中的功利原则。中国社会科学院研究生院招生办主任王新垣认为，现在的博士生往往把功利性放在考虑问题的第一位。

而这功利性的前提分明是博士们生存和发展的基础条件还不尽如人意的反映。据说，留在北京工作的博士很多人还没有分到住房，自己租房，租金很高，单位资助又有限，令人一筹莫展。

学术的发展又与所在单位的发展息息相关，但并非所有科研单位都处于又有经费又有课题的良性状态，所以，清苦三年的穷博士工作以后仍然有人心神不定。

不过，好在这些问题已被诸多方面注意并设法解决。例如江苏省社会科学院就从院外设法搞到一笔基金，将其用于年轻学者们进行深造，来北京读博士的该院社会学所所长邹农俭便是这一特殊政策的受惠者。

中国博士何时才能走出清贫的窘境呢？杨义教授把这个问题上升到中国人文建设的高度，他说，要让整个社会向高度物质文明和精神文明的方向发展，要靠政策的制定、体制的运行和社会的导向。

黑帽子的冷与热

两年前受人冷落的黑帽子这两年却成了一种社会热潮的标志,但热潮之中也有冷寂的角落,黑帽子的温度顶顶不一样。

据统计,中国社会科学院研究生院最热的是经济学和法学,两者相加占去了报考者的一半。而宗教学、考古学专业却一个也没招上。该院一共三十多个系,有一年十几个系都没人光顾。其门可罗雀,其景伤人心。学科与专业后继无人,学科与专业的寿命就是老先生的寿命。老先生一辈子一本书,但学生不行,他们不愿在故纸堆里坐冷板凳。人心中的需求太多:快乐、舒适、名望……身外的诱惑太多:金钱、权力、机会……生活又很严峻:工资太低、住房太窄、老婆离得太远……这一切都需要靠一顶受人尊敬的黑帽子,博士们必须把分配想在考试之前,把实利放在学术之前。

黑帽子的冷与热自有其原因和道理,但这冷热之间,许多国家必需的基础性学科和专业正在消损或消亡,消亡了便无可挽回。

什么时候国家的要求才能和考生个人的要求统一起来呢?王新垣的疑问中含着深深的忧虑。

黑帽子的真与假

清华大学有一名博士生五年做不出来实验,所以也没法完成论文。这番痛苦绵长的经历使他深深感到黑帽子的辉煌遮盖了学术的艰辛,但他的经历恰恰也可以作为中国博士教育管理严格的一个记录。

北京大学博士生臧力说,博士论文很难代笔,要求在十二万字以上,有新见解,不能转述别人的东西,把握材料的能力和归纳能力都应具相当水准。

中国科学院教育局招生办主任郑晓年也说,博士招生十几年,中国科学院博士论文答辩没有出现过剽窃现象和代写论文的现象。据称,中国科学院博士教育管理相当严格,一般博士要经过开题报告评估、中期考核和学位答辩三大关卡,有的博士生在中期就被淘汰出局。在答辩之前通常先有评阅,每篇论文都有十几个同行专家进行评阅,有的所还实行了一票否决制。

这些严格的教育管理方式强化着黑帽子的魅力,但考博热带来的考博需求的增加,招博方式的多样化以及操作过程中各种利益的驱动,令博士教育严格的管理体系正面临着从未有过的考验。

据说,现在已有在职博士、委培博士、定向博士、论文博士、试读博士种种繁多名目,交费标准也各不相同。虽然管理者还谨言慎行不断自律,但偶尔传来的硕士论文代笔捉刀的消息不得不使公众目光聚焦于博士的真实性。

已有社会学家发出警告,知识分子更须自重自爱,不要把学界一些有价值的东西变卖掉。此言出语虽重,但用心良苦。的确,黑帽子的真实性需要我们用制度和良心去捍卫。

黑帽子会越来越多吗?

会的,中国社会科学院研究生院党委副书记翁杰明说,博士热会持续很长时间,但热的形式会有一些变化。这位年轻的官员在1995年该院新博士生入学的欢迎会上勉励学员,要使自己有一流的品格、一流的修养、一流的视野、一流的体魄、一流的学识和能力。

在中国日新月异的现实生活中,知识越来越显示出它的力量,社会政治经济生活和学术的发展越来越期待一代精英分子的出现。为在这个人才成长的大潮中永立潮头,中国科学院已决定将研究生教育的重点转向博士生教育,加快博士生教育的改革与发展。他们特别推出硕博连读的新方式,以期吸引优秀人才,早出优秀人才。

人才的问题是一个永远的问题,高级人才的培养和产生更是一个永远的难题。博士热潮汹涌而来,翻卷着生活的浪花,拍打着时代的堤岸，自有其生活的合理性，反映着时代的要求。人们可以寄望的只是，中国考博热能热得冷静一些，有序一些，让那一顶神秘的黑帽子，容纳更多的智慧和力量。

（载 1995 年 11 月 24 日《人民日报》海外版）

"回归是一个大 Party"

——澳门孩子心中的回归

两只身高两米的"回归燕",最近总出现在澳门的大街小巷。这可乐坏了澳门的孩子们,他们牵着"燕子"的手,跑来跑去,笑个不停。

但,澳门的孩子知道不知道回归?他们心中的回归是什么?

妈阁庙前围着"燕子"笑闹着的孩子听到这个问题,就立刻停下来,告诉我,燕子是澳门回归的吉祥物,回归是在今年的 12 月 20 日,可回归是什么,孩子就面面相觑了。然后,他们一哄而散,又去和"回归燕"做游戏了。

"回归是一个大 Party"

"回归是一个大 Party。"

这是山度士先生说的话。他是澳门市政厅的全职委员,一位土生葡萄牙人。他有两个女儿,大的十岁,小的七岁。他说,他的孩子们知道回归,但回归意味着什么,就不知道了。

山度士说,他们认为,回归和圣诞、元旦差不多,是一个大 Party。

山度士的爷爷是葡萄牙人,他爸爸和他都是土生。他现在是澳门很高级的公务员,回归后,他的工作和生活将不会有什么重大的变化。

只是眼下每天忙于回归前的准备,他很少有时间陪孩子。澳门的绿化、灯光的美化、街道的整治……都和他的工作有关。要做的事情太多了，山度士说，很可惜，一天只有二十四小时。

"小孩子回到妈妈的怀抱"

梁美仪有一双美丽的大眼睛，她今天作为童子军的一员，站在街头为慈善募捐大游行维持秩序。由于她所在的那所私立教会学校开设国语课，因此，中学三年级的美仪能很从容地用普通话和人交谈。

十四岁的美仪难以用非常精确的术语讲清楚回归到底是什么，但她觉得，12月20日，对澳门人来说，就像"小孩子回到妈妈的怀抱"。

她略带羞涩地告诉我们，12月19日，她还将和童子军的伙伴们，像今天一样，整装待发，再度上街，迎接"解放军进城"。

据说，平时在学校，她们很少涉及"澳门回归"的话题，但是，回到家中，电视里，饭桌上，有关澳门回归的议论和见闻，都成为她生活中不可缺少的内容。

虽然上街维持秩序会耽误她们的功课，但是美仪却不以为意。她愿意学普通话，说普通话，愿意学中国的历史文化，愿意在澳门回归的历史时刻，感受小孩子扑向妈妈的那种快乐。

"为什么不把回归当成一个假期"

十二岁的澳门童子军谭嘉豪对回归的了解多得令人惊讶。今天，他也像美仪一样，站在妈阁庙前，为慈善募捐游行维持秩序。在回答关于回归的问题时，他毫不犹豫，款款作答。

他知道回归的日子，知道葡萄牙人16世纪登陆澳门的历史，知道回归的日子是怎么定下来的。我问他，回归是什么？他没有正面回答我的问题，毋庸置疑地说："澳门根本就是中国的一个地方嘛！"他还反问我："离回归还有八天是不是？"

只是说到回归的那一天，他变得有些犹疑。他说："不知道为什么我家的日历没有把回归当成一个假期?"

据说,嘉豪关于回归的消息都是从电视上看到的,他还从那里看到过天安门广场,他说,那里的地又广又平,他很想有机会到那里去骑单车。

(1999年12月13日中国新闻社首发,《澳门日报》刊出)

第二辑

讀書

天下萬事萬物一切奇見奇聞豈不備
載於書誦其語思其意學問日深道
理日新愚者日之而智昧者日之而明日與
聖賢對晤不二樂乎

曉暉

神气十足于光远

八十四岁的于光远总是不断爆出新闻来。继去年宣布要"和毛泽东进行学术讨论",弄得被无数出版家追踪之后,今年,他又宣布"本人要走向现代化,我要上网了"!

和毛泽东进行学术讨论?这在从前的中国是不可想象的。五十多年前,于光远供职中共中央宣传部,他的主要工作就是讲解毛泽东的思想。他写的政治课教材动辄付印百万份,稿费多得很。中宣部的游泳池、幼儿园和一家简报公司的修建和兴办,都有于光远的资金注入。

但以前怎么没有想到和毛泽东讨论学术这件事呢?

于光远说,第一,我崇拜毛泽东。第二,他是大官,我是小官。第三,政治问题不适合讨论。第四,他是个老年人,我还年轻。

"现在,第一,没有个人崇拜了。第二,我也不是官了。第三,当初的政治问题现在变成了历史问题和学术问题。第四,我也成老头了,活得已经比毛泽东长了。"

刚过完八十四岁生日的于光远无日不思,无日不写。进入八旬年界以来,一共出版了二十多本书。今天,于光远告诉记者:"我赞成康德关于两个王国的说法。权力王国没有我的地位了,但我要在智慧王国里当一位研究员。我还是很神气的!"

他这样说的时候,目光果然很神气。背后,是数不清的书,他的和别人的。还有多张很好的照片,照片上,这位长期被称为中国红色理论家的老人穿着上海期货交易所的红色马甲。

二十一年前的 1978 年，于光远在十一届三中全会前的中央工作会议上直言要为天安门事件彻底平反时，不知是否也这般神气。据说，于光远在发言时引用了列宁的话：胜利了的社会主义如果不实行充分的民主，它就不能保持它所取得的胜利。

在那次为期三十六天的中央工作会议上，于光远共发言十余次。也是在那次会上，邓小平作了题为《解放思想，实事求是，团结一致向前看》的讲话，它被中共十五大称为开创建设有中国特色社会主义新理论的宣言书。

时任中国社会科学院副院长、国家科委副主任、国务院研究室负责人的于光远直接参与了这篇讲话的起草工作。据说，邓小平曾拿着一个提纲，请来胡耀邦和于光远谈他准备讲话的主导思想。至今，这个邓小平用铅笔手写的提纲还珍存在于光远的家里。

他的家在北京中心地带的一个小四合院里。曾在中国风云一时的于光远常常从这里出发，去行万里路。光是今年上半年，他就到过河北、广西、广东、陕西、江苏、安徽、福建、上海。除了腿脚有点不利索，和他满头的白发，曾患过癌症的于光远了无衰老的迹象。在家的时候，就写文章，发文章，接受记者采访，会晤新老朋友。于光远的日子赛神仙。

"我总是感到有一种责任，要把想到的问题说出来。"于光远说，"还不敢说自己想说的话，做自己想做的事，那岂不是辜负了这满头白发！岳飞说，莫等闲，白了少年头，那是将士的语言。但思考问题、讲话、写文章与头发白不白有什么关系？"所以，于光远有一篇文章的名字就叫《莫辜负了满头白发》。

对于光远来说，思想已成为一种习惯。最近，他总在思考中国的知识分子问题。他说，现在该是讨论中国式的知识分子问题的时候了。中国式的知识分子问题的特点是，知识分子的地位总要党代表工人和农民来确定。

"毛泽东曾引用古话说，皮之不存，毛将焉附？中国知识分子总要附在别人的皮上。说好是工人阶级的一部分，说不好就是臭老九。在知识经济年代，知识分子应该觉悟到我就是皮，上层建筑应该附在我的皮上。"

去年，中国大规模地纪念中共十一届三中全会二十周年，于光远又开始琢磨。这位耄耋之年的思想者大声疾呼：解放思想，实事求是，一点也没有过时，而且特别适合于今天。历史已经跨在进入新世纪的门槛上，新的时代呼唤着新的思想解放。

在这新世纪的门槛前，八十四岁的于光远还是一个纯真少年。他表示，不赞成格林威治和紫金山天文台关于21世纪应从2001年开始的说法。"新世纪从何时算起，这不是个天文学问题，而是一个社会心理问题，谁愿意大家都进入了21世纪，我们还在20世纪？！"

于光远给自己定了一个人生计划，活八十万小时。八十万小时，约合九十一年零九十五天。对此，于光远很有信心。他也有很多经验，比如，不说违心话，因为有好几个人说了违心话而得了脑软化。他说，自己也该讲点心理卫生。

在这预期的时间里，于光远有好多事要做。在此前的半年中，他的工作主要是写一些"向后看"的文章。他用不少时间回忆了十一届三中全会后胡耀邦担任中共中央领导职务期间的那段历史。"向后看是为了向前看，我想把那十年的历史具体地理出个头绪来。"为此，于光远研究了中共党史中某些带根本性的问题。

这些问题都严肃有余，它们与于光远近得的一个绰号相去甚远——"大玩学家"。拿这个怪怪的绰号问于老，他才笑呵呵地道出原委。原来这是因为他不仅有一大套"玩"的理论，还大讲，人之初，性本玩，要活到老，玩到老。而最近，于光远又在不在其位还谋其政的同时，发明了一种新的玩法——制作谜语，拆字打成语。比如，旭——旦：九死一生；三——干：偷梁换柱……很有点意思。

（载1999年第10期《半月谈》内部版）

吴敬琏：谔谔中南海

问起月前他在中南海的会议上直言己见，和别人争执得面红耳赤的事情，吴敬琏表情泰然而又淡然。这在他已经不是第一次。而且在他看来，忠实于科学，是理所当然的事。

这样的会议，现在在中国已很常见——就重大的经济问题征求经济学家的意见，中央和政府的最高官员与学者对话。在这些领导和学者的身后，围坐成一圈的，是参加听取意见的政府各部部长。

吴敬琏就是在这样一个很郑重的场合，一如既往，直抒胸臆。而后，他就匆匆赶到外地，开始另一项工作。至于他一石之后漾开的重重涟漪，吴敬琏就没有时间去管了。

据说，十年前，他也有过这么一次，在中南海里和别人争执得面红耳赤。吴敬琏从中国社会科学院转到国务院发展研究中心这个政府直属的研究机构工作的十五年来，这样的场面已经发生过很多次。不管是与高官、大贾，还是与中国最高领导人当面对话与交谈，吴敬琏都能直接地说出自己的所思所想。那时候，他只想着如何把自己的意见表达得清楚明晰，其他的就顾不得许多了。

当然，在中国改革开放之前，吴敬琏是不可能这么做的，他甚至也不会想到要这样做。因为，在很长的时间里，"中国都没有真正的经济学，有的，只是对'最高指示'、现行政策的诠释和辩护"。

也曾经真心地迷信"左"的思想和潮流，吴敬琏坦然承认参加过对自己老师孙冶方先生的口诛笔伐。那时，对于三十几岁的吴敬琏来说，政治上的正确比他的老师更重要。

十年之后，经过在干校对农民生活的亲身观察，经历了劳改，戴过了"反革命"的帽子，吴敬琏逐渐从迷幻中醒来，他对中国面临的种种社会问题有了新的认识。

探索的路有时就像中国改革的道路一样曲折和漫长。吴敬琏的幸运是，"文革"在给了他无数精神摧折的同时，也给了他无数的时间，还给了他一个可遇不可求的老师和朋友——顾准。在劳改队里，吴敬琏和顾准相濡以沫。在顾准的帮助和启发下，吴敬琏开始恢复和提高英语阅读能力，研读和翻译现代西方经济学家的论著，同时学习中国史、世界史、哲学史、思想史、文学史……

80年代初，吴敬琏又与机会相遇。与来华的波兰经济学家布鲁斯和捷克经济学家锡克的接触交流，使吴敬琏在朦胧中似乎找到了中国"扩权"改革实验不成功的原因，开始萌发了重新学习经济学的强烈愿望。

而后，五十三岁的吴敬琏只身赴美，已是正教授的他在那里旁听了大学本科生的课程，从经济学原理学起，一直到博士生的讨论课。这一段对现代经济学的再学习，为他理解中国实际经济问题打下了较好的理论经济学基础，这种研究与思考使吴敬琏获得了一种信念：任何真正的改革，都应当是市场取向的，即建立市场经济的改革，形成"整体协调"的改革。

据说，由于学习太紧张，在1984年回国的时候，吴敬琏已经累得说话时连舌头都不转了。但他还是迫不及待地赶回，想和夫人到香港转一转的安排也取消了。

但回国后，吴敬琏一点也没有休息，就被时任国务院技术经济研究中心负责人马洪拉到东北，起草一篇关系改革大局、为在1982年遭到批判的社会主义商品经济翻案的论文。从此，吴敬琏就从中国社会科学院经济研究所转到国务院发展研究中心，成了一名"政府经济学家"。

对此，有人有疑义，有人有微词。吴敬琏觉得，问题的关键不在一个人在哪里工作，而在于他秉持什么样的主张。"并不因为你当了政府经济学家，就变得道德低下了。要那么清高干什么呢？你不是要改变这个社会吗？不是要为人民造福吗？在政府机构里面，不是完全可以和在民间机构里做得同样好嘛！"

今年六十九岁的吴敬琏无意在这些问题上纠缠不休。一年三百六十五天，天天都是他的工作日，而且天天都要工作到午夜，他没时间心"有"旁骛。但他关于中国改革的研究成果，却日见丰硕：

——1984年，他参加马洪领衔的《关于社会主义商品经济的再思考》意见书的写作，为商品经济平反，为十二届三中全会作了舆论准备；

——1985年，他到处宣传"三环节配套改革"的思想，后来终于为党的全国代表大会《关于制定第七个五年计划的建议》所接受；

——1986年，他任国务院经济体制改革研讨小组办公室方案办副主任，成为中国政府制定全面改革方案的起草负责人；

——1992年，他向党中央提出将建立社会主义市场经济确立为中国经济改革的目标的建议，被中共十四大所采纳；

——1992年至1993年间，以他为首的课题组提出《对近中期经济体制改革的一个整体计划》以及相关改革方案，为中共十四届三中全会制定《中共中央关于建立社会主义市场经济体制若干问题的决定》提供了重要参考；

——1997年，他领导的有关课题组向党中央提出关于对国有经济进行战略性改组和社会主义理论创新的两份报告，为十五大的理论创新和政策突破作了准备；

——1998年，他又提出把大力发展中小企业确定为中国的大战略的思想，得到朝野有识之士的赞赏，中小企业发展的热潮逐渐兴起……

很难想象，这些经国济世、掷地有声的文字，就出自那个简朴、拥挤又有些凌乱的书房。从中国科学院、中国社会科学院到国务院发展研究中心，工作几十年，吴敬琏一直住在夫人周南供职的北京师范大学的宿舍里。1988年升级到了一座老式公寓楼，四间居室，没有厅。

饭厅和厨房合为一体，饭桌临窗。周南说，坐在那里吃饭，就像坐在外面的树林里。

客厅里，悬挂着一幅很有讲究的画，那是四十八年前，吴作人、萧淑芳夫妇一人作花，一人写鸽，送给吴敬琏的继父陈铭德和母亲邓季惺夫妇的。如今，中国报业先驱陈铭德、邓季惺夫妇都已作古，吴敬琏就从他父母那里继承了这幅画。

一同承接过来的，还有母亲血液里流淌着的民主的意识、实业家的精神和积极进取、嫉恶如仇的性格。这是一种很有力量的性格，它帮助吴敬琏渡过生命里的许多难关。都知道吴敬琏是大名鼎鼎的"吴市场"，可有几人知道，当初，这"吴市场"可并非美誉，说的是他"不与中央保持一致"。这在当年可是一顶能压得人直不起腰来的大帽子。

后来，在中国，市场经济越来越得到官方和民间的认可，"吴市场"才变成人们对他当初具有先见之明的赞扬。对待这种褒扬或者贬抑，吴敬琏的态度没什么两样，有的只是他对经济学一贯的沉迷和对真理一贯的坚持。

千人之诺诺，不如一士之谔谔。吴敬琏敢于力排众议，直抒胸臆于庙堂之高，不仅基于他心有胆量，更是基于他学识在胸。他说："我说的这些东西，是经受了实践反复检验的，是经过自己深思熟虑的。因此，我觉得心里有数，这个东西一定是对的。在拿不出有力论据加以否定的情况下，我不会轻易地放弃。"

（与中国新闻社经济部主任肖瑞美合作；载1999年8月31日《侨报》）

思想如大河,理论像新诗

——中国社会科学院副院长刘吉访谈录

听刘吉谈话,耳畔如枕大河,滔滔滚滚,思想和激情奔流不息,让人击节称叹。

他是一个不折不扣的马克思主义者。他是一个具有全新现代观念的高级官员。他是一个切近实际的理论家。他是一个充满思想的行动者。

刘吉个子不高,很有鼓动性,枯燥的理论到了他嘴里,立刻变得神采飞扬,比最新出炉的诗歌还好看。

日前,笔者采访了刘吉,采访进行了四个多小时。

邓小平是总设计师,江泽民是总工程师

刘吉说,一代共产党人要为一代人民服务,满足一代人民的要求。如不能满足人民的要求,如不能敏锐地感受到一代人民的需求和愿望,并千方百计地去满足它,那算什么为人民服务呢?如果说,邓小平是总设计师,那么,江泽民是总工程师。人民的利益高于一切,实事求是,凡是符合这两个原则的事情,就都可以去干,不符合这两个原则的事情,我们都可以改。我想,中国第三代领导集体是可以也应该大有作为的。

第三代领导人要领导人民完成奔小康,并走向富裕。一代人有一代人的要求,第三代领导人如果不能带领人民达到小康,走向富裕,是站不住脚的。人民要求过比资本主义更好的生活,如果社会主义不

能创造比资本主义更高的生产力，不能比资本主义生活得更好，那比资本主义好在哪里呢？

人民除了物质上的要求，还有精神上的要求。人民的文化程度提高，他就要发表意见，社会主义的民主就成为十分重要的课题，共产党是为人民服务的，就应该满足人民的这一要求。你没有新的民主的形式和措施满足人民的要求，人民就会不满意。一代领导人要敏锐地感受到一代人民的要求，并千方百计地去满足它。国家是全体人民的国家，你可以发表意见，我也可以发表意见，因此应找到一个民主的机制把人民自由发表的各种意见集中起来，代表人民的利益去贯彻下去。社会主义民主不是空的，你用什么样的机制来体现它、保证它？

学术有自由无民主

刘吉说，学术是没有禁区的，应该是仁者见仁，智者见智，各抒己见。学术上的不同意见只能通过百家争鸣来解决。这是繁荣社会科学，包括发展马克思主义的唯一途径。

学术是不能讲民主的，民主的最基本含义是少数服从多数，学术怎么能少数服从多数呢？我觉得真理总是首先掌握在一两个人手里。只能是学术的管理有民主问题。

现在有了百家争鸣的口号，但百家争鸣的机制还不完备。学术怎么能跟政治分开呢？分不开的。让大家研究实际问题，实际问题全是政治呀，就是纯粹的学术问题，最后也要扯到政治上去。所以，政治问题和学术问题严格来说，是分不开的，而且也不应该分开。要大家知识报国嘛！

要区分的是学术行为和政治行为，对于政治行为，就要按政治规律办事。政治斗争尖锐的时候，就是你死我活。所以，政治家不要去干涉学术的事情，让学者们自由研究，发表各种不同见解，然后你领导择其善者而从之。

学者的作用是告诉人们应该怎么做，什么是目的地，而政治家要考虑到各种力量的平衡，他说的话既要符合目标，又要照顾群众的接受程度。在这一情况下，学者就要理解政治家。政治家采纳了我们的意见，我们感到很高兴。政治家没有采纳我们的意见，没关系，我们播下真理的种子，总有一天要发芽的。千万不要政治家一不采纳，就拂袖而去。要么，你不采纳，我就自己去发动群众，那你就是搞政治了。那你就不要说我是学者，当政治家一拳头打过来的时候，你不要说，要搞百家争鸣，要保护。这不对，你自己先去搞政治去了嘛！那就要按照政治规律办事了。

所以，学者要把自己放在一个恰当的位置，来处理好与政治、与政治家的关系，来理解政治家。把政治行为和学术行为分开。如果把政治行为和学术行为分开，政治家和学者相得益彰了，政治家很好地利用学者的知识，学者也很好地处理与政治家的关系，这样百家争鸣的方针和决策的科学化、民主化就能够实现了。现在学术还是有一定的宽松程度，政治家也很重视学者的观点，但还不是很理想。但我相信，经过两三代人的努力，会做得更好。相信第三代领导集体和学者能够团结一心，有一个科学民主的新表现。

领导者不要怕学者跟你吵架

领导的智慧从哪来的？刘吉说，社会科学学者百家争鸣，你当领导的就能够择其善者而从之。他们都说一个话，你拿什么去选择？所以，领导应该让学者们自由发表他们的意见。不仅应该让他们自由研究，而且应该多出题目让他们去研究。现在的领导与过去小生产时代的领导不一样了。过去领导多动脑子，想出办法来，就是好领导。现在社会化大生产，政治、经济、国际、军事各个方面的问题，很复杂，又是互相联系在一起的。光是处理日常事务就已经是日理万机了，没有时间成熟地思考这些问题，如果只是即兴地拍脑袋，那是一定要犯错误的。

现在领导的水平在于你高瞻远瞩，通观全局，又有实践经验，善于发现问题。然后，把问题交给学者们研究，这就是使用学者的能力。不要害怕学者老跟你吵架，老出一些怪主意。

政治家要有认识问题的能力，运用学者的能力，最后选择的能力。你对学者要宽容，让他们充分发表自己的见解。学者发表了也就发表了，改造世界不是他的任务嘛！权力在你手里。要给学者学术的自由和充分的物质保障，让他们安安心心地研究。

当然，学者又如何看待政治家，也应有一个新的认识问题。关心政治，但不要干预政治。如果你干预政治，就是弃文从政了。你发表意见了，这个意见一定要实行，这就是干预政治了。可学者一当政治家后，也很快就会发现，不一定行得通。就是你说对了，政治家也可能不采纳你的意见，这其中有政治自己的规律。政治家不是他一个人，而学者只是他一个人，独树一帜是最好的。但政治家不行，几百万人、几千万人、几亿人是要跟着他干的。这就不像学者那么简单了。学者说，从A到B，这条直线最好，这样走很快就能到达目的地。但政治家想，你这个观点虽然正确，但我同意了还不行，我还要说服我的部下，中国的十几亿人口要同意往这儿走才行呀！

这里有一个政治力量对比的问题，怎样带领广大人民群众的问题。大多数人还没有认识到，或者不同意的时候，政治家只能带着大家往旁边走，然后再带过来，逐步靠近这条直线。所以，政治家总是走曲折的路。政治家有时有他的难处，他要考虑到方方面面、左邻右舍，考虑到历史的过程。

《与总书记谈心》和知识分子独立人格

自由派们总在说，知识分子要有独立人格。对此刘吉的看法是，人人都应有独立人格，有独立的思考。但你思考不是为了自我欣赏，否则，你写了东西到沙漠中朗读去好了。知识分子有知识，要把知识奉献给社会，这就必须与政治家结合。你是认识世界的，要改造世界，就让政治家、企业家去操作，这就是一个分工合作问题。

所以，我觉得知识分子丧失独立人格的说法是很浅薄的。我独立思考、独立研究了许多问题，我把这个知识贡献出来，让政治家去采纳，真的采纳了，我们就为社会和国家作出了贡献，这里面丝毫不存在什么依附不依附的问题。如果你研究半天，就是为了自我欣赏，不希望向社会传达，那还有什么意义？那你也别发牢骚。中国知识分子向来有独立人格，但向来讲国家兴亡，匹夫有责，这是中国知识分子的优良传统。你不是贡献给这个政治家，就是贡献给另外一个政治家。

至于曾在中国引起强烈轰动的《与总书记谈心》一书，刘吉说，我是《与总书记谈心》的第一读者，作了一些批注。《与总书记谈心》受到了两方面的指责。左说它右，右说它左，我说，那就应该算是基本正确，对这一结果，应该坦然面对。我认为，"小平你好""与总书记谈心"，体现的都是人民与领袖的关系，是中国政治生活中很重要的事情。

老年当官者应多跟年轻人在一起

我特别愿意和年轻人在一起，可以学到很多东西。要保持老年人的青春，就要多跟年轻人在一起，接触和提炼年轻人闪烁的思想火花。我赞成当官的老年人要保持同年轻人的密切接触，你讲的老教条老理论，建议你先讲给你的儿女，如果你的儿女都不听，那么向社会就免开尊口。

据知，在上海时，中青年学者们往往不称呼刘吉的头衔，而以大哥相称。到了中国社会科学院，刘吉又很自然地成了青年人的良师益友。在刘吉极力推动开办的青年社会科学论坛上，刘吉的话经常让青年学者们怦然心动。

刘吉说，我希望在我们这个论坛中间，能够畅所欲言，各抒己见，有什么不同意见，大家可以争论，我一样可以和大家争得面红耳赤。这里无老无少，无贵无贱，道之所存，师之所存。

1995年4月8日，刘吉的母亲去世。一天后，遗体被火化。再过一天，骨灰被撒入江湖。第四天，刘吉坐上飞机返回北京，一下飞机，就立即从机场来到青年社会科学论坛的会场。三天的会议后，刘吉详尽列出《与总书记谈心》始终贯穿改革精神的提纲。该书完稿后，大约二十来万字，刘吉又通看全书，并作了多达一万字的改动。

想坐十年冷板凳

刘吉说，我从小想当科学家，在清华大学学的是汽车工程专业。我当时一门心思想做一个红色工程师，我二十八岁时，被提拔为工程师，当时是很少见的。我比较外向，习惯说真心话。十年"文革"，八年"现行反革命"，大小批斗会一百多次。早上去，晚上不知道能不能回来。

十一届三中全会以后，让我做行政领导，有人反对，家人也反对，劝我从事技术工作，别涉足行政。我也不想干，但上级说，你不干，难道让那些整人的人来整知识分子吗？这话打动了我。

"文革"培养了我对邓小平改革开放路线的坚定信念，"文革"也给了我时间，使我对马克思主义有了一个详尽的了解。马克思主义是完整的、博大精深的，西方任何一个大哲学家都无法与马克思相比。马克思主义最基本的原理是两条。第一，是人民的利益高于一切，全心全意为人民服务。马克思主义的许多结论最后都要看在实践中是不是对人民有利，是不是给人民带来利益。马克思可能说过，计划经济是好的，但实践证明它在一定历史时期使人民贫穷，不能让每个人都充分发挥自己的聪明才智。第二，是实事求是，一切从实际出发，实践是检验真理的唯一标准。我信仰马克思主义，马克思主义是不断发展的理论。

后来，我和我的同事们写出了《领导科学基础》，首先创造了中国的领导科学。然而，正当我对此产生浓厚兴趣的时候，又调我到上海科协当副主席。组织上说，你是共产党员，还想自己当专家？应该成为培养千千万万专家的领导者。你自己写领导科学，自己不实践？

在当了四年上海科协副主席和上海政协常委以后，80年代后期，我四十多岁，又被调去当上海宣传部副部长，主管理论。当时，我说了两句话：第一，共产党员不选择阵地；第二，我不是合适的宣传部长，选择到合适人选后，我随时让出职务。后来，我又被调到上海体改委当主任。

这些年来，我在科研、研究团体、党政机关、政府部门都干过了。十四大起草文件一年后，到了中国社会科学院，我又讲了上边说过的那两句话。而后，四年只身一人，1996年年底，夫人才到北京来。

我个人的理想还是做学问，趁思维还未衰退，写两本书。中国人平均寿命七十二三，我今年六十三岁，还有十年时间可以坐冷板凳。

（载1999年8月27日《侨报》）

厉以宁的多面人生

经济学家厉以宁
——一个偶然的开始成为最佳的选择

直至上了中学,厉以宁还根本不懂什么是经济学。这个工厂职员家庭出身的少年那时对文学感兴趣,他给自己起了一个"山外山"的笔名,在中学的壁报上写长篇小说分期连载。

后来,厉以宁又受化学教师的影响,偏爱起理工科。在一次参观化工厂的过程中,厉以宁蓦然心动,决定走工业救国之路。于是,中学毕业被保送进金陵大学时,厉以宁毫不犹豫地选择了化学工程系。

但厉以宁还没有入学,南京就解放了。厉以宁被安排到湖南沅陵的一个消费合作社做了一年多会计。正是这一段当会计的经历,使他的一位朋友替他报大学志愿的时候代填了北京大学经济系。

1951年入学,1955年毕业留校工作,厉以宁做过资料员、助教、讲师、副教授、教授、系主任……是北大辉煌的学术环境滋养了厉以宁作为经济学家的心灵,是中国四十年的忧患和进步丰满着厉以宁作为经济学家的智慧。

厉以宁概括自己的经济观点如下:

——所有制改革论:中国经济改革的成功取决于所有制改革的成功。所有制改革在于将传统的公有制改造为新型公有制,其特征是政企分开,产权明确,企业自主经营、自负盈亏。建立新型公有制的办法是使大中型企业股份化。股份制是中国大中型企业的方向。实行承包制只是产品经济体制下的"松动",股份制才是商品经济体制下的企业组织形式。

——第二次调节论:市场调节是第一次调节,政府调节是第二次调节。凡是市场能做到的,政府就不必代劳,政府应做市场做不到的事情,政府掌握着经济调节的主动权,政府调节实际上是一种高层次的调节。

——平衡非目标论:平衡只是一种分析方法,而不是要达到的目标。为平衡而平衡没有意义,我们的目标是发展经济。当然,不平衡应当有一个限度,应不至于阻碍经济的正常运行,又能被社会所接受。

——经济学研究三层次论:体制、目标、人是经济学研究的三个层次,其中,人是最高层次。对人的关心和培养是社会主义生产目的。没有人的现代化,就没有社会和经济的现代化。

——经济学创新论:要坚持马克思主义,必须发展马克思主义。不发展,就谈不上坚持。经济学要创新,就应立足现实,研究和解决现实中不断出现的新问题。

当笔者问起厉以宁,他这些形成于 20 世纪 70 年代,成熟于 20 世纪 80 年代的经济观点在中国确定建立社会主义市场经济体制目标的今天是否有所变化时,厉以宁坚决地摇了摇头。他说,这些都是符合市场经济的。

其实,早在 1980 年厉以宁就在劳动工资座谈会上积极倡导建立中国的股份经济,并由此落下"厉股份"的绰号。现在,一阵阵的股票热潮在中国大地上涌动,政府在一些省市进行了股份制试点,待试点成熟,股份制改革就会把搞活大中型企业作为工作的重心。在进行股份制试点的同时,政府正致力转换职能,寻求新经济秩序之下的调节规范……

厉以宁从不希望自己的经济学说是象牙塔里的经院学术,与此同时,改革开放的时代允许厉以宁追求自己的学术思想成为有用的思想,允许厉以宁追求纯理论研究与实际经济发展的契合。

现在,这位六十二岁的经济学家每天用十几个小时的时间进行工作。清晨一起床,他就把头天晚上打好的腹稿写出来,每天至少一千字。然后,外出开会,校内外讲课,晚上约青年教师和研究生谈话。人们可以从他的授课、著述、演讲和演讲的录像带中了解到这是一个全身心投入中国经济现实的社会人。

全国人大常委会委员是务实者而非唱高调的人

从1988年起,厉以宁每两月一次走进人民大会堂,坐在全国人大常委会议事厅的红椅子上,每一年他都要和近两千名人民代表一起共议国是,共商国策。

厉以宁是一名全国人大常委会委员,是中国国家最高权力机关的组成人员。他心目中的全国人大常委会委员形象是了解中国实际、反映实际情况的务实者,而非唱高调的人。

据称,在厉以宁的生活中,人大工作大约要占去他三分之一的时间和精力。七届全国人大及其常委会在这几年中加快经济立法步伐,厉以宁作为经济学家因而有了更大的发言权。

三个月前,中共十四大确立了建立社会主义市场经济体制的目标,而后召开的全国人大常委会会议上,市场经济自然成了中心。委员们为这一目标的确立而欣悦,而力主建立市场经济的厉以宁委员在他的长篇发言里,语气却十分冷静。

他说,社会主义市场经济体制是我国经济体制改革的目标模式,不等于经济的现实。他认为,为确立这一体制,尚有大量的工作需要去做,其中包括健全法制,使市场经济活动有法可依。他说,在走向市场经济体制的改革中,有了健全的法制,从事市场活动的一切交易者,尤其是企业,其行为将规范化。交易者行为的规范化必然有助于市场经济秩序的完善和市场机制作用的充分发挥。

他说，市场经济的特征在于竞争的公平性和选择的灵活性。经济立法不完善，就不可能有公平的竞争，也不可能有自愿的双向选择，市场经济秩序也必然被打乱。所以，经济活动的法制化是市场经济秩序正常化的前提，也是交易者正常经营、正常从事经济活动的前提，经济立法工作必须加快，而首先应该制定的是有关公司的法律、保证公平竞争的法律和改进宏观经济调节的法律……

经常在全国人大常委会会议上大声疾呼经济立法的厉以宁五个多月前受命主持中国第一个委托经济立法——《证券法》的起草工作，为此北京大学特别成立了十几人的专家小组，起草工作正在紧锣密鼓地进行。

对中国进一步健全立法体制，在立法过程中加强专家、学者作用的做法，厉以宁表示赞赏，并称这是一个良好的开始。

起草小组成立以后，首先对深圳、上海两地的证券市场进行考察，而后比较研究了美国、日本、韩国、新加坡等国家和中国香港、台湾等地区的证券法律和证券管理制度，另外还召开了三次研讨会就有关问题进行讨论。

现在，厉以宁的整个生活都被《证券法》充满了。前不久北京飘雪的日子里，他在一家宾馆里与几十名年轻而资深的证券专家就《证券法》进行了三天的切磋。该法草案把基本原则确定如下：适应社会主义市场经济的要求，维护证券市场的公平、公正、公开和高效、统一、有序，保护投资者的合法权益，保护社会公众的利益。

教授厉以宁
—— 他将永远是一名教师，一名勤于授课的教师

厉以宁觉得自己口才不好，不适合当老师，他甚至很怕教学。毕业时，他十分羡慕一些被分到中国社会科学院经济研究所的同学，也希望去做研究工作。但后来厉以宁被留校，当了资料员。在北大经济系资料室，厉以宁一待几乎就是二十年。

有人说，厉以宁善于在不幸之中获取常人未有的机遇。长时间工作的资料室在厉以宁这里成了最快捷、最广泛接触各种经济观点、汲取人类智慧之精华的场所，也成为他在政治斗争的风雨中"闹中取静"之地。

据统计，厉以宁在20世纪50年代末60年代初翻译了二百多万字的经济史著作，编辑了几十万字的国外经济学动态，广泛阅读了北大经济系当时订的几十种国外经济学期刊。厉以宁阅读了英文版《剑桥欧洲经济史》的前几卷，这数百万字的巨著大大开阔了他的视野，使他对日常中国经济问题的观察变得深远起来。

大剂量、高密度的读书与写作在不断丰富着厉以宁。二十年后，他为北大经济系研究生开设西方经济史选读课时，还能如数家珍地谈起某一名著中的某些章节。厉以宁的一名研究生说，沉浸在厉先生那充满智慧的漫谈中，是我们最受鼓舞、最为神往的时刻。

现在，厉以宁是一位非常受欢迎的先生。有时，听厉教授的课需要对号入座：学生自己发号，听课者持号才能入席。

但是，在二十年前的60年代初期，厉以宁正和自己的国家一同体味贫穷与饥饿，瘦得体重只有九十几斤。1964—1965年，厉以宁去农村参加"四清"；1966—1968年，厉以宁作为被"专政"对象，在北京海淀公社和昌平太平庄农场劳动；1969—1971年，厉以宁又到江西南昌县鲤鱼洲农场安家落户。三次被下放，真正使厉以宁获得了对中国经济的切肤之感。

贫困在消减厉以宁体重的同时也在消损着他大学时的理想信念。厉以宁从根本上对苏联的模式开始产生了怀疑，在一次次深省以后，他认识到，只有彻底摒弃这一模式，改革传统的公有制，中国经济才有希望。

20世纪60年代末的厉以宁在作一个告别。他不断用发生着的现实向内心笃信的理论作争辩，他要告别传统的经济学说，开创一套改革的理论，而这些改革理论创造的过程也就是他与自己争辩和商榷的过程。

厉以宁把他这一份人生经验教授给他的学生:"最值得去做的,是能说服别人。""你写了一篇文章,不要急于拿出去让别人看。你自己应当成为这篇文章的第一个质疑者,第一个商榷者。"

日前,问起厉教授近况如何,他以最典型的先生口吻告诉笔者,现在最值得高兴的事情莫过于教过的学生成为一方之才,在工作和学术上作出成绩。

作为一名教师,厉以宁希望通过自己的努力使他的学生在国家经济将要起飞的时候预备好起飞的精神。他说,没有起飞的精神,就不会有起飞的现实。

所以,现在,几乎每天晚上厉以宁都与他的研究生和年轻教师进行谈话,这些谈话使学生变得成熟,使他自己变得年轻。

词人厉以宁
——明丽流畅的词句展示出他至情至性的一面

当笔者问起厉以宁最爱读的小说是哪些时,他不假思索地说:托尔斯泰的长篇,巴尔扎克的中篇,莫泊桑的短篇。

可能正是由于与先哲们不断地对话,厉以宁才能在写出散文一般可以朗诵的经济学论文以外,还能写出精巧细致的清词丽句。

人们熟知作为经济学家的厉以宁。他出版了三十一本专著(不包括翻译著作),共七百余万字,发表过一百五十多篇论文。人们对作为全国人大常委会委员的厉以宁略有所知,除了在电视上时见厉以宁慷慨陈词,从人民大会堂里走出来的人们也在向社会传递着一种消息:这是一位头脑清醒、言之有物的委员。而作为词人的厉以宁却可能鲜为人知。

的确,一代经济思想家的形象和一位吟诗弄句的词人的形象距离很遥远,但厉以宁写词却从很早就开始了。

20世纪50年代,厉以宁就步韵填词记录了与初恋情人何玉春的爱情：

> 静院深庭小雪霏，炉边相聚说春归，窗灯掩映辫儿垂。
> 笑忆初逢询玉镜，含羞不语指红梅，劝尝甜酒换银杯。
>
> ——《浣溪沙》

20世纪60年代，厉以宁灯下酌句，记录与妻子何玉春婚后两地分居十三年的相思之苦：

> 一纸家书两地思，忍看明月照秋池，邻家夫妇团圆夜，正是门前盼信时。
> 情脉脉，意丝丝，试将心事付新词，几回搁笔难成曲，纵使曲成只自知。
>
> ——《鹧鸪天》

"文革"时，厉以宁被下放到江西劳动，他又以词记录与妻子在茅舍草棚安家团聚的喜悦：

> 往事难留一笑中，离愁十载去无踪，银锄共筑田边路，茅屋同遮雨后风。
> 朝露冷，晚霞红，门前夜夜稻香浓，纵然汗渍斑斑在，胜似关山隔万重。
>
> ——《鹧鸪天》

厉以宁有一个幸福的婚姻。据厉以宁介绍，他的夫人、高级电力工程师何玉春现在整天同他在一起，读他的文章，帮他设计某些经济关系框架图、示意图，所以也能讲解厉以宁的经济观点。

或许和睦的家庭生活可以使人的精神健康、性格坚强，厉以宁在最艰难的岁月里仍然保持着坚定的信念和明朗的心境。

1968年，厉以宁在昌平太平庄农场"劳动改造"时还填过一首《破阵子》：

> 乱石堆前野草，雄关影里荒滩。千嶂沉云昏白日，百里狂沙隐碧山，此心依旧丹。
> 隔世浑然容易，忘情我却为难。既是三江春汛到，不信孤村独自寒，花开转瞬间。

这些词曲护送着厉以宁走过风雨岁月，陪伴了他与何玉春的爱情，催大了一双儿女。女儿厉放、儿子厉伟都秉承家学，已先后获取经济学硕士学位。

（载1993年2月5日《法制日报》）

小涓非细流

——中国社会科学院研究员、博士生导师江小涓印象

江小涓一开腔,吓了我一跳。她外表文静细弱,何以却有这样爽朗明亮的笑声?

江小涓的手也出乎我意料。她的皮肤那么细腻,四十二岁了,还不见有皱纹,而手却宽大粗犷,与她不太搭调。据说,这双手,十几岁上就在农村割草砍柴挣过八个工分。

江小涓的文章也迥异其人。选题坚硬、厚重,表达直接、缜密,十分的理性冷静、男人风格。可她人待在那里,却静若处子,像总是在倾听和回味。肩膀窄窄的,很难负重的样子。

差异就是丰富。中国社会科学院研究员、博士生导师、财贸经济研究所副所长江小涓整个地展示在我们面前的时候,我们才知道,人可以这样在不同的领域拓展自己,智力可以抵达这样的高度,性格可以这样地宽松自如,而生活可以这样安详舒展和顺畅,心情可以这样长久地好着。

中国不同于其他新兴工业化国家,它们的成功有着各自独特的内部外部条件,它们的经验不宜机械地搬到中国。中国工业经过四十年的发展,已经具有了相当的基础,今后这工业发展要着眼于"大国优势"和"后发优势",以动员内部资源和依靠国内市场为主,同时积极发挥对外经济贸易的作用。今后中国的对外经济贸易,要以促进国内工业的全面发展,尤其是结构升级和技术

进步为目标，逐渐向水平型的国际分工格局转变。局限在"进口替代"和"出口导向"两者中进行选择，并不适合中国的国情。

20世纪80年代末的中国，"国际大循环""出口导向型"的论调正沸沸扬扬成为一时主流，但当时二十九岁的江小涓以她三十万字的博士论文提出了自己不同的观点。江小涓是中国第一个工业经济女博士，今天她谈到这一获得全国青年社会科学优秀科研成果奖的博士论文，想起她二十年前对于大学专业的选择，不禁笑出了声。二十出头的年龄，少年心事当拿云，上天可揽月，下海能捉鳖，江小涓想报考的是天文和海运专业。但终究，命运还是把经济学研究和江小涓连在了一起，为此，江小涓至今庆幸不已。

在陕西财经学院读完本科，九十九里挑一，江小涓考上了本校的研究生。三年之后，江小涓又赴北京，二十天里连中三元，通过了中国社会科学院研究生院的博士生考试、人民大学的博士生考试和国家教育委员会的出国考试。"我特别会考试。我的心态比较稳定，所以，考试一般比平时发挥还好，我考试从来没有因为心慌丢过分。"

江小涓有理由得意。但得意里传递的真挚和不忘形所表达的谦逊正恰到好处，让人感到她的练达和分寸感。江小涓说，坎坷的经历对能调整得很好的人，才是一种财富，而实际上，坎坷对许多人是一种苦难。受过很大伤害的人，容易失去做人做事的分寸感，对人缺乏亲近感，难以真实地表露自己。

江小涓没有坎坷的经历，没有承受过多么大的苦难。"我好像老是挺高兴。我一直比较顺，所以，心态就比较平和。"江小涓1957年生在西安，父亲是政府官员，母亲是记者，他们给孩子的成长提供了一个优裕的生活环境和宽松的心理环境。"文革"时受冲击，被下放陕南，江小涓在那里度过了劳动、快乐和健康的三年。而后是五年护士生活，靠着年轻，不怕吃苦，江小涓获得了足够的生活阅历、必要的保健技能和同事良好的评价。

20世纪最后的十年和21世纪前期，中国要经历经济发展理论所描述的工业化过程中经济和社会结构变动最为剧烈的阶段，由于中国存在着种种推动经济持续高速增长的有利因素和保持较高增长速度的条件，只要制度创新的过程能够顺利进行，中国完全有可能成功地跨越这个阶段，并进而跻身世界工业强国的行列。

这是江小涓的专著《后来居上：中国工业发展新时期展望》中的观点，这部专著是江小涓七部专著中的一部。除此以外，江小涓还有二百多篇论文，发表过的文字总计近二百万。其中，她的论文《中国推行产业政策中的公共选择问题》获得中国经济学界的最高奖——孙冶方经济科学奖。

江小涓还获过很多其他的奖项，比如她是中国社会科学院有突出贡献的中青年专家，中国社会科学院十大优秀青年，中直机关巾帼建功标兵……江小涓和她的研究似乎总是被各种荣誉追踪着，而她却是数年如一日地做着同一件事——她喜欢的经济学研究。

在中国社会科学院研究生院，同学们开玩笑说，对面楼上江小涓书桌前的灯影，可以作为时钟参照。工作以后的生活也是这样。只要江小涓在家，生活就是很有规律的。上午工作三个小时，不早起，也不晚起，下午工作两个小时，中午睡一个比较长的午觉，晚上十二点以前结束工作。不是很刻苦，也不是特别累，这也省心，该干什么，干就是了。江小涓这样说的时候，一副不容置疑的样子。

但江小涓拒绝接受把研究人员描写成青灯孤影、寒窗苦读、凄凄惨惨的样子，为了这或者为了那，只是不为了自己，忍受着很大的痛苦在工作，不尊重自己，也不关照自己，一生只有奉献，没有获得和快乐。

实际并不是这样，"我喜欢这份工作，看看书，感受一下别人在智力上的高度，然后写点东西，自以为还很有意思。所以，心比较静。做得也比较顺手，顺手就进入了一个良性循环，你就觉得在学术上还可以更进一步，也就有一个奔头"。

像其他经济学研究者一样，中国社会也给了江小娟很多的机会，但江小涓想得明白，人一生里有一半的时间是在工作，做的是喜欢的工作，你才觉得是一种享受。写书，看书，这是一种生活，江小涓喜欢。她说，要是写出一篇好文章，就有一种智力上的满足。一件不被常识理解的东西，你去把它说通，这是对人的智力的一种挑战。一种很杂乱的现实，用你的理论很好地概括出来，这也是一种智力上的快感。

据说，下个月江小涓又将有一本新的专著问世，那是她最满意的一部书。"我这是学术卡拉OK，自娱自乐。"江小涓说完，便开心地大笑起来，让人觉不到一点无人喝彩的寂寞。相反，她在研究的同时，已经获得了研究本身的快乐，已经"卡拉OK"地投入过一次，有没有人喝彩并不重要，关键的是她已经找到了表达的方式。通过这种方式，她很顺遂地走向了社会和他人。

心态的平和很重要，它使江小涓在很长时间里专心致志地做一件事。她不着急，也不懈怠，该做什么了就去做，觉得该怎么做就怎么做，不至于因为着急而去追逐学术时尚，也不至于因为心态的失衡有失学术的公正。

学术上的偏狭很可怕。江小涓一直都在躲避这种偏执和狭窄。她引用亚伯拉罕·林肯的话来说明，假如你唯一的工具是把锤子，那么世界上其余的东西都像是钉子。而只熟知一种理论以至形成思维定式的学者，会时时面对这样的窘境。

江小涓的研究现在越来越趋向一种实证的风格，她越来越不愿意做那种"应该怎样"的东西，在她看来，"应该怎样"没有什么意义。描述过去发生了什么，这个变化是怎样的，才能理解你下一步能走多远，江小涓说，必须要把那个起点摸清楚。这种研究非常费劲，很多人不愿意做，很多问题都要很细地来算。但江小涓喜欢，她认为，这种研究是不会白费的，起码有资料价值。踏踏实实做中国现象的研究，外国人理论水平再高，他没有你的条件，我们要利用独特的优势。

江小涓比较早的研究项目是发展战略，出国做的研究主要是发展中国家的贸易和投资，博士论文做的也是这一方面的研究。到了中国社会科学院工业经济研究所，江小涓的研究很大一部分转入产业政策下中国体制转轨方式的研究。据说，她在产业结构、产业政策、对外贸易和利用外资等方面提出的观点和政策建议，多次受到中央高层领导的批示，有些已经被政府部门接受并采纳。

并不是所有的研究者都能找到自己的优势和弱势，因为经济学可以做的研究有无穷个，但到底从什么方面能作出成就，这就需要你事前有一个判断。江小涓认为，经济学研究很需要一点直觉，要有一种先验的东西，经济学界好多人又努力，又辛苦，费力不讨好，就是没有找到最初的好的切入点。

江小涓的切入点是在大洋洲的岛国找到的。那是1987年，江小涓在新西兰接触到新的文献、新的视角和新的思维，这些新东西打破了江小涓致力走在理论前沿的梦想，她转而选择了一条比较实际的道路，就是进行并不是特别前沿，但没有人做的研究。这便是江小涓的直觉，这种直觉把沉湎于纯理论思辨的江小涓拉到一个切实有效的层面，而后才有了厚重的、有效的、大作频出的江小涓。

有了正确的目标，就有了成本最小和成效最大的研究，也才有研究者可能的审慎和从容。父亲去世前，江小涓在父亲身边伺候了半年，现在想起来，心里还觉得踏实和安慰。为什么要让自己在二十年后后悔父亲病重的时候没有在身边尽孝？江小涓说，我们有可能在当时做得更好，让自己更安心。怀孕之初，江小涓反应强烈，她就安安心心地在家里待了三个月。她不着急，该做的她都做了，不该做的她不着急去做。最自然的反应，最让人踏实，四十二岁的江小涓越来越追求这种踏实的感觉。

江小涓当护士的时候，曾在陕南巡回医疗，那次的经历让江小涓记忆犹新。"那是到一个人家给女主人做结扎，她生了四五个孩子。那一天我们跑了好远，到她家，说公社的医生要给你做计划生育手术，她就说，不需要了。为什么？丈夫死了。我们全愣住了。什么时候死的？昨天。怎么死的？不晓得，吃了饭就说头疼，半夜就死了。那你没有带去看？那么黑，到哪儿去看？也没有钱。"

江小涓的叙述平静而沉重："这对我有一种说不出来的刺激。有人在巨大的生活压力下，和我们有一种无法沟通的差异。在和父母一起被下放的时候，我也有过这种感觉。都是活着，在那些苦难面前，你的那些感受、欢乐和苦恼都很奢侈。很多东西实际在生活的本质意义上是不应该去强求的。认识到了这一点，许多问题就会看淡了。"

没有经历过太多苦难，江小涓保持了一个健康的心理环境。看到过不少别人的苦难，江小涓从中培养起自己的理解力、宽容度和知足常乐。在新西兰，江小涓所在的学校破例为这个研修生提供了一间办公室。一年期满后，教授和系主任又挽留她，并主动与校方联系，向她下达了转为博士申请人的通知。但是，江小涓还是如期回到北京，她习惯这块土地上的生活，这个国家也更需要她。"在这里，有付出就有得到，写字就有稿费，做课题就有经费支持，单位有房子分，工作是我喜欢的，生活也算中等水平，我觉得挺满意的。"江小涓说。

对婚姻，江小涓也挺满意的。她好像对一切都很满意。丈夫刘世锦婚前是她的同行，婚后很长一段时间，是她的同学、同事，也是工业经济学博士。江小涓说，他们的爱情和婚姻无故事，无挫折，平平顺顺，水到渠成。丈夫也很满意妻子，刘世锦就曾经感慨地说，老婆容易找，是老婆又是朋友的难找。他们可以有一种智力上的交流。江小涓说，他用不着以一种居高临下的姿态，出于一种责任感来维护这个家庭。

做过研究室副主任、主任，又身为中国社会科学院财贸经济研究所副所长、国际投资研究中心副理事长兼秘书长，江小涓很忙。刘世锦肯定会受到影响，但他不会有意见，或者出于一种责任觉得自己不应该有意见。"他就是没有意见。"江小涓这么说的时候很自信。

谈恋爱、结婚很早，生孩子、做母亲却很晚，江小涓的孩子还只有五个月。读书、研究二十年,江小涓做所长才只有两个月,所以,她拒绝讲述她当所长的经验与感受。她只是觉得,当所长是另一种生活体验,对此她既不兴奋,也不为难,走到这一步了,就尝试一下。

二十多年前,江小涓闲来无事,看到有男同学在吹竹笛,她也想吹,一吹,就真的吹响了,而后在陕西省群众文艺比赛中居然得了一等奖。上大学时,江小涓想起了打羽毛球,一打就打成了全校女子羽毛球冠军。

不仅有耐久性,而且有爆发力,江小涓的任何尝试都不可小觑,都需要拭目以待,因为,小涓非细流,又很顺畅,她会流出怎样的气势和规模,都很难说。

"你是一本很厚的书,但现在找不到书名。"——江小涓的朋友评价她的一句话,很准确。

(载 1999 年第 3 期《中国妇女》)

网络奇人姜奇平

姜奇平的故事不好讲。

网络奇人姜奇平带给人的信息多得要把人吞没掉。

所以,笔者把一个瘦瘦的姜奇平分成三个尚可无限分解的姜奇平。

三个局部的姜奇平能否还原成一个完整的姜奇平呢?

不知道。

极端姜奇平

姜奇平是一个极端人士。

他说:"互联网是我最大的玩具。"他说自己"像吸毒一样迷互联网"。他进而又说:"你要是说互联网不好,我就像狗一样咬你。"

波涛汹涌,爱憎分明,智慧有余又有点懵懵懂懂,姜奇平就是这样极端地生活着,一路"玩"将过来。

姜奇平总是从一个极端走向另一个极端,无数次了。就是玩,说好听点,是"求道"。道,正好符合玩的特征。姜奇平说,玩,就是喜欢它本身,不是喜欢它之外的什么。而且玩,就一定要玩通。机器只用通和不通来说话。想玩通,就必须得求道。所以,玩家的心态特别适合求道。

小时候姜奇平被诱导着进入数理化,一下就钻进去了,整日里昏天黑地地做题。后来在北京市作文比赛得了奖,上中学写组诗,又被军乐团谱成了曲，姜奇平就得意得不行，立刻从抽象的数理化，纵身一跃跳到了文学。

到大学，中文系学生姜奇平对文学一下子失去了兴趣，转而研究抽象，觉得读小说是天下第一枯燥的事情，读诗就更糟糕。他决绝地去听哲学系的课，在哲学系学生都在夏日午后的课堂上呼呼睡去的时候，姜奇平耳聪目明地想，这黑格尔、康德真是生动，这些特别复杂的系统真是精确得像钟表一样，有一种纯粹的诗意，而小说和诗歌太浅，细节就更是浪费时间。为此，姜奇平大学里转而主修德语，把英语都给扔了。

据知，姜奇平读黑格尔、康德最辉煌的两个标志是：

第一，顺着黑格尔的上句话，能把下句话给推理出来。因为在他看来，黑格尔无非把这个世界分解成多个子系统，每个系统之间，都像数学公式有一个严格的推导关系。

第二，他写黑格尔的论文被一名校的教授剽窃。

但后来姜奇平不断地受到同学们的指摘，说他书呆子，脱离现实，难以承担起社会的责任。姜奇平一怒之下比谁都"国情"起来，一个跟头栽倒在最不抽象的农村，想搞农村政策研究。

"我当时一心想治国平天下，不想写文章，不愿意去分配的报社。"而结果是他被分到了报社群工部剪信封，一剪就是四年。

但善弈的姜奇平棋风善忍，剪信封仍可以不坠凌云之志。而客观上，剪信封这件事直接把姜奇平带到了中国国情的最深处。姜奇平于是将计就计，干脆沿着研究中国国情的路子一条路走到黑，十几年下来，谁也不能说他不了解中国国情了。

据知，姜奇平在传统媒体最辉煌的两个标志是：

第一，被评为十佳记者，是北京的十大报社中最年轻的社论写作者。

第二，一家报社的总编曾向他所在的报社提出，用三个人来换姜奇平一个人。

但渐渐地姜奇平觉得生活的领域太传统了，开始琢磨怎样补足生命中的另一块，到最前沿去。1994年，姜奇平倾其所有买了一台当时最先进的586电脑。没想到时间不长，居然坏了。为修好电脑，姜奇平请了不少人，连大学里教计算机的教授，都拿这台电脑没办法。姜奇平开始自己修电脑，拆了，装上，反复多次，终于把其中道理搞通了。

姜奇平说，他自己的感觉是，自己在深山老林里闷着头练功，迷到里面去了，也不知道自己水平高低。突然间到外面，跟人家一比，轻而易举就把别人摆平了。

据知，姜奇平电脑技术上最辉煌的两个标志是：

第一，中关村知名的一些朋友电脑出了问题，就都来请姜奇平。他编写电脑程序，进行过软件著作权登记。姜奇平同时为电脑的报刊主持"电脑诊室"。游刃有余，他还编了一套电脑技术丛书，写了两本电脑技术专著，开发了一套软件。

第二，违反常规，提出双C盘技术，把一台电脑变成两台电脑。后来，这一技术风靡中关村。姜奇平得意地说："我曾经教中关村专门搞技术的人怎么做技术。"

现在的姜奇平，已是信息全副武装：家里有六台计算机，连在一起，成了一个小小的局域网；出门开会，他手里拎着笔记本电脑，怀里揣着掌上电脑，兜里还有一个商务通。

其实，触"电"以后的姜奇平触"网"就是一件很自然的事。但当各路高人竞谈"网络文化丛书"的时候，姜奇平才三十出头，没有想到的是，当时他凭着直觉冲口而出的"直接经济"便成经典。

那是1995年，姜奇平沿着好思路却没有找到写书的好感觉。怎么办？只有拼命上网，寻找工业经济与信息经济的不同。从此，姜奇平家里的电话永远打不通了，他在家里疯狂地上网，执着得像一个典型的吸毒者。

为此，姜奇平的第一个老婆跑到美国去了。为调到国家信息产业部信息化推进司，姜奇平还不惜抛弃可被视为他唯一财产的房子。老人为他深深地叹惋和忧虑，但姜奇平没这种感觉。他说："'求道'最终会有好结果,就是天上不断地掉大馅饼。我这一辈子,天上总是掉馅饼。"就这么着,在姜奇平三十六岁的时候,一个馅饼砸下来,姜奇平躲闪不及,就从夕阳行业转入了朝阳领域,实现了一次人生的战略转移。

但对姜奇平来说,这还不够。仅仅自己爱着互联网是不够的,他还要告诉大家互联网的好。所以,1998年6月,中国第一家互联网杂志——《互联网周刊》诞生了。两年之后的今天,经有关部门的评估,《互联网周刊》的价值已达一亿美元。

互联网是他最大的玩具。姜奇平说,玩家的心态,就是不以外物为转移。他不怕丢官,丢房子,丢票子,丢老婆,唯一害怕的就是停电。姜奇平在网上理解了吸毒是怎么回事,但唯有这样不顾一切地玩,才有一个求道的基础。姜奇平说,要想玩通就必须用它本来的面貌去待它,它不是当官的梯子,也不是挣钱的手段。

姜奇平很反感人家说,互联网是一个工具。他说,互联网也是一个目的,一种文化,一种新的文明状态。只有真正地喜欢它,才能真正地理解它。钱跟着规律走,当互联网成为未来经济的主要成分,钱和各种各样的好事情也就来了。天上就会噼里啪啦不断地掉馅饼,你唯一的苦恼就是怎么不让馅饼把脑袋砸疼了。

姜奇平说到这儿,一副踌躇满志的样子。"说不好,以后我可能仍然会做出这样的举动来,"他说,"大家很珍视的东西,我可能一夜之间把它扔掉,进入一个全新的领域。"他还说:"至少在两个或三个领域,我可以做得跟现在一样出色。"

据说,别人曾问邓肯:"你为什么和这么多人谈恋爱?"她说:"人生就是一栋楼,楼里有很多房间。如果一辈子只让我进一个房间,那么,我这个人发育是不完善的。"

姜奇平说:"在这点上,我和邓肯一样,老想尝试一种新的选择。现在的行业分工就是让人在一行里成为精英,在三百六十四行里成为白痴。现行的工业文明就是这样一种制度。但我就不服从,偏得东串串西串串，而且要串那些最极端的地方。"

智者姜奇平

说姜奇平在跌宕起伏的生活中一点犹豫都没有，不太真实。姜奇平也有在危崖之上跳与不跳的百般思量。但姜奇平以他的直觉和智慧，预感到了一个新时代的来临。按他的话说，这是一个"颠倒是非、混淆黑白"的时代。

姜奇平玩电脑的时候，看到现实发生了一百八十度的大转弯，规则从白变成黑，是变成了非，简直是"颠倒是非、混淆黑白"。被这么多新鲜热辣的东西刺激着，姜奇平变得灵感飞溅。他看到一位奥地利的经济学家提出，农业经济是直接生产，工业经济是一种迂回生产，马上联想到，农业文明、工业文明和信息文明应该是一种正反合的关系，即农业社会是直接生产，工业社会是迂回生产，而信息社会则又是一种更高层次上的直接生产。

"既要像工业社会那样走出村庄，又要有我就在这个村里的感觉，"姜奇平说，"信息社会将把农业社会和工业社会的好处占尽：农业社会的直接经济没有效率，但工业社会有效率却使人关系疏远，而信息社会是人与人距离接近、效率又高的更高层次上的直接经济。"

把信息经济的特点归纳为直接经济，姜奇平的这个观点，已获认可。在中国信息经济学会年会上，信息经济学界的泰斗乌家培教授在归纳信息经济的特征时，也明确指出是直接经济。一些高校也开始用直接经济的观点授课。言及于此，姜奇平又有些得意："这是对我的最好肯定。"

农业社会不增加中间环节，以自给自足为主要模式，生产者就是消费者；工业社会生产者与消费者分离，中间每增加一个环节，就增加出一份价值。马克思说资本是"能带来剩余价值的价值"，姜奇平认为，资本同样可以解释成"能带来附加价值的中间环节"。但信息社会就不一样了，中间环节在减少，生产者直接与消费者见面。像美国康柏公司把生产环节切掉，外包给台湾等地生产，利润反而上升了；美国戴尔公司通过网络接受订单来生产和销售电脑，现在已经发展到全世界第二位。

"我的直接经济的最主要的例证现在辉煌起来了，这就是戴尔模式。戴尔太对我胃口了，我对它情有独钟。戴尔公司当时还是一个小公司，他们依据直接商业模式，发展成了今天的超级巨星。"——就像戴尔公司是他一手培植出来的一样。

"无须远行，无须久等"，一个跳芭蕾舞的小女孩对互联网的概括被姜奇平奉为圭臬。通常，姜奇平会显得有些沉默，像是心游天外，生活在别处。但一说起互联网，说起"玩"与"求道"，姜奇平就会爆发出一种雄辩的激情。

康德早有对文明的概括，一是时间，一是空间。"无须远行"，空间没有了；"无须久等"，时间没有了。姜奇平说，这两句话已经从最高意义上把互联网的文明给总结到了哥德巴赫猜想 1+2 的水平，差一点就解破了。

农业文明也是一种"无须远行，无须久等"的文明。不出村，自给自足，就看眼前，无距离的状态。工业文明是一种远行和久等的文明。我要往远处走，要社会化，要为长远忍耐眼前。远行，我不是为了我生产，是为了别人生产。农业文明没这么复杂，就是对天和地。人和人、人和自然都是直接的关系。跟自然贴得越近越好。天人合一，是文明的最高境界。工业社会，生产者需要媒婆——工厂、资本。衡量它的标准是社会化程度的高低，远行的程度越高，文明的水平越高，一百八十度地颠覆了农业文明。

现在，信息技术又来了一个一百八十度对工业文明的颠覆。要有农业文明的效果——既不大于自己又不小于自己。工业文明不同，只需五个土豆，可生产了五十个，或者去生产西红柿了，总是不知道自己是谁。虽然把自己文明的本质扩大了，但人终于失落了自己。只知道自己这个人，不能了解社会这个大我。但人本主义的最高境界是要知道自己是谁，所以，姜奇平说，蒸汽机是把人肢裂的技术。而信息技术和生命技术都是把分离的局部组合成整体的技术，符合人文的理想，所以一定会带来人的本质的复归。

IP技术消灭了远近成本的差别，它使人回到自然，从高度的工业文明状态回到青山绿水中。据说，姜奇平到硅谷以后，没有为技术的发达所震惊，而真正地震惊于硅谷的青山绿水。据说，硅谷前一段发现了几只狮子，市政当局提醒大家及时安装防护栏。姜奇平当时就感慨系之，跟陪同他的人说，你们的农村真不错，保护得跟野生动物园似的。人家说，这不是农村，这就是我们的城市。姜奇平于是前所未有地被震惊了。

真正的现代化是要把城市建得比农村还农村。我跟你远隔千山万水，但如在眼前。过去也可以连接，但成本太高。越远，边际成本越高。现在用互联网连接，远和近成本都是一回事。等于说，时间消失了，空间消失了。

从自然科学的角度来说，IP技术和其他技术是半斤八两，但为什么这种技术成为一种革命的动力？姜奇平说，因为它为人本主义带来一种真正的底层的支持。别的技术在人本主义的角度讲是一种枝节的技术，没有对人的自我完善产生根本影响。

姜奇平是那种问一句可以答出一百句的采访对象。黑格尔给了他严密的逻辑，互联网赋予了他足够的激情。在北大，在各省，姜奇平的演讲会热浪翻滚。笔者采访他时，就有热线追踪，要求他再去演讲，因为他前不久在该地的演讲还有好多人想听而没有听到。

勇士姜奇平

这两年，姜奇平风头甚健，随着"知本家"红火了好一阵。他首倡了"知本家"概念，与人合著《知本家风暴》等畅销书，在国内刮起一阵"知本"风暴,知识的价值再次得到大肆张扬。

"在风起云涌的中关村发展大潮中,将有一大批以知识为本的知本家抛头露面。"姜奇平说,工业时代是资本家的时代,信息时代是"知本家"的时代。他认为,未来国家间的竞争即人才的竞争,而最稀缺的人才就是"知本家"。目前看来,全球范围内的"知本家"短缺已经出现,"知本家"将成为世界上"最可爱的人"。

三十八岁的姜奇平早就不生活在象牙塔里了,这种紧扣时代的"鼓与呼"渐渐成为姜奇平肩上的一种责任。前不久,他被评为"带领我们走向数字时代的二十位中国人之一",并被冠以"智者"之称,但想要为数字时代立言,为信息中国立心,光有"智"是不够的。

从某种角度说,姜奇平实在更是一个勇士。为了互联网,他跟一些名人发生了争论。"我觉得网络这么好,你说网络不好,我就要咬你。"说这话时的姜奇平一反他斯文的书生本色,颇有些横扫千军如卷席的劲头,"我不在乎你是什么大人物,也不在乎我要在某些领域发展,要尊重这些人物。"

当你不知道真理在什么地方的时候,看看脚下就好了。姜奇平说,中国农村改革,那么多蠢笨的人都比聪明人更聪明,是农民找到了中国农村改革该往哪走,财富从何出的钥匙。过去是小岗村的农民发现真理,现在是中关村的村民发现真理。他们对真理的发现其实很简单,只需往自己的机器里看两眼,走几圈。

工业文明的纺织机和蒸汽机就相当于信息时代的电脑和网络。姜奇平说:"很多人不了解工业文明,是因为他们没有找到技术革命的动力源。而我们是玩家,我们玩着玩着就和这种最活跃的实践走到一起去了。我也不知道真理在哪,但我知道技术的方向。"

姜奇平认为,在 80 年代,决策者可以被最卑贱的农民说服,这是中国文明最辉煌的一刻。最彻底的思想解放,达到文明方向的转变。现在不是五四时期,需要在黑暗中摸索道路,人类共同的光明大道就摆在你脚下了,只求你高抬贵脚。但中国的反应又是那么慢,"我不叫谁叫？"——又一副舍我其谁的样子。

日前，姜奇平和他的同事们投入十万元人民币发布了中国的电子商务报告。在万众注目赢利的当下，数字却说明目前中国的电子商务确实无法赢利，为什么？上网的成本距离平衡点来说，高了一千六百五十倍，实际效益只是能发生的效益的百分之十五。

姜奇平说，最能代表新经济的是硅谷经济，它的神髓是一种长期行为经济，迥异于我们长期以来的短期经济行为，要给五年十年以后才可能看得见、摸得着的地方投资。但中国人短期意识重，只认可眼前看得到的东西。这就有一个问题，眼前看不到，但它是未来的趋势怎么办？

美国度过了这个阶段，财富开始向这个领域大规模聚集。如果把微软理解成一个国家，把它的市值折成GDP的话，它是世界第十一强国。比尔·盖茨就是一个国家，以后就不是什么西方七国、八国集团，而是美国和英国带着比尔·盖茨这个国家来谈国际事务了。这是财富转移的典型例子，六千亿美元，中国财富的一半。然而它前期根本没钱，只是掌握住未来的关节点，钱就哗啦哗啦地来了，这是互联网典型的经济现象，财富的转移发生在一夜之间。

但中国还没有到谈赢利的时候，姜奇平说，现在，大谈赢利，是一个在错误的时间、错误的地点，被错误地提出的一个正确的问题。在该研究战略的时候，我们在研究技术问题。在该投入打长期基础的时候，我们却提出短期套现的要求。在长期投入阶段，我们却急功近利提出短期赢利问题。

眼下，数码鸿沟俨然已成为富国和穷国的分水岭。国家整体上进入了新经济，方为富国。富国赚钱，比例再小也是大钱。国家整体上没有进入新经济，就成穷国。穷国赚钱，比例再大也是小钱。然而，在效益潜力只发挥了百分之十五，成本高了一千六百五十倍的前提下，要想赢利，不是单依靠企业进行微观努力就可以实现的。

姜奇平认为，中国的电子商务，一方面存在着与发达国家在整体水平上的差距，另一方面，决策的工业倾向造成数码鸿沟的扩大。

所以，第一，要在全局上推进信息化，改造传统产业，实现生产方式的根本性改变。第二，要在战略全局上解决认识问题。

对策有三：

上兵伐谋，确定战略：中国要进入新经济，关键是解决领导者的短期行为、短期见识问题。主帅不明，三军无功。新经济的战略问题，美国、欧洲、日本、印度都解决了，全世界其他地方也正在解决，现在，该轮到中国了。

其次伐交，打破分割：管技术和管企业的部门间，应有高层协调体制和融合机制，以保障和推进非信息产业部门的IT应用。

其下攻城，税费攻坚：免费缓税，取之予之。

"我们不要错过一个时代！"眼下，中国的"十五"规划正在制定，一板拍下来，就是五年。而体制中的工业倾向还是深刻地主导着决策，信息大潮铺天盖地而来的时候，我们有没有换上信息社会应有的思维？——中国又到了一个历史的关头。

说到这儿，姜奇平深深地叹了一口气。

低着头，蹙着眉，没有了雄辩时的神采飞扬。

附：人物简介

姜奇平

政府官员：供职于国家信息最高决策机构——国家信息产业部信息推进司。

网络启蒙者：如果说通过新浪、搜狐、8848这些知名网站和张朝阳、王志东等焦点人物，人们知道了什么是网络，那么，姜奇平则告诉人们，网络究竟是什么。首倡"知本家"概念，与人合著《知本家风暴》等畅销书，刮起"知本"风暴，大肆张扬知识的价值。汇合网络文化和IT媒体精英，组织了"数字论坛"，提出了有影响的"直接经济",被《分析家时代》冠称为"智者",并被《硅谷时代》评为"带领我们走向数字时代的二十位中国人之一"。

网络经济学者:被评为1999年中国财富风云人物之一,并获中国网络十大杰出人物提名奖。任中国信息经济学会常务理事。主要作品有《21世纪网络生存术》《知本家风暴》《数字财富》《数字化时代的人与商业》《新商业模型》,译作有《浮现中的数字经济》等。即将出版的是《直接经济》。

互联网发展与研究中心的首席科学家:正从量上对互联网作出分析。

互联网业内的第一大刊物《互联网周刊》的创办人和现任名誉主编:八小时以外他在网上担负起主编的职责。网上协作,网来网去,虚拟运作。

互联网的发烧友:丢官了,他不怕。老婆也丢了,他还不怕。有怕的吗?姜奇平就怕停电。

三十八岁。属虎。巨蟹座。好乐。善弈。今年下了一千二百多盘棋,业余三段。

(载 2000 年第 179 期《良友》)

王蒙忆冰心

中国著名作家王蒙今天回忆文坛世纪老人冰心说，我看到过她体力上很软弱的时候，却从来没有看到过她头脑犯糊涂的时候。她一直到去世之前都非常清醒。

冰心2月28日晚在北京因病不治与世长辞。王蒙今天应记者要求谈起冰心，他娓娓道来和冰心在一起的日子，像是在谈一个就生活在自己身边的好朋友。

他说，冰心是我们最尊敬的老作家之一，我的父辈就开始读冰心的作品，我在上小学的时候开始读她的一些新诗，比如《春水》《繁星》。但是我个人和她的一些交往还是在近二十年，常常有机会和她聊天。

她一直特别关心我们的国家，非常爱国，见到旅居国外的年轻人都要劝人家回来。她的外孙在国外学习，她反复地说要回来。另外，她对女作家有一种特别的热情，像张洁、谌容她们都常常到她那里去。她对儿童的那种关心更在作品中有很充分的体现。对教育事业她也特别关心，而对那些不重视教育、不注意妇女儿童权益的现象有很尖锐的批评。

她实际上是一个倾向性非常鲜明的老人，但她又保持了相当的超脱。她很少为个人的事情和琐碎的人际纠纷伤神，她也不谈这些话题，她谈的话题基本上都是国家的利益、人民的利益和民族的振兴，再有就是对女作家和儿童文学创作的关心。另外她对散文创作也特别关心，她还拿出一些钱来作为散文创作的基金。她一直保持着一种非常健康的幽默,她常常开玩笑,说她自己真正是做到了"五不怕"的人物。据知,这"五不怕"大概包括不怕杀头、不怕开除党籍等。

她给自己做了一枚图章,叫"是为贼"。她不说自己"老而不死",而说自己"是为贼"。在送特别好的朋友书的时候,就盖上这枚闲章。另外她常常说自己是"坐以待毙",不过这个"毙"要换成人民币的"币",就是说她在家里坐等稿费来。

她住在中央民族学院,两居室,很普通的房子,本来有机会住更好的房子,但她不愿意。有时候也有一些她不喜欢的人去找她。找她题字,她就会很巧妙地说:你让我写字,你带纸来没有?带笔来没有?带墨来没有呀?然后就把来的人推托过去。

她说过一些很尖锐的话。她一再表示自己不喜欢《红楼梦》,从小到现在都不喜欢。酷爱《红楼梦》,并写有专著《红楼启示录》的王蒙解释说,她不喜欢那种太缺少豪情、缺少男子气概的人物和故事。

她高龄以后,几次报病危,昏迷过去,但等她醒来,她仍然保持着这种清醒,而且态度乐观。两年前,春节的时候,她的身体已经很坏了,我去看她,她正接受福建电视台的采访。我就给她出主意,说那很累,你可以闭目养神不说话。她说,那怎么行,那不等于是下逐客令吗?

她什么时候说话都是那么清楚,去年我在美国一所大学讲学一个学期,正好她的外孙在那附近上学。回北京后,我就来看她,说我来给你报功,因为这期间我对你的外孙一直是颇有照顾。她说,那你要什么奖赏?我说,奖赏嘛,我倒没有考虑。但她还是用她最新出版的书作为她对我的奖赏。书是《冰心文集》,上有闲章——"是为贼"。

冰心活了九十九岁。这个与世纪同龄的老人喜欢玫瑰,在许多人的心目中,她一直很年轻。

(载 1999 年 3 月 4 日《文学报》)

绀弩九十岁

中国一代文豪聂绀弩九十岁的生日是和他的朋友们一起过的。

李准、李文兵、冯亦代、周而复、尹瘦石、丁聪、吴祖光、李慎之、舒芜、公刘、邵燕祥、邹荻帆……几十位文化界名人今天相聚在中国现代文学馆。手把一杯清茶,追忆他们敢怒、敢骂、敢歌、敢哭的朋友绀弩。

中国现代文学馆副馆长舒乙首先作开场白。他称聂绀弩是中国现代文学史上少有的传奇式人物,同时,也是遭遇非常坎坷的人物。

据知,夏衍先生曾作评价,鲁迅之后,中国杂文当推绀弩为第一人。在他逝前的十年里,绀弩又以杂文入诗,创造了杂文的诗,或曰诗体的杂文,开前人未开之境。

但这位40年代就已蜚声文坛的作家生活似乎从没有安宁过。绀弩在八十四年的生命里十年坐牢、十年病废,其余岁月,三灾六难,如临深渊,或异国逃亡,或绝塞吟诗,活得艰苦卓绝。

有人计算过,绀弩的一生里只有两段共计十六年的好日子,一段是1949年至1955年,他从香港回到北京参加开国大典和第一次全国文代会,不久再去香港担任《文汇报》总主笔。另一段是1976年底从山西临汾第三监狱释放回北京后的九年。可是,在这最后的九年里,他基本上是躺在硬木板床上度过的。那时,他的体重只有六七十斤。

而今天绀弩的形象又丰满起来,他和夫人周颖在一帧黑白照片里向与会者微笑着。这帧照片下面坐着吴祖光、尹瘦石、丁聪——他的

"北大同学"（北大荒）。

和绀弩一同流放北大荒的丁聪说，绀弩一生正直，宁折不弯，从不说假话。据知，十年动乱时，绀弩曾在谈笑中言及江青丑行，在审问中，绀弩直言不讳，被判无期徒刑。

狱中的绀弩把《资本论》读了四遍。所以，吴祖光称绀弩是他最奇特、最有学问的朋友的同时，还下了另一个结论。他说，绀弩是纯粹的马列主义者，是马列主义的崇拜者。

吴祖光忆起他最后见到绀弩时，绀弩骨瘦如柴的样子，说那样子令人落泪。但即使如此，绀弩也从未埋怨过和悲观过。

认识绀弩半个世纪的尹瘦石至今还记得绀弩充满乐观精神的诗句。绀弩曾作《北大荒歌》，在那首长诗里他曾说得明明白白：冬非不冷，秋非不凉，虫咬非不痛，日灼非不伤，更非粗粮胜细粮，人坚强。

也许正是因为"人坚强"，绀弩才是胡风出狱后的第一个探望者。绀弩还是冯雪峰十年忌日里第一个写诗纪念的人，这首诗今天就陈列在现代文学馆里，它是绀弩八十四年人生的绝笔。

据知，绀弩是黄埔二期的学生，20年代又在莫斯科中山大学学习，与他同时在苏留学的有张闻天、邓小平、蒋经国、谷正纲等。

但绀弩没有成为一个政治家，他一生怀才自励、淡泊自守，他是一个成功的歌者。在生命的最后几年里，绀弩还躺在床上写文章，说笑话，整理了一百多万字的旧作，《绀弩杂文集》《绀弩散文》《散宜生诗》《中国古典小说论集》《高山仰止》《绀弩小说》等巨著相继出版……

特地从安徽赶来参加座谈会的诗人公刘有感于绀弩的一生，作文纪念他1948年初识的朋友绀弩。他说，绀弩为人为文的真性情和他强大牢固的民本思想是他留给后人的两个启示。他说，"在我们今天尚且为人的时候，应该想想人字该怎么写"。

今天，北京下了不大不小的一场雪。雪中的中国现代文学馆非常安静。

绀弩的几十位朋友在这个落雪的冬日里给他过九十岁生日，他们一人一段地把绀弩从另一个世界里拽回来，于是，乐观、坚强、敢说真话的一代文豪聂绀弩又鲜活起来，他在朋友们的拥簇下安静地微笑着又长了一岁。

(载1993年1月8日《侨报》)

张贤亮的《青春期》

听说六十四岁的张贤亮写了一部中篇小说叫《青春期》,很多人就笑了,以为这是爱弄噱头的张贤亮又在精力过剩地制造笑谈。

但在捧着《青春期》,忍俊不禁地笑过以后,就深深觉到了其中的辛酸。"文革"过去了二十多年,关于"文革"的书出了无数,像张贤亮这样刁钻而恰切地从"青春期"的角度写"文革"的,也许还没有。被"文革"的政治斗争大潮淹没得喘不上气来,谁还想得起"青春期"的事?但张贤亮念念不能忘怀。"性"的历史也许更能真实地说明那个时代。当然,也只能是张贤亮这样的人,总是在极限的生活里生活,所以,他对那个时代"青春期"的感受就更痛楚、深刻。

"青春期"里没有青春

整个社会环境就是这样,怎能使我在"青春期"表现出"青春期",激起我对女性的爱慕、爱情或性欲望?爱情是一种"小资产阶级情调","搞"这种情调的人很可能被划为资产阶级,而我本身不谈爱情已经是个资产阶级分子,再谈爱情更反动得无以复加,并且也没有哪个女同学敢冒天下之大不韪与我"谈情说爱"。于是我就成了一个没有任何"情调"的人,一个"脱离了低级趣味的人"。

不止是我，几乎所有中国人的生活与情感都像被制服领子上的风纪扣封得密不透风。千千万万年轻人都不度过"青春期"而一下子跨入中老年，从而使中国人的外表看来一个个都深沉内向谨言慎行老气横秋。果然，社会语境发展到后来，"恋爱"一词也普遍被"找对象"三个字所替代。一个可能是非常缠绵温馨心荡神移的情感交流过程，被简化为直奔终极目标的繁殖行为。"找对象"不过是动物群体中的"交配"罢了。我在农场放马牧羊喂猪的时候，每到家畜发情期，队长叫我把牲口赶到配种站去配种，他总是手叉着腰站在圈门外这样对我喊：

"该给它们找对象了吧！"

整个中国全成了"被爱情遗忘的角落"。在我看来，爱情也只是"发情"罢了。

在十五年前，张贤亮写了著名的《男人的一半是女人》，轰动了文坛乃至整个中国社会。至今它已经被译成二十多国文字在世界各地发行。而十五年来，张贤亮似乎是对二十年的半囚禁生活做着疯狂的补偿，他有机会走遍了几乎整个世界，体验了各种人生，做了很多事。而后他做了一次世纪末情怀的表达，写了《青春期》。"我个人认为这部新的小说比《男人的一半是女人》有所提高，至少不比它逊色。"张贤亮说。

几天前，在北京召开的中国作协全委会上，我采访了张贤亮。那一晚，他在笔会上给与会的求字者写字长达三个小时。多少回最后一张的声明，总是被一次次恳求废掉。回到房间，记者正撞上张贤亮把鞋子脱在竹篮里，加过十元钱小费后，放在了门口，然后，半倚半靠地躺在了床上。看到我们来了三个女记者，他就说，我只需要一个女记者，你们怎么来了三个？

——话说得像个"青春期"的男生！这就是张贤亮，随意得有点让人难接受。但相处得时间久了，随意带来的难堪就少了，而随意中的坦率和真性情却让人觉得他的随意并无恶意，让大家笑一笑，没什么不好。

我的一切小说都是政治小说

张贤亮像他从前一样，拒绝同我们谈关于文学的问题。他有理论，说女人三大忌，其中一条就是不要和别人谈哲学。正儿八经地和别人谈文学，在他看来也许和谈哲学差不了多少。所以，采访的话题艰难地推进，稍不留神，就被他说得随意起来。

其实说到底，张贤亮并不是一个随意的人。1997年出版的《小说中国》就很充分地说明了这一点。在那号称大散文的二十万字长篇文字里，他遍论国家、政党、民众、所有制、资本、腐败、人的素质和人才的选拔……忧国忧民，其情之切，让人扼腕而叹。他曾经声称："我的一切小说都是政治小说！"被政治挤压了二十年，人都变得离不开政治了——这是张贤亮他们那一代人的命运。

我发现小说戏剧中有关爱情的描写似乎有个明显的界限，爱情只存在于过去的年代，到了新时代就像恐龙一般无缘无故地消失。爱情仿佛是与建设新世界新社会相抵触的。所有的文艺宣传品都异口同声地向人们宣布：如果不同阶级之间的男女发生爱情，那注定没有好下场，绝对以悲剧告终，如果男女双方都是革命阶级，那就是同志关系。同志关系是超乎所有关系之上的最纯洁、最高尚的关系。这高尚的关系将全部人际关系包括两性关系都涵盖无余，男人和女人在高尚的关系中并没有什么明显的性别特征，都是"革命同志"。"谈情说爱"只出现在主人翁有阶级觉悟之前，有了革命觉悟以后，即使是夫妻也只谈革命工作，交流学习心得，批评和自我批评，再不会甜甜蜜蜜卿卿我我；"男女作风"总是与"犯错误"联系在一起，"男女关系"可是个非常严重的罪名，连劳改队的犯人都看不起"乱搞男女关系"的"流氓犯"。总而言之，"男女"两个字连在一起绝没有好事。

张贤亮说，他的《青春期》是一个寓言。的确，当一个男人三十九岁才第一次接触到女人，而这种遭遇又不仅仅是他个人遭遇的时候，他的"性"问题就毫无疑问地成为政治。

《青春期》里的人物性萌动是很早的。六岁时，他就在玩"猫捉老鼠"被一个小女孩拥搂在衣柜里时感到了身体的涌动和膨胀。十三岁时，他为了引起一个女孩的注意，不顾一切地从三层楼跳了下去。因为写一首诗，他被打成了"右派"，而那时正逢他的青春期。他在那没有女人、没有爱情的青春期里，用刀剁去了一个农村青年的手指，以"革命"的名义发泄了他青春期的疯狂和冲动，不然他的青春期就会受到严重的挫折。他对有关异性的一切都毫无经验，甚至在他被分配淘厕所时，他对茅坑里"带血的纸张"产生了巨大的好奇，当他终于忍不住把他的怀疑和分析告诉和他一起受到"群众专政"的"牛鬼蛇神"们的时候，群专队那一晚上的一瞬间达到了中国"文革"史上牛鬼蛇神们开怀大笑的顶峰。直到三十九岁，他在一个女人爱与怜的给予中初识了女人，"才知道女人是如此可爱，世界如果没有女人便不成其为世界；如果我在摇篮中发现这个世界没有女人，我一定在摇篮中就自我窒息而死"。

张贤亮就是这样嬉笑着追述了那段含悲带泪的历史。当他十五年前，写《男人的一半是女人》时，写《灵与肉》《绿化树》《男人的风格》时，张贤亮愤怒着，激越着，奔突着。而今十几年过去，张贤亮笑着、俯视着回过头去，把历史含了太多眼泪的湿衣服拧干。这时他已经走出了很远，当又回到原点的时候，已经很轻松地搞清楚了自己的来路。他任意抽取着，调侃着，挥洒着，似乎是不经意间就写出了一个民族的"性史"。

为 WTO 写《青春期》

当张贤亮说他是为了 21 世纪的来临、为了中国加入 WTO 而写

《青春期》时，我们不由得笑出了声。他对此很不满意，仿佛受了冤屈似的，目光里有了一丝怨怼和谴责。

据说，张贤亮写的是改革要有拼搏的、奋斗的、不屈不挠的精神，要大胆冲破周围束缚。在世纪末大家展望21世纪的时候，应该怎么样去迎接21世纪？用什么样的姿态去跨越它？与此同时，必须要认识现实的基础，这个基础就是历史的发展。在新世纪将要来临的时候，至少梳理一下，回头看看，我们怎么走过了那段艰辛的历史，这样才能对改革开放抱有一种拥护的态度，才能意识到什么路都能走，就是再不能走回头路。

小说的方式有时很曲折。张贤亮在写他"没有女人没有爱情没有性欲"的《青春期》时，是要让这个民族和过去的东西断然划清界限。他说，我不是为我自己在写《青春期》，我是在为我们进入WTO写《青春期》。加入WTO，那需要一种怎样的勇气和魄力。而我的、我的民族的和市场经济的青春期，正经历着惶惑、浮躁、冲动，还有发展的不平衡。

他的语调有点沧桑，有些悲凉，让人不得不郑重其事。我再看一遍《青春期》，一样地笑，一样地觉得这张贤亮简直是要成精，但果然不一样地看到了幽默中的黑色，看到了张贤亮毫无顾忌跳出来的急切姿态。他甚至抛弃了惯常的小说的方式，虽然讲起故事来依旧绘声绘色，可是想站出来说话或者骂人的时候，就把小说的形式断然地弃之不顾，径自直抒胸臆起来。

说中国人现在爱回忆，但是是一种选择性的回忆，回忆那些让我们高兴的事情，这样就不能总结经验，吸取教训。张贤亮说，现在改革很艰苦，几乎是走两步，退一步。这在于很多人认为我们所面临的很多难题都是改革开放造成的，而不是历史延续下来堆积如山的问题。他认为，世界上有两个民族，德国不忘记自己的罪恶，犹太人不忘记自己的苦难，所以他们总是站在现代化的前列。

不谈文学，而以企业家自居

在北京人民大会堂开完政协会，张贤亮紧接着就来开中国作协的文学会。但会上他除了当主持人的时候，说了些与文学有关的话，在发言中，他都言必称改革的推进、企业的发展、西部的开发、经济的成长、经营的意识、品牌的确立。他公然声称他来作协开会是来看望他文学界的朋友，而他则来自另一个界别。

当然，他说的是商界。文学家和企业家，他似乎更以后者为意。张贤亮在拒绝正儿八经谈文学的同时，却经常大肆鼓吹他在"海"里的成就，比如，他某年某月，被当作封面人物亮相在某企业家杂志，某年的春节，他被当作商界名家出现在联欢晚会上……说起来，就像一个小学生考了一个"双百"那样骄傲。

这个在宁夏待了四十多年的南京人、上海人始终没有改了他南方的乡音，在宁夏过了二十二年的铁网生活，他最终却没有离开这块辛酸的土地。在70年代末80年代初那个文学的年代，张贤亮迅速地以文学的方式脱颖而出。而90年代，经济大潮漫卷而来的时候，张贤亮以半百的年纪又成了迎风而立的弄潮儿。

别人有地缘的优势、资金的优势、政策的优势，张贤亮有什么？只有他的大脑，还有他熟悉的西部和荒凉。然而，正是民族的苦难成就了文学家的张贤亮，正是这种西部的荒凉成就了企业家的张贤亮。他出卖了西部的荒凉，把劳改时看了二十年的两座古堡用文化包装了一下，而后，中国的导演大腕儿们就着了魔一样竞相去张贤亮的华夏西部影视城，而后，从张贤亮的古堡中走出了诸多的演员、明星、大腕儿。许多中国有名的电影就是从这儿走向世界的，比如《牧马人》《红高粱》《黄河谣》《黄河绝恋》《大漠豪情》《双旗镇刀客》……而此时，张贤亮成了正儿八经的老板，成了"中国作家的首富"。

1998年，中国南部大水肆虐，张贤亮把一板儿一板儿的钱履带一样绑在腰间杀到了大水边，一时间，多少豪情、风流和英雄本色。张贤亮是很有些自得和骄傲的。有一次他到北京来看王蒙，开玩笑说："你这里有一草一木是你的吗？而我那儿全是我自己的！"

> 想当初，我的影视城周边很不宁静，还有个别基层干部以家属的名义承包保护区内的土地进行蚕食，企图等影视城发展需要这一地带时他好高价转让。一天，这类"承包户"突然违背当地政府的文物保护通知，在他已失效的承包范围内挖渠种树，类似于16世纪的"跑马占地"，将我的影视城外围的一面圈了起来。我本来懒得去理他，取缔他无须我动手，那是当地政府部门的职责。但他却扬言雇了几十个农民，人人手拿铁锹，谁动他种的树就砍谁。他很聪明，知道非法占领如无人敢管，慢慢就会成为既成事实而取得合法的形式，大量的国家资产就是这样流失到地头蛇手里。但他失算就失算在扬言有"手拿铁锹的农民"。我一听见有"手拿铁锹的农民"就血脉偾张，刺激出我"青春期"的分泌，仿佛又来了一次剁人手指的机会。听见这话的第二天清晨，我叫手下人开了辆推土机，我亲自坐镇指挥，不到一个小时就将渠和树推得精光。我站在初升的太阳下焦灼地等待手拿铁锹的农民，如同年轻人在公园门口等待跟他约会的女友。

一般文人哪见过这阵势，早缩回去了，张贤亮后来感慨。那一帮地头蛇在旁边看得眼睛通红，但被张贤亮的气势镇住了，终于没敢动手。"下海"经商得有点江湖气！张贤亮在宁夏就几乎是个"琴剑在侧"的英武形象。当初，他毅然拿出个人的外汇存款作抵押，借来数十万元人民币，办了这个为文联谋福利的影视城。"这在当时，哪个文人敢这么做？"

第二年，上面有指令，机关要与企业脱钩，"我一下子像是掉进冰窟窿。影视城孤零零地立在荒滩上，谁管？债务都在我身上，我只能一心下海了"。据说，他强悍的性格是在二十二年劳改中磨炼出来的。

"从停尸间爬出来的人什么都不怕!"张贤亮认为,他的运气只占三分之一,而绝大多数靠的是智慧和勇气。"你想想,在那地方混,你要是没有一点坚忍不拔、随机应变,能站得住吗?"

把事情当游戏才能做得好

张贤亮是中国当代第一个写性的作家——《男人的一半是女人》,第一个写政论小说的作家——《绿化树》,第一个写早恋的作家——《早安,朋友》,现在又写了《青春期》。"这是我写的家族史的一段,整个的家族史还要写两三年,现在写了大概一半了。"张贤亮说。

"我现在把写小说当成我的一个娱乐,业余时间我不打保龄球,又不打麻将,又不骑马,那你说我干什么!就只好玩小说了,慢慢玩,慢慢写。当你把一件事情当成游戏时才能做得好,而且乐此不疲。"

玩文学之余,张贤亮又游刃有余地"玩"起了商业。他"玩"得非常投入,也非常细致。据说,西部影视城是他一手操办的,大到影视城的设计和创意,小到展厅的每一个小标题、照片的名字、工作服甚至垃圾桶的设计。

"我的影视城不过就是两个古堡,重在利用它本身的文化资源,并赋予它新的文化,提升那些断壁残垣的艺术品位。那才是我的一个大作品。"张贤亮踌躇满志地说,中国作家除了书还能留下人文景观的不多,苏东坡有苏堤,白居易有白堤。他没有提到现代、当代,大约举目望去,满目了了吧。

"我很为我作为一个企业家的成功感到得意,因为不容易。经济界、企业界承认的企业家并不多,但经济舆论界承认了我作为一个企业家的存在。我并不是靠名人去打牌子的,名人搞企业有很多难处。别人搞的无规则游戏,你不能去干。你用名人效应去卖你的商品,结果人家发现你的商品是劣质商品。你号召人到你那儿参观,结果人家觉得你简直是俗不可耐,毫无品位,这就会从另外一个你取得名声的领域去否定你。企业家的名没有了，把作家的名也给搭进去了。而我做的结果使得两个名能够相得益彰。"

现在张贤亮的华夏西部影视城里已经拍了四十五部电影、电视，游客也有了几十万。据说，这个没有高科技含量、没有资金含量的影视城近年也成了中央领导去宁夏必去的地方。张贤亮在他的影视城里曾经跟李岚清、钱其琛、吴邦国介绍，宁夏除了能源和农业优势，还有一个优势，就是东南沿海和较发达地区没有的荒凉，影视城就是靠出卖荒凉起家的。副总理们对他的出卖荒凉的创意很是赞赏。

"我觉得我没有受年龄的影响，而且随着年龄的增长，智力好像越来越敏锐，越运转越自如。"张贤亮毫不讳言。他也的确点子多多。为增加影视城的魅力，他有意无意地在增加影视城的神秘氛围，即来这里拍片子都有好结果。事实也真如此，张贤亮说，1996年，他请兰州空军给镇北堡拍摄空中鸟瞰图，发现镇北堡恰似一只大乌龟从贺兰山上爬来。而龟、鹤这两种动物一直是中国人崇尚的吉祥物。

于是事情就变得有因有果，有眉有眼。几乎所有到这里来拍电影的都注意到，拍武打片很危险，演员们经常受伤，但在镇北堡拍摄的武打片却从来没有出过一次事故。导演滕文骥在宁夏拍《征服者》时，发电车在外景地坏了，可到了镇北堡，没有经过修理就自动恢复了发电功能。于是，张贤亮的古堡就更神秘了。

永远处在"青春期"状态

张贤亮在中国作协的会议上申请讲一到两个小时，结果只得到了半个小时的大会发言时间。虽说这已经是给他的独一无二的特权了，但张贤亮似乎仍有些不满足。

张贤亮讲的当然是经济。他说："朱镕基总理讲，现代社会里，每个人都应懂得一点经济。我是一直关注经济活动的。对于作家来说，尤其要懂得经济。否则，他对现实的观察就没有穿透力。"

张贤亮的话滔滔不绝，尤其是讲到他想讲的话题，他不吐不快的内容，他急切地表达，以至失去了他在《青春期》里的幽默：

——中国在过去也开发过西部，左宗棠时代……抗日战争时期……解放后……70年代末80年代初，根本就没有东西部的差距，甚至西部的某些方面还有优势。但现在差距越来越明显，西部显得停滞和落后了……

——为什么？西部的自然生态环境脆弱，又加上了人文生态环境的脆弱。先进文化是先进生产力营造的大环境，没有先进的文化就不会有先进的生产力。改变西部机制和体制的落后和停滞状态，是西部现在最最需要的……

——西部大开发，党中央要分期分批投三百六十多个亿，这的确是西部发展的一个契机，但一定要在加大投入的同时，加大机制改革的力度。否则，中央投入这么多的硬件建设，不会达到它的预期……

——开发西部必须要尊崇市场行为。一定要控股、资产重组，要建立现代企业制度……你不要管他的观念是否落后，让他的企业资产重组，你就有了控股权，就有了经营权和管理权，他必须得听你的。这样你才能用你先进的管理和营销方式来改造他，转变观念绝不是开几个学习班就可以解决的问题……

——西部大开发，首先兴旺起来的是旅游业。现在的官员一定要学会把握商机。西部大开发绝对不要再重复东部的老路。现在我们有些人东部没有做过的他不做，东部做过的他才做。其他西部省市没有做过的他也不做，其他西部省市做过的他也跟着做，最好的办法就是土地优惠。而土地是不可再生的资源，将来我们的子孙就有无立锥之地的危险……

——西部的人才并不是十分缺乏，50年代的大学生分配，历次政治运动作为发配地，但现在没有一个省市认认真真地研究一下，现在拥有多少人才，现有的人才为什么没有发挥出他的学识和才力，究竟需要什么人才非要从外面引进不可？重视人才必须先从重视本地人才开始……

——西部大开发正赶上中国知识经济初见端倪。什么叫知识经济？用无限的知识、智慧、智力投入并加工有限的自然资源，使它产生高附加值。现在，知识经济时代价值的构成因素起变化了。到了现代工业社会，复杂劳动已经占据了绝大部分，有的产品所包含的简单劳动可以微弱到不计。英国转基因技术克隆出的一头羊，奶可以治肺气肿，一公升六千美元，一只羊就是一个工厂……

时间到了！会议执行主席慢慢地打断了他的不知何时能够作结的长篇发言，提醒他别忘了大家吃饭的时间。猝然停下来的张贤亮这时显得有些沮丧。"我侃下去也没有用的，这是我的悲哀。"他低了头，这样说，仿佛《青春期》里所说的，青春期受到了重大挫折。

不过可以肯定的是，过不了一会儿，他又会精力过剩地出现在你的面前，踌躇满志地、随意地说这说那。等再开会，他又会"血脉偾张"地讲起中国、西部、经济、品牌。

他说了："我虽然没有过生理上的'青春期'，但要在有生之年，永远将心态保持在'青春期'当中。"

（2000年中国新闻社首发）

小苗和大树的对话

苗苗：大名张苗、张苒 女 11岁
　　　北京初中一年级学生
父亲：作家
母亲：大学教授

苗苗和大师的对话其实从三岁就开始了。

那一年，父亲得病，不能写信，就口述让母亲记录，告知巴金爷爷一些病情。三岁的苗苗被抛在一旁，等母亲关注到她的时候，守在门口的苗苗泪水已经洒了一地。

而后，她就满纸涂鸦地给巴金爷爷写了一封信，把满腹的心事都写在了上面，委托妈妈寄给巴金爷爷。妈妈下班，好几次都看到苗苗守在信箱旁，等呀等，等巴金爷爷的回信。

其实，她的天书早被匆忙、困顿的妈妈扔进了纸篓。多年后提起来，母亲还为此叹惋不止。好在巴金爷爷后来知道了这件事，真的给她写了一封回信。那是一段世纪文学老人对文学一生的感悟：我们有一个丰富的文学宝库，那就是多少代作家留下的杰作。它们教育我们，鼓励我们，要我们变得更好、更纯洁、更善良，对别人更有用。文学的目的就是要人变得更好。

苗苗是在一个得天独厚的人文环境里长大的。和巴金爷爷、冰心奶奶的合影摆在她的书柜里，贾平凹的画、刘炳森的字挂在她家的墙上，白天在院子里玩耍，会遇上胡絜青奶奶的慈祥目光，晚上接到的电话很可能就是史铁生叔叔打来的……大师们的存在是十一岁的小姑娘苗苗的生活背景。苗苗很幸运。

读书读到四年级的时候，苗苗发现语文课文《我们的军长》的作者名字有点熟悉。"邓友梅？是和我们同住一栋楼的邓友梅伯伯吗？"苗苗的心里一阵激动，就想和他说几句话。机会很快来了，但苗苗还没有说够呢，电话就被妈妈夺了下来。心底的热情于是被压了下来，但被唤醒的，是她要和大师们聊天或曰对话的隆重计划。

苗苗开始了和大师的第二轮对话，此时，苗苗已经十岁。十岁的苗苗在一个下大雪后阳光灿烂的日子，遇到了胡絜青奶奶。自小善画的苗苗突发奇想，要给奶奶画像，奶奶站起来又坐下，一直等苗苗画完了才回家。

慢慢地，苗苗长大了，能看文字书了，看了好多老舍爷爷写的书，也看了好多别人写老舍爷爷的书。她就猜想，老舍爷爷要是也能和胡絜青奶奶一块儿在楼下晒太阳，该是什么样呢？苗苗真想多知道点儿老舍爷爷的故事，她有好多好多关于老舍爷爷的问题想问奶奶。于是她就把这些问题记在一张纸上，奶奶看了说："嗯，小记者，不简单。"于是，奶奶郑重其事地跟她约好，星期天早晨，就是奶奶每天晒太阳的时间，在楼下小花园里，给她讲老舍爷爷的故事。

对话就这样开始了，继《和胡絜青奶奶谈老舍》之后，有了《在季羡林爷爷家的那片荷塘前》《和史铁生叔叔聊大天》《和李国文伯伯侃"三国"》《在丁聪爷爷家里采访"小丁"》《听黄宗江爷爷谈他的戏剧人生》。

小苗苗的六篇大文章在《中国文艺家》杂志上发表后，杂志一下子热卖起来。几家出版社开始抢这位小作者的文章，预备结集出版。本来就在北京文学圈里知名的小苗苗，也就更令人刮目相看。

苗苗从小胆大。四五岁时，苗苗随妈妈到首都剧场看话剧，妈妈一把没抓住，苗苗跑到了舞台边，追上来的妈妈连忙把她的头按下去，她无知无畏的头又执着地冒上来。上上下下来回几次，台下观众不看台上演出了，一起喊："叫孩子上去！叫孩子上去！"演出停了下来，演员也和观众一起看着苗苗坦然上了台。苗苗在台上傻站了一会儿，而后大声说了一句："这，就是我的妈妈！"

可是去年年底，胆大的苗苗采访胡絜青奶奶时，却紧张得把手都抠破了。十岁的苗苗有一个采访提纲，九十岁的胡奶奶有一个被采访提纲。一老一小把这么一次采访弄得郑重其事的。后来，史铁生叔叔也被苗苗郑重其事的采访弄得紧张兮兮地抽起烟来。

苗苗采访史铁生叔叔的提纲曾把妈妈的学生们笑得快要背过气去。那天，苗苗奉妈妈的命令在家里写一份简洁的采访提纲，苗苗深思熟虑之后，把提纲发到了妈妈的呼机上。正下课的妈妈和她的学生们一起看了苗苗的提纲：一、关于人生；二、关于宇宙；三、关于真善美；四、关于坚强；五、关于爱情；六、关于母爱。妈妈的学生们在电话那边叽叽喳喳喊成了一片，大学生哥哥姐姐们一边大笑，一边抢着跟苗苗说："苗苗，这采访提纲真够哲学的呀！""你的任何一个问题都够人家回答一辈子的。"

苗苗问史铁生叔叔："我发现，别人写的书里边，有好人，也有坏人，好人就特别特别好，坏人就特别特别坏。可您写的书里边，几乎都是好人，没有坏人，难道您认识的人全都是好人吗？"苗苗问胡絜青奶奶："我觉得老舍爷爷最能理解我们小孩儿。比如他说，孩子就得天真、活泼，他一看见那些'小大人儿''小老头'，就伤心得想落泪。可是我发现，好多大人其实都跟老舍爷爷喜欢的不一样，因为，大人夸我们小孩儿的时候就爱说：'这孩子真懂事儿，像小大人儿似的。'我知道，舒乙叔叔小时候也爱淘气，老舍爷爷把他淘气的事儿都写到书里了，奶奶，是我淘气呢，还是舒乙叔叔淘气呢？老舍爷爷打过他吗？"

苗苗问李国文伯伯："刘备连自己的孩子都摔，能是好人吗？"她告诉李国文伯伯，她不喜欢刘备，因为刘备太假，装哭，装好人。《三国演义》那么多的人物里，她最佩服的是曹操。他不光会打仗，而且赢得起也输得起；就算打输了，接着打就是了。也不喜欢诸葛亮，他太聪明太聪明了，聪明得都有点妖。还不喜欢赵云，优点太多，都不像个真人了。

苗苗问黄宗江爷爷："您交过数不清的落难的朋友，您和阮奶奶不歧视他们，谁到了你们家，总是有饭吃，有酒喝。怎么能做到这样呢？"她还如数家珍地问起黄、阮两个神秘的大家庭："您家有七个兄弟姐妹，阮奶奶家也有七个兄弟姐妹，加起来就是我们两个小队的人数了。我看过黄宗英奶奶演的电影，看过黄宗洛爷爷在《茶馆》里演的松二爷，有那么多好演员，一集合，不就能排大戏了吗？"

苗苗问丁聪爷爷："我看您画的漫画，爱憎都特别分明。是因为画漫画就要求爱憎分明呢，还是因为您是一个爱憎分明的人，所以您才喜欢画爱憎分明的画呢？"

苗苗问季羡林爷爷："我真不懂，大人老是说，小时候要好好学习，长大就不'徒伤悲'了，看闲书算不算学习，有没有坏处呢？爷爷，您小时候虽然爱看闲书，可总能考甲等，我怎样才能又有时间看闲书，又不挨打，又能一考就考个好成绩呢？"

苗苗还准备接着问下去。这个长胳膊、长腿，长脖子上支着一个圆圆大脑袋的女孩有着没完没了的问题。每一次，都是妈妈截断她问不完的问题，因为这些大师级的人物大多已经是耄耋之年的老人。而这个垂髫小儿的每一个问，都意味着一次集中的、系统的学习。

为了采访季羡林爷爷，苗苗看了爷爷全集中所有的散文和杂文。为了采访李国文伯伯，苗苗一边听《三国演义》的评书，一边看李国文伯伯的评点。为了采访丁聪爷爷，苗苗买下了三联书店所有丁聪爷爷的书。为了日后采访相声大师马季，苗苗听完了马季的十八盘录音带，又参考着听了侯宝林先生的五盘录音带……

细眉细眼的苗苗活力无限，一会儿跳到了床上，一会儿跪到了桌子上，她总爱用"复沓"的手法表达她的强调，总在想要发言之前，习惯性地、有规矩地举手表达自己的要求，而说起话来，便一串连着一串，长长的，没有间断。

季羡林爷爷说，21世纪的中国孩子至少要背五十篇古文、二百首古诗。于是，苗苗和她的同学就比着赛着开始背，"都上瘾了"。应我的要求，苗苗给我背起《琵琶行》。比她说话更快一筹，间或还吃了吃手指，让人想起，她虽然聪慧如许，并高挑如许，但毕竟还是个十一岁的小姑娘。

小姑娘连续采访六位大师级人物下来，就有了一些发现。比如，越是了不起的人越是平凡。老人都很像孩子。比如，读完黄宗江爷爷写的《卖艺人家》和《老伴集》，就发现他是一个故事多得不能再多，一生都充满传奇色彩的有趣的老头儿。比如，她发现李国文伯伯小的时候，最感兴趣的也是看闲书，他喜欢看《三国演义》，还能将《水浒》里绿林好汉的名字背得滚瓜烂熟。苗苗和李伯伯太一样了，也最喜欢看这些闲书。有一回上算术课，苗苗偷着看《水浒》，一边看，一边背一百单八将的座次，结果被老师发现，上爸爸那儿告了一状，爸爸头一回打了苗苗。

不过，苗苗的父母应该算是非常开明的。苗苗跟我举例子说：那年，学校准备开联欢会，排着排着节目，他们几个要好的同学突然来了情绪，干脆出一本咱们自己创作的剧本集吧！说干就干，同学们都跟着了魔似的，偷偷摸摸地课上写，课下写，在学校写，回到家里还接着写。他们的行动很快被家长发现了，有的同学挨了骂，有的同学甚至连剧本都让大人撕了。苗苗却很幸运——爸爸、妈妈不光支持她，还安慰她说："可不能小看了孩子们的能耐。有位鼎鼎大名的剧作家就是从十岁开始写剧本的，他就是你黄宗江爷爷。"

苗苗的妈妈说，听孩子采访这些大师，有种如闻天籁的感觉。苗苗的爸爸说，孩子的一次采访就是一个很长时间的学习过程。他们注视着孩子时的那种依恋、关爱和骄傲，让人觉得心里软软的。据说，胆大的苗苗不敢一个人睡觉，因为怕外星人。她说："尽管他们不会伤害我，但我还是不愿意离开地球。尽管我会跟他们玩得很快乐，但我还是更愿意和爸爸妈妈在一起。"

应该说，是苗苗的父母把她引领到这个文学的环境里，让苗苗从小就有机会亲耳听到大师怎么说。这些大师在一个孩子面前袒露他们的真诚和智慧，流露出他们最人性化的那一面。

苗苗跟史铁生叔叔说："我特别爱想事儿，老爱想：我是谁呀？我从哪儿来呀？我为什么是我呀？将来我到底会是什么样儿呀？有时候想得很高兴，有时候想着想着就吓一激灵。我把我想的跟小朋友们说了，他们都骂我是傻子。"史铁生叔叔听后就一发不可收拾地大笑起来。

黄宗江爷爷向苗苗透露，当年，他给阮奶奶写万言情书的时候，她是个准师级女政委，而爷爷才是个正连级的小编剧。"我的勇气，更让人意想不到。只要是我看准的事，我就会不管不顾，穷追不舍。"

丁聪爷爷告诉苗苗："画漫画的人总是喜欢找问题，见到坏人、坏事、坏风气就想讽刺讽刺，不讽刺就着急。当然了，我也可以不讽刺。像眼下正过年，我就画画龙，应应景，这准没错儿，可你说有什么意思呢？有些事情不能敷衍，我有一句话，叫作：愿听逆耳之言，不做违心之事。心里不是这么想的，让我讨好、捧场，我不干。我画的都得是老百姓想的事情，老百姓通得过的，我才画。虽说我为这个吃过不少苦头，可我总觉得我没做过坏事，对得起良心。"

李国文告诉苗苗："历史上的周瑜是个特别棒的人，赤壁之战的总指挥应该是他，诸葛亮在东吴不过是个观察员而已。但《三国演义》中，诸葛亮成了赤壁大战的总指挥，周瑜却只能在一旁嫉妒，而且他做的任何事情还都逃不出诸葛亮的手心儿。这是演义，不是历史。但作为一个文学典型，《三国演义》中的周瑜还是塑造得非常非常成功的。因为，嫉妒是人类与生俱来的一种天性、弱点。'既生瑜，何生亮'，不是说你好，我要比你更好，你有，我要比你更有，而是'喀嚓'一刀灭掉对手，把对手从牌局中排除出去，不讲游戏规则，凭不正当手段独霸天下，这样做，你也可能成为冠军，但纪录也永远停滞在那儿了。说穿了，嫉妒，是弱者的行为，你有力量，你有信心，你有竞争的意志,你有必胜的把握,你还用得着去嫉妒吗?"

史铁生叔叔告诉苗苗:"你写的东西要让人喜欢看,首先就要真诚。人的才华天生是有差异的,但不管写什么,真诚是最重要的,要是在真诚这儿出了问题,就会越写越让人厌烦。"

季羡林爷爷告诉苗苗,21世纪的青年,要中西贯通、古今贯通、文理贯通。

我见到苗苗的时候,苗苗正在补习数学。她也想做一个文理贯通的学生。问起她以后是不是要像爸爸一样当作家,苗苗说,她觉得读小说和写小说的感觉都很好,可以高兴,不高兴,就像自己是书中的人。不过她最想当的是小学校长或"大款"。

为什么要当小学校长?

让孩子学习像玩那样快乐。

那,为什么要当"大款"呢?

为了建一百个学校,让所有的孩子都快乐。

(载 2000 年第 11 期《山东画报》)

斯妤如斯

女作家斯妤的日子平平淡淡：早晚骑车接送儿子，白天在家里写作，电话只在晚上打开。

不爱运动，不爱旅行，不爱交际。斯妤说，她天生体弱，又不具有社会人的力量，从前对世道人心懂得很少，现在懂得多一些便采取一种逃避的姿态。因为逃避是万灵药，可给侵犯者以胜利，给逃匿者以宁静。

不爱逛街，不爱收拾家。斯妤说，家是永远整理不完的，不如就睁一只眼闭一只眼混过去。洗碗，则是人做了器皿的奴隶，为这忙得团团转，而将那些心爱的书籍扔在一边便是这繁杂人生的可恨之处。

不嫉妒美，不嫉妒爱，不嫉妒年轻，不嫉妒富有，不嫉妒得连自己都起了疑心。当斯妤面对儿子，面对书桌，她也同时面对了一切。对于斯妤来说，儿子是第一位的，写作是第二位的，丈夫是第三位的，自己是第四位的。不缺少爱的家庭，不繁杂坎坷的经历，给斯妤的是平和的性格、安详的神情、温婉的笑容。只有孩子和写作能使她激情奔涌，使她强大，使她软弱，使她痛苦和爱。

斯妤原本是非常唯美的作家。从事散文写作十几年，斯妤在很长时间里都相信只有纯美的东西才是永恒的，美能够拯救人类。写于80年代的《武夷日记》《梅林》《小窗日记》等记录的是一颗纯粹而又圣洁的少女心灵。她用清澈、活泼的文字描写自然，以无拘无束、悠闲飘逸的笔调表露着一个真实的自己。这一段文字使人想起冰心散文的返璞归真、恬静清纯。据知，斯妤是冰心的老乡，闽南温润的水土孕育了她们内在的灵秀和才情。

后来，斯妤来到了北方。表面看去，她似乎还是那一派落花无言、人淡如菊的样子，但内心在成长，阅历在增加，理想与现实的冲突诱发出这位"基督徒后裔"的愤怒与悲悯，强化了具有艺术家气质的斯妤的痛苦与孤独。

在《我因为什么而孤独》里，斯妤写道："我的悲剧是理想在现实面前的必然悲剧，我的痛苦是心灵面对肉体的必然痛苦，我的孤独是个体遥望洪荒宇宙、洪荒人性的永恒孤独。"

心情于是摇曳飘忽。激情进而急涨而起，狂潮一般裹挟和淹没了斯妤，有时又疾驰而去，扔下遍地沮丧、怅惘和疲惫。1985年以后，斯妤变化了许多。由纯真而深邃，由温馨而冷峻，由善良而孤独，由审美而审丑……

惊异于斯妤前后期创作的反差，惊异于斯妤人与文的反差，我甚至很难将写过《女儿梦》和《爱情神话》的深情的柔和的圣徒般的斯妤与冷峻的峭拔的悲哀的斯妤当作同一个人。然而在平静的表面下，巨大的变动訇然发生了，斯妤于是去写了市井人物，写了时间和时间死亡的荒诞。在近日面市的一套"她们文学丛书"斯妤专集的序言里，她写道："最喜欢独身一人待着，读书或写作。最不喜欢'谈情说爱'。当然还有饭后洗碗。"

所以，盘桓于爱与美善的女作家去写了人性的沙化、人心的石化。曾经怀有救世疗心的责任感，但现在斯妤则倾向于展示在普遍增大的人性恶面前个人的无能为力。"我能参与的是什么呢？"斯妤自问自答，"只能以艺术的形式传达一种思想和情感，让人们有可能认识到他们所处的环境和一些问题。"

现在，斯妤只用一支笔与世界发生联系。外面的热闹对她来说吸引力不大，出去几天斯妤就想回家。除几个投缘的好朋友，斯妤就日复一日地清淡如水地与文字相守。获得了"庄重文文学奖"，与前辈老乡冰心先生合编了一套"海峡两岸女性散文精品文库",但这些风风火火的消息在斯妤这里都变得安静了,它们消失在斯妤有些凌乱的家里。

这个家就是斯妤心灵摇曳的小船,今后也许会有更多的机会和女主人终日相伴,因为斯妤十分认同一个台湾作家的观点,即三十岁以后,人就可以在书斋中创作了。在斯妤看来,人必须在安静中才能思考,思考可以发现生活。内在的感受至关重要,一个人外部经历简单不等于内心简单。

其实在哲学和社会阅历的融会过程中,斯妤的内心正不断变得更为丰富和纷繁。想说的话似乎都说尽了,小说正作为替代散文的新形式走进斯妤的内心。据说,去年夏天刚买了电脑的日子里,斯妤一口气在电脑前坐了三个月,写了十几万字的小说……现在它们和从前的几部中短篇已结集出版。是小说想象的空间吸引了斯妤,在那里斯妤可以丢掉散文的亲历性和私人化语言,在那里斯妤找出了一种更雄浑更宽阔的东西。

所以,斯妤今后的写作会侧重于小说。但不会写得太多,因为她喜欢有控制地写东西。作为小说家的斯妤会是什么样子呢?斯妤说,小说家既要有不息的激情,又要有悲天悯人的情怀、宽厚仁慈的心志。

追随斯妤散文的读者都在等待看小说家斯妤的出现,等待着看一看,拥有了小说家的深刻以后,斯妤还会像从前那样柔和温婉地微笑吗?

(载 1995 年 12 月 23 日《中国妇女报》;
1996 年第 159 期《作家文摘》)

宗璞：风庐静写文人心

被作家宗璞叫作风庐的，其实就是中国哲学一代宗师冯友兰先生的三松堂。三松堂的名气比风庐大，但风庐的命名却在三松堂之先。

三松堂—风庐，父女俩各得其所，各执一词，相安自乐数十年。如今，三松尚绿，三松堂主人去世已有八年。秋风乍起，风庐主人也已七十岁，满头华发了。

像之前每一个早晨，宗璞坐到了书桌前，用她平和温厚的声音，口述她的小说，这便是宗璞的写作。

矜持的写作

比起宗璞在中国文学界的地位，宗璞的文学作品似乎显得少了些。四十一年，写作至今，也不过一百二十多万字。

比起很多作家下笔如神，日得万言，宗璞的写作又显得慢了些，一般六七百字，一天一千字，对于宗璞来说，已经是丰收的日子了。

宗璞写作，遵循"诚"与"雅"两个原则。她常说，没有真性情，写不出好文章。只是，要做到"诚"并不容易，需要有勇气正视生活，有见识认识生活，有人格力量驾驭生活。

而"雅"则要求作品耐读，反复咀嚼，愈看愈有味道。宗璞说，要做到这一点，除基本修养外，只有一个笨拙的法子，就是改，不厌其烦地改。

据说，宗璞的代表作之一《三生石》近日在美国翻译出版，十九年前，宗璞写作这部中篇小说，用了将近一年的时间。最近她又在续写长篇《东藏记》，有一段写了四遍，写了又改，从头写起。

对于宗璞先生既少且慢的写作，中国社会科学院文学研究所研究员陈素琰曾有评论。她说，宗璞是一个艺术态度相当严谨的人，甚至在创作上有点知识分子的矜持。

矜持的写作，部分可能因为宗璞从事的是业余创作。十年前，宗璞先生退休于中国社会科学院外国文学研究所，那之前几十年，她研究英美文学，编辑《世界文学》杂志，文学创作是她的业余所好。所以，她可以在她愿意写的时间，写她愿意写的事情，不必被要求着写作，被追踪着写作。

除了她的研究和编辑主业，宗璞的另一个主业就是侍奉父亲。冯友兰先生八十岁上开始《中国哲学史新编》七卷本的写作，在逝世前几个月完成这部可填补空白的皇皇巨著，都是因为可以远离俗务，完全形而上地生活。

宗璞数十年都在父亲身边，她曾自嘲晚年自己身兼数职——秘书、管家兼门房，医生、护士带跑堂，所以，能留给自己和写作的时间就已经很少了。

据称，冯友兰先生曾说，他一生得力于三个女子，母亲、妻子、女儿。这三个人使冯先生有了纯粹的精神世界和最好的学术环境。

宗璞的身体是她写作不多产的另一个原因。癌症没有加深宗璞脸上的皱纹，却使她经历了精神上的死与生。前年，宗璞又被莫名的头晕烦恼着。现在，虽然病有转机，但高度近视、白内障、玻璃体浑浊，加上听力的减退，使宗璞的写作需要更多的付出和忍耐。

不过，宗璞的神情依然从容，脸上泛着笑意，因为写作是她最乐意去做的事。如果不添新病，《东藏记》明年可望脱稿，后面等着她的是《西征记》和《北归记》。

人性的写作

上述三记和早已发表的《南渡记》，是宗璞对抗日战争的追忆和描摹。抗日和"文革"，是宗璞作品的两个主要写作内容。她说，这是20世纪的两件大事，不写出来，对不起读者，也愧为历史见证者。

无论是写抗日，还是写"文革"，宗璞都是从知识分子的眼光和角度切入知识分子在社会大动荡里的选择和变异，柔弱与刚强。

不离不弃，宗璞几十年生活在北大燕南园，周培源、朱光潜、王力等大家宗师就是她的近邻。工作的中国社会科学院又是一个书香弥漫之地。宗璞的家，更是一脉文心，世代绵传。姑母冯沅君，是中国新文学女性作家的先驱，张岱年、任继愈等中国学界大家都是冯家姻亲，宗璞的先生蔡仲德供职中央音乐学院，终日研究的是中国音乐美学。

有人说，宗璞就生活在一个文化的场里，所以，中华文化和人文传统融合在宗璞先生的骨血之中，就是一件自然而然的事。这种人文传统使得宗璞的作品较少地沾染上时代和社会的风潮和喧嚣，她静静地沉入人心海的底部，寻觅着人性的美善，剥离着人性的丑恶。

在使她名噪一时的小说《三生石》里，宗璞写出了那个时代人心普遍患有的一种疾病：心灵硬化。宗璞很喜欢自己对那一种时代痼疾的发现和命名。她说，心灵硬化或灵魂硬化，是强调斗争、批判人性的结果，它比任何生理器官的硬化都更可怕。《三生石》的故事，十八年后读来，仍使人掉泪。那种内敛的情感，滤过的愤怒，深藏而优美的人性和人情，迈过时代，走向读者。

《三生石》里，身患癌症的梅菩提，一直心有疑问，浑身上下，那么多正常的、好的细胞，为什么不能打败凶恶的、少的癌细胞？对于医学，对于社会，这都是一个很难解答的问题。不过，作家宗璞没有缄默，她用笔去歌唱人生、人性、人情，沉郁而悠长。

即使写动物，宗璞也写得人性淋漓。她有许多写动物的文章，其中以《鲁鲁》为最。一家人和一条狗的聚合与离散，被宗璞平静的笔触写得惊天动地。据说,一个女工看过《鲁鲁》,感动得在床上躺了两天。她为《鲁鲁》的人性所感动,宗璞为她的会心而感动。

宗璞说,喜欢我的读者,很多是女性。可能这与我很本色有关。其实,宗璞的名字就很像她本人,形似璞石,怀揣锦玉,永远含而不露,引而不发,正如作家张抗抗所言:不见她高谈阔论好为人师,亦无莫测高深的名人气派……她不为身边的名利之争所动所累,她几十年静静地安之于燕园。

美丽的写作

据说,一到春天,宗璞风庐的房前屋后,就开满了深紫浅紫的二月兰。脚下有二月兰,头上有三棵松,风入松时,定是满屋满院的香兰之气吧。

有人评价说,宗璞作品有兰的气息,玉的精神,这一定与她的写作环境有关。守着书架上四千册一套的《丛书集成》,守着心底里随手拈来的锦绣文字和优美人性,写作于是变成一件很美丽的事情。

文学大家孙犁先生曾感叹宗璞的写作,说她有着深厚的文学素养,严谨沉潜的创作风度,优美的无懈可击的文学语言……说她经年累月,全神贯注,字字锤炼,句句经营。

就这样,经年累月,待在风庐,宗璞从未感到过寂寞。父亲年迈不能阅读时,宗璞曾听父亲自称是反刍动物,几年前、几十年前念过的书,日后慢慢咀嚼消化。现在,宗璞也有了类似的感觉,似乎心中有一眼记忆之井,越来越深邃、清澈,随时滋润供养着宗璞,让她稍借一点外力,大脑里就跳出许多小火花,这引领着、催促着她拿起笔,再拿起笔。

这支笔蘸着中华文化之源,同时蘸着西方文化的海水。由于工作,宗璞在中国人与西方文化隔绝的20世纪60年代就接触到西洋现代文学。"文革"前夕,宗璞和她的同学们正在研究卡夫卡,作为批判之用。

以后来者的眼光，那段经历正是宗璞得以被西方现代派作品淘洗的不期然的际遇。得力于这段经历，宗璞先生在中国改革开放之初，成为大陆现代文学的先行者，宗璞的现代派力作《我是谁》以其发表时间早、意识流技法纯熟，对大陆的现代主义潮流与创作产生了很大影响。

近日来，竟日琢磨历史长篇的宗璞竟然不断冒出写鬼故事的念头，兴之所至，宗璞暂离长篇，弄出几篇短短的神神鬼鬼的离奇故事，《电灯》《电话》，亦真亦幻，扑朔迷离，看得人似懂非懂。

这时的宗璞有点像个顽皮的孩子，跳跃着要把自己身上的余勇挥发出去。她甚至想到要写武侠，她平静的外表掩盖着的是快乐舞蹈着的思维，宗璞想任由着自己，去追踪它们，但想想时间，又叹口气作罢。"我总处在忙不过来的状态。"宗璞说。

当然，宗璞先生的笔也时常迷恋着爱情这个永恒的主题。在《三生石》里，宗璞把爱情写得超凌色空，跨越生死。但在生活里，宗璞又恢复了她惯常的安静，她说，在生活、生命里，爱情不是最重要的，因为，爱情可以给人很大的力量，也可以有很大的伤害，这要看当事者的本身是强还是弱，所以，必须给它恰当的位置，感情总应该受到理性的约束。如果感情满足又不需要约束，那就是幸福了。

我面前的宗璞就生活在一种幸福的状态里，虽然有很多很不合理的骚扰，但能保持一种平静的心态，宗璞觉得，这就是一种幸福。

在新近出版的《宗璞影记》里，宗璞录下宋代词人朱敦儒的一首《西江月》，词曰：日日深杯酒满，朝朝小圃花开。自歌自舞自开怀，无拘无束无碍。青史几番春梦，红尘多少奇才。不须计较与安排，领取而今现在。

在词之下，宗璞写道：这是一种悠然自得的境界。其实，不必深杯酒满，不必小圃花开，只在心中领取，便得逍遥。

（载1999年第1期《中国妇女》）

《丰乳肥臀》和莫言

　　莫言：1955年生，童年时在家乡上学、读书、劳动，1976年入伍，1986年毕业于解放军艺术学院文学系，1990年毕业于北京师范大学鲁迅文学院创作研究生班，获文学硕士学位，现任总参文化部一级创作员。

　　代表作有《透明的红萝卜》《欢乐》《红高粱》《红蝗》《十三步》《酒国》等。1995年创作的《丰乳肥臀》获首届"大家·红河文学奖"，奖金十万元。

　　岁末年初，不少中国人被一部小说刺激了一下。这部五十万字的长篇小说，作者是写过《红高粱》、写过《透明的红萝卜》的莫言。这部小说在文坛依旧寂寞的时候获得了中国文学从未有过的高酬大奖十万元，这部小说的名字叫《丰乳肥臀》。

　　在该书尚未印行之际，就有批评者对如此艳名表示愤然，并撰文抨击书名透露出的哗众取宠之意。又有人反其道而行之，"《丰乳肥臀》说它干吗？臊着它才好呢"。在这些批评者看来，那书名和电影院挂着"少儿不宜"的招牌骗你进去看没什么区别。

　　批评家以不同方式表达着他们对书名的不适应和不接受，而《丰乳肥臀》却以二十七元多的高位书价风行于书店书摊。据知，在作家出版社尚未出书以前，盗版的《丰乳肥臀》早已在外埠出现并流传，让人不能不感叹莫言的名字和《丰乳肥臀》的名字相加对读者产生的吸引力，在市场产生的巨大商业价值。

对此，莫言能说什么呢？

莫言说，我不后悔起了这个书名

尽管现在看来，《丰乳肥臀》这个书名未必给莫言这部倾心竭力的新作带来什么好效果，但莫言并不后悔起了这么一个书名，因为只有这个书名才能包含他那些难以说清的感受。

《丰乳肥臀》这个书名绝不仅仅是指这两个器官，莫言说，这是一个丰厚的具有象征意义的书名，是一个总体涵盖的名字，是一个百感交集的名字。任何一个人看完这本书，回过头来看看书名，都很难那么坚决地予以否定。

评论家白烨给予莫言的话以足够的证实。白烨说，这个书名在通常的意义上确实给人一种媚俗的感觉，当初听到这个书名也不免惊异，但看过小说之后，觉得莫言给它赋予了特定的含义，而且也较为贴切地反映了小说的内容，并没有什么不当。

据称，白烨读过《丰乳肥臀》，大喜过望。在他看来，这是一部熔人性、女性、母性与爱情、亲情等人间至性至情于一炉的重型制作。

现在，这部至性至情的重型制作随时可能闪现在北京街头，红绿主色的《丰乳肥臀》封面到处招摇，一个红衣绿裤、丰乳肥臀的女子端坐其上，身后是干涸、龟裂的土地。

当笔者接过厚重的《丰乳肥臀》，请莫言简言概括该书的内容时，他感到很为难。十年腹稿，许多感喟生发又沉淀，而后用八十三天凝聚成这五十万字，其博大丰厚与精密细微的确难以简单概括，似乎怎么说都不合适。

从时间来讲，这本书叙述的内容历经近一个世纪；从地域上看，这本书写了一个由荒原到城镇的变迁过程；从家族来说，这本书讲述了一个家族四代人悲欢离合的故事；从政治和历史角度来说，社会近百年来的风云变幻影响甚至决定了这个家族所有成员的命运。它又是一部男人和女人关系的小说,是家庭的小说,是人性的小说……莫言就用"丰乳肥臀"四个字囊括了其中的风火硝烟和人生血泪。

对此,参与评选"大家·红河文学奖"的文学家们一筹莫展。徐怀中、谢冕、汪曾祺、王干、李锐、苏童、刘震云组成的评委会经过充分酝酿,最后给这部获十万元大奖的作品下了这样一个评语:《丰乳肥臀》是一部在浅直名称下的丰厚性作品,莫言以一贯的执着和激情叙述了近百年来中国社会的历史进程,深刻地表达了生命对苦难的记忆,具有深邃的历史纵深感。

莫言也承认,如果不是这样的书名,小说得奖会更顺利,授奖会更理直气壮。但这个书名在这五十万字诞生之前,就已经明亮鲜活地展现在莫言的眼前了。

按莫言的习惯,每写一部作品,先要起个好题目,让一个响亮的名字把气提起来,让一个富有象征意味的画面在脑海里团团旋转,比如《红高粱》《透明的红萝卜》。

1995年的春天,莫言十几年前在解放军艺术学院文学系美术欣赏课上看到的丰乳肥臀石雕像又在他心中高悬,他感到莫名的激动,感到跃跃欲试的创作冲动,他俯身疾书,八十三天。

莫言说,小说应该像火,像水,像飞鸟

1995年的春天,时间过得飞快,莫言生活在一个"火滚来滚去,水涌来涌去,鸟飞来飞去"的世界里。这八十三天,莫言制造着水与火,制造着遍体辉煌的大鸟,然后这水、这火、这大鸟又烧烤着莫言,冲击着莫言。

莫言连做梦都想着写出好小说,梦想着写出"我在梦中看到的那种像火、像水、像飞鸟的好小说",《丰乳肥臀》使莫言多少找到了一些好小说的感觉。去年年末,"大家·红河文学奖"在北京人民大会堂

颁发，莫言在颁奖仪式上说："我心里始终把能写部好的小说视为人生的最高追求和最大愉快。"

《丰乳肥臀》又把莫言带入那种酣畅淋漓的写作状态。据称，写《红高粱》《透明的红萝卜》时，莫言一天最快能写万把字。写到顺畅处，上面这句话还没写完，下面那句话就蹦了出来。

在这种状态下，自我的表现、情感的宣泄是第一，甚至是唯一的。这时候，说为读者着想，想进入一种商业性的操作非常困难。所以，莫言不承认《丰乳肥臀》的创作出于商业目的。

莫言在人民大会堂一吐衷肠："我狂妄地想在这部书里艺术地勾勒出我的故乡高密东北乡的百年历史；我真诚地想在这部书里歌颂母亲，歌颂人民，歌颂大地；我渴望着在这部书里批判光荣的高密东北乡背后的落后与愚昧……"

穿梭在这种水火和飞鸟一样的文字里，莫言把自己都忘掉了，读者和市场一时间也离他远去，直到《丰乳肥臀》在《大家》杂志上刊出，作家出版社以单行本发售，十万元文学大奖幸运落在了莫言的身上，读者、市场、批评家们才又蜂拥到了莫言的面前。

莫言不得不出来为自己辩白。他在一篇长约五千字的文章里诉说了自己命题的原因。原因之一是，丰乳肥臀雕像蕴含的那种庄严的朴素正是伟大艺术的魂魄。现在人们一见到这四个字就会联想到性，其中的朴素与庄严已丧失殆尽。把小说命名为《丰乳肥臀》，就是为了寻回这种庄严的朴素，追寻一下人类的根本。

原因之二是，1993年母亲去世后，莫言一直想撰文纪念母亲，他决定不写那种零打碎敲的小文章分散和稀释自己的感情，他决定写一部长篇小说告慰母亲的在天之灵。而母亲之恩，莫过于养育之恩。养用什么养？育用什么育？用乳，用臀。

原因之三，只要大地不沉就能产生五谷，只要有女人就有丰乳就有肥臀就有母亲，人类就能生生不息。丰乳与肥臀是大地上乃至宇宙中最美丽、最神圣、最庄严，当然也是最朴素的物质形态，产生于大地，又象征着大地……

对这一番解释，评论家白烨认为有些多余，有些小题大作。莫言似乎也有些悔意，好在他已经认识到，好评与批评，奖金与热潮，一切都会过去，唯有好小说是永存的。

回眸《丰乳肥臀》，莫言很冷静。他说书中有许多关于丰乳的描写，现在看起来是个毛病，应该尽量减少。"这是目前我认识到的这部书的一个缺点，"莫言说，"当初太想在这个地方搞出点名堂来，用的笔墨太多，所以人为的感觉就重。"

笔者读罢《丰乳肥臀》，发现主人公上官金童几乎没有放过书中每一个女性的乳房。书中关于丰乳的描写也俯拾皆是，患有恋乳症的上官金童只要看见了"俊美的乳房"，"嘴巴里就蓄满口水"，"我渴望着捧住它们，吮吸它们，我渴望着跪在全世界的美丽乳房面前，做它们最忠实的儿子"。

据说，莫言最初想把这个恋乳孩子的故事当成一个单独的长篇去写，写一个男人离开母亲的乳汁就没法生活，永远长不大，永远断不了奶。后来，这个故事被糅在了《丰乳肥臀》里。

至于肥臀，莫言说，书中写了那么多的生育与繁衍，那么多的性关系，都可以用肥臀来概括。在整个男女关系当中，纯洁健康的性关系越到近代越被扭曲掉了。丰乳肥臀是本能的、原始的、简洁的、朴素的……

"我也说不清楚。"莫言摇摇头，有些困惑。但是，小说家莫言的笔却感受到了这一切，他"毛坯一样，未经打磨光滑"的语言表达起这种本能的朴素来恰如其分。

莫言说："江南的年轻作家们，他们的语言都已经被打磨得非常光滑，像绸缎一样华丽。而我的可能像麻袋布，带着很多接头。"《丰乳肥臀》写得比从前的作品更随便，更放得开，所以，很多语言如果让语言学家分析起来干脆就是病句。

据称，小说家格非曾评论莫言的长篇小说《酒国》，说有的地方好得让人拍案叫绝,有的地方坏得让人无法容忍。也许,这就是莫言,胸中在澎湃,笔下在飞泻,泥沙俱下,奔流到海,水至清则无鱼,大礼不辞小让。

五部长篇,二三十部中篇,近百部短篇,莫言就这样追随着自己的心与笔写了三百万字。他觉得写小说很好,自己就是自己的上帝,想怎么写就怎么写。虽有评家说莫言浪费才华,摧残读者,不节制自己的语言,但坐在京城西北那两间蜗居的小桌前面,评家的良言就被耽于自我表现的莫言忘得一干二净。

而回到生活中,莫言就规范得多,安静得多。作家林白这样描写在人民大会堂领奖时的莫言:他的周围有一种热闹而动荡的气氛,他坐在沙发上,朴素而沉默。他即使开口说话你还觉得他是沉默的,你觉得沉默正是他的特质之一。莫言的自我评价与林白的说法大概一致。

莫言说,我习惯躲在角落里,在聚光灯下如坐针毡

那天,莫言在人民大会堂受奖,笔者也在座。细观莫言,果然一副很不自在的样子,没有溢于言表的喜悦之情。今访莫言,他又坦言自己不太喜欢交往,对于一些聚会,总有一种心理和生理上的疲倦,觉得很累。

这位四十岁山东大汉的豪情在《红高粱》里都已经挥发尽了,他的个人情绪在《欢乐》和《红蝗》里都已经宣泄尽了,他对社会的强烈关注在《天堂蒜薹之歌》里都表达尽了,他对故乡对亲人的爱与恨在《丰乳肥臀》中都抒发尽了,所以,生活里的莫言时常是安静的、独处的。平时除了工作,莫言就在家里待着,写书、读书。笔者拜访莫言时,他正在看杂志。他把近期的《收获》《钟山》《花城》《十月》都找了出来,准备好好地看看同行的作品。

他对自己这种生活状态感到满意,妻子女儿,一家三口,生活不富裕也不贫乏。得了十万元大奖,莫言又成了众目睽睽的对象,如果

知道在"大家·红河文学奖"颁布之后的第二天,莫言又以《望星空》一文获得万元散文大奖,怕是凑趣分羹的人会更多。

不过,那十万元莫言还没拿到。云南方面要在其中抽税二万九千元以后再交给莫言,但莫言已寄走二万多元,帮山东家乡的亲戚偿还债务。他还将存入银行五万元,以这笔存款的利息供家乡的两个孤儿念书。这是两个十来岁、聪明漂亮的小女孩,父母因突发疾病和意外事故早早地离开人世,莫言想帮助她们完成学业。不过他声明:"这并不说明我觉悟高。我帮助了别人,得到了良心上的满足,这是我的消费方式。"

十万元,对于中国作家来说是一笔巨款。莫言早就打好了算盘。这位生长于农村的作家直到参军以后才真正吃饱穿暖,才有了创作的条件与心境,所以,依旧不富裕的家乡使他永远无法忘怀。除救助那两个女孩以外,莫言还将用这笔奖金帮助几位高密东北乡欠债累累、家无存粮的老人,用它孝敬辛勤劳动了一生的老父亲,用它改善自己的生活和创作条件,用它热情地款待他的文学朋友们。莫言在人民大会堂告诉他在座和不在座的文学朋友们:"我已经为你们定好了朴素而简洁的食谱:炸酱面或者烤地瓜。"

说到这些简洁和朴素的东西,莫言又多了一些自在和自信。那天,当他说完炸酱面和烤地瓜时,莫言自在地一笑,人民大会堂的与会者给他以热情的掌声,给这位挥洒着张扬着生命的作家,给这位追求着朴素与根本的作家。

莫言心存着感激,回到他的小桌前。安静的一天又开始了:读书,写书;写书,读书。一种恐慌感催促着他,尽管眼下莫言还没有写作计划,但相信过不了多久,莫言又会抛出一枚重磅炸弹,这是沉默的莫言的性格。

至于它又会引出多少的评论与风潮,莫言会听之任之。他说,评论和奖金,都是创作的副产品,重要的是拿出更好的作品来。

说起好小说,莫言平淡的脸上生出无限的向往。这又让人想起莫言的好小说的样子。莫言在梦中经常看到好小说的样子：

"它像一团火滚来滚去，它像一股水涌来涌去，它像一只遍体辉煌的大鸟飞来飞去……我连做梦都想着写出好小说；我一直在努力地逮它。逮住好小说太靠好运气了。好小说像幽灵一样……"

（载 1996 年第 1—2 期《视点》）

第三辑

駕上清流真曲降
鑒我形授我玉符
致靈玉女扶輿五
降軿飛雲羽翠昇
華庭三光同暉八

山西的心思

不久前，我承担了一部电视片的撰稿任务。在书桌前，我为这部七集电视片拟定了如下的题目：大槐树、山药蛋、老陈醋、刀削面、杏花村、兰花炭、五台山。

而后，我跑了山西十一个地市中的九个，接触了山西各层、各界、各色人等，待了三十天，我才知道实际的山西离我想象的有多远，山西人心目中的山西离我想象的有多远。山西的光荣与沧桑，怎一碗刀削面、两瓶老陈醋了得？山西人心头的那份骄傲和自信，高过了五台山，多过了山药蛋。

大槐树

在临汾，临汾人告诉我，这就是中国第一个皇帝建都的地方。尧王穴居的山洞保留至今，它是华夏民族结束游牧生活开始定居的标志。

在运城，运城人告诉我，这就是中国，中国这两个字就产生在运城。为了运城的百里盐池，黄帝大战蚩尤，留下乾坤干戈。而后，舜、禹大帝又分别在此建都。

三皇五帝到如今，山西共出过21个"皇帝"。单是闻喜的一个大家族，从秦汉至明初，就出过59个宰相、59个大将军、14个中书侍郎、55个尚书郎……毛泽东曾慨叹"天下无二裴"，这举世无双的裴家就出自山西。

"物华天宝,龙光射牛斗之墟;人杰地灵,徐孺下陈蕃之榻。""初唐四杰"之一的王勃在《滕王阁序》里的这句神来之笔曾令人不解,到了王勃的故乡山西,人们才前疑尽释,才知道什么叫作物华天宝,人杰地灵。

当然,这是山西人的说法,说起这些故事,山西人神色之间的动人妙处真难与君说。不过,山西人没有办法不骄傲:

遥远的地质年代留给山西人九百亿吨煤,山西一半以上的县市掀开黄土地就可以得到滚滚乌金墨玉,中国动力的百分之七十来自煤,这其中百分之八十的煤来自山西。

古代的华夏先人把许多朝代文明的高峰物化在这大山之西、大河之东,辽金以前百分之七十的地上文物使山西成为古代艺术的地上博物馆。

明清时期,晋商辉煌五百年。晋中太谷县的曹家雇员最多时达三千七百人,曹家大院的乌、白、黄三金制成的火车头钟,重84.5斤,那是慈禧太后的抵债之物,所以,说太谷曹家富可敌国是一点也不为过的。

及至上个世纪,山西仍是"海内最富"的省份。即使在阎锡山时期,山西也是模范省。革命战争时期,晋绥、晋察冀、晋冀鲁豫三大根据地都以晋字开头,山西地理上的表里山河,经济上的自给自足,给中国革命提供了重要支持。

自谓"太行山人"的山西《发展导报》总编辑李丁甚至认为,从某种角度上说,中国改革开放的起点也在山西。其一,80年代初中央确定山西为全国的能源重化工基地,并给予了不少特殊政策,如果说"特区"是改革开放的产物,山西算是全国最早的"特区";其二,80年代初,中国最大的外资项目就是山西的平朔煤矿,这是邓小平亲定的两个项目之一(另一个是上海宝钢),邓小平被山西人称为"平朔之父"。

平朔的故事说不完,单说这平朔煤矿的一期工程安太堡矿在开挖之际,掀开一层黄土就看到了一个出人意料的故事——人们看到的不是煤，而是一千八百座汉代古墓。

处处是历史，处处是文化，处处是资源，处处是山西骄傲和自信的支撑点，因为大山之西、大河之东这块土地是中华民族的根。

大槐树便是根的证明。明代洪武初年至永乐十五年，五十年间朝廷组织八次大规模移民。移民不愿离开当时富足安定的山西，行前回望古槐，含泪挥别故乡。

而今古槐已去，第二代大槐树也被战火殃及，弹痕累累，第三代槐树虽同根而生，却没有隔代遗传第一代古槐的繁茂丰美，远远满足不了人们对故乡的想象。但这阻挡不了山西人骄傲和自信的伸延。槐乡人劈头就说，你，说不定就是槐乡后裔，不信，回去查验一下你的小脚趾。（据说，指甲分为两瓣的为槐乡后裔。）我便被幸而言中，陡然间觉得与这大槐树有了某种联系，山药蛋变得亲切，老陈醋的味道也悠长起来。

老陈醋

"绵、软、香、酸"——山西人这样理解老陈醋。他们将老陈醋定位为"天下第一醋"，这是山西人的自信心在醋里的表现。

现在，虽然太原百年老店益源庆的生意仍然火得不行，生产老陈醋的企业也组建起老陈醋集团，生产老陈醋的人正在思谋着把老陈醋由生活调味品变成必需品，变成山西可乐，但他们再提起这"天下第一醋"时，心中的五味瓶里却不仅仅是绵、软、香、酸。

不久前，《山西日报》开展了一个讨论："天下第一醋"还是天下第一吗？山西人对老陈醋的反省是别有韵味的，也许，它可以被视为自信的山西的一个微观实例。

因为颜色深，有沉淀物，包装简陋，老陈醋很难打入国际市场。在临汾某县的财税局局长喝小米粥也要兑醋时，百业俱兴的中华大地已经百味飘溢，区区老陈醋，何足挂齿？

为此，山西人很有些不平衡。山西省科委负责人李镇西在为他主编的《魂系山西》一书作序时说，在北京，人们谈起来总觉得上海、广州近在咫尺，而相距只有五百多公里的山西却似乎很遥远。

他还说，凡到过故宫的人都会为支撑大殿的那根根巨柱惊叹不已。可有谁知道，那些支撑三大殿的巨柱就来自山西代州；又有谁知道，晋商曾是清王朝政权的财经支柱；更有谁知道，山西也曾像那根根巨柱，在中国历史的大厦中顶天立地。

然而，逝者如斯，人们不可能光捧着历史书去看山西。什么才是中国之中、太行之西、黄河之东十五万平方公里的山西省的现在时态呢？在中国改革开放的这十几年，计划经济色彩最为浓重的山西省经历了向市场经济的艰难转型。在中国经济迅猛发展，有些省份快速起飞的同时，山西作为中国能源重化工基地作出了重大的奉献和牺牲。

山西煤的远景储量为900亿吨，年产3.4亿吨，其中外销2.2亿吨，为中国二十六个省、自治区、直辖市提供动力。

中东因为有石油而肥得流油，而山西却因为挖煤而倒霉。这样说虽过于激进，但山西人运煤出省受国家计划价格控制，运工业品、生活必需品进省却是自由市场价格，一进一出，山西人承受了每年几十亿的价格双向流失却是不争的事实。

改革开放以前在中国处于中上游省份的山西省，1995年城镇人均收入排名倒数第二，这个现实让曾是"海内最富"的山西人接受起来太困难了。

作出了牺牲，却不被人知，山西人说，上海对国家的贡献是显性的，以货币为表现形式，而山西对国家的贡献却很难以煤与价格这种隐性的方式表现出来。

然而，山西人的尴尬还不仅于此。山西之长在于煤，山西之短在于水，山西的水资源只有世界人均水资源的4%。而水与煤是共生资源，据统计，山西因采煤排水、漏水所减少的水资源利用量每年至少在二亿立方米，三十万亩水田因此成为旱地。

从山西归来，看到丈夫用水时候的轻松潇洒不免忿忿，看过山西山乡的母亲用嘴里的一口水给三个孩子洗脸，再看城里人用清泠泠的水冲马桶便有些不忍。

据说，煤是森林变成的，细看果然，那一块块亮晶晶的煤炭上还出演着昔日森林的舞蹈。如此说来煤炭大省山西应是一块林木丰茂之地，或者说是森林的海洋。但如今，山西是一块黄土地。左手一指太行山，太行山脉尽是干石山，没有土，光是石。右手一指是吕梁，吕梁山脉尽是黄土沟壑，全是土，无所附着。全省河川径流平均每年挟带着四亿多吨泥沙滚滚东去。

煤都大同，是优质动力煤的产地，大同的侏罗纪煤运到国外是被当成工业的味精掺在其他煤里混用的，但不久前传来的消息说，侏罗纪煤已被挖掘殆尽，而更深层的石炭二叠纪煤挖掘成本过高，从经济角度来看采挖价值不大。

那么，长期以煤思路发展煤经济的煤都该怎么样走向明天呢？什么是发展的后续性支柱产业呢？这是作为中国能源重化工基地的每一个山西人都无法回避的问题。

每一个山西人都无法回避煤，煤已化作地球引力的一部分，山西人不能拽着头发想升天。连定居煤都大同的大佛也被黑纱蒙面，难往天国。据知，云冈石窟周围大、中、小煤矿几十处，年产原煤超十万吨，石窟前的公路每天通过拉煤车近二万辆，飘尘量超过规定标准二十七倍。

有人说，云冈石窟的露天大佛是东方的蒙娜丽莎，大佛的笑容因为超越性别而神秘。但如今，神秘里又掺了些苦涩，就像看过"天下第一醋"讨论的山西人，心里的滋味说也说不清楚。

太旧路

去年6月，山西人向那种说不清的感觉挥了挥手，痛快淋漓地走上了中国第一条山岭高速公路——太旧路。

在北京特别召开的太旧路新闻发布会上，山西省委书记胡富国流下了眼泪。四年以前，从北京到山西就职的山西人胡富国上任伊始郑重许诺，四年之内不出国门。曾孕育了红色政权的老区人还没有完全摆脱贫困，曾支撑着中国经济大厦的山西省还没有壮大、富强，甚至基础设施还尚未完善，何谈招凤引凰，扩大开放？

胡富国憋着一股劲，三千万山西人也憋着一股劲。立足煤炭，再造山西。大力进行农业基础、基础产业和基础设施建设，煤、水、电、路，由此突破。

这就是山西大小官员开口必称的"三基""四重"。这些烦琐的名词令人生厌，词语背后却是山西人自省之后充满自强意识的绚丽图画。

太旧路只是这图画上的第一笔浓墨重彩。世代生活在大山之西的山西人用自己的手劈开了太行山，拉近了自己与北京、与大海的距离，改变了人们心理上对山西的时空概念。

5万多人。1000多天。144公里。坐车行走在5万多人用1000多个日日夜夜修建的144公里的太旧高速公路上，我无法不想起愚公移山的故事。寓言愚公移山的背景是山西，愚公移山也是为了找一条道路，找路是山西人的千年一梦。

在80%的国土面积是山地丘陵的山西，路的故事很有几分辛酸。据说，住在干石山里的人家从山外买了猪崽背回山里，等猪崽长大了又背着大猪到山外卖掉。常有猪翻下干石山，掉进深谷巨壑，猪的死悲壮又惊心动魄。

但现在，上述真实的故事正将变成永远的传说，而远古先人移山的寓言正在变成切近的事实。山西已经镇镇通油路、乡乡通公路、村村通机动车。太旧路竣工的第二天，另一条高速公路又宣布开工。

由太旧路引出的路的故事在山西中部铺展开来的时候，山西西北部的引黄工程正进行得酣畅淋漓，二百二十公里的地下隧洞将给干渴的山西送来黄河之水。黄河之水地下来，这个投资超过二百亿的世纪工程在黄土地上作了一次黄龙之戏。

太旧路、引黄工程、阳城电厂,一个在地面上的通道,一个在水底下的通道,一个在天空中的通道,立体地展示着今日山西的胆量和气魄。而把一个投资一百多亿的中国目前最大的电厂的领导责任放在一个三十二岁的年轻人身上,是否更体现了山西人的胸襟和气魄呢?

栽上这些"梧桐树",胡富国去年4月去了日本、韩国,回来就召开了全省扩大开放会议。山西人好认个死理,他们身上的执着和韧性一被发掘出来,有时候是九头牛也拉不回来的。几个月后,日本客人回访山西时,山西人的开放热情正在心中汹涌,兴之所至,他们甚至铺上了鲜红的地毯。打破规格,只求开放,就像十几年前为来山西投资的哈默博士在平朔修建停机坪。

现在哈默已逝,平朔煤矿美方资金和人员已撤走,而平朔煤矿却由原来的亏损状态转到盈利状态。在平朔,人们都在讲述着一个中国人比美国人更聪明的故事。

这故事听着让人觉得开心,人与煤命运紧密相关的山西煤思路的转变也让人听得舒心。山西不能再因挖煤而倒霉,而应该因为是资源富足地区所以具有更多的发展机会和可能,发展煤的深加工、精加工,提高产品的科技含量和附加值,进行煤转电、转油、转"化",延长煤的产品链,中国的能源重化工基地过去能源基地职能很强,重化工基地职能很弱,因此与发达地区有巨大落差的山西决定不能再长此以往。

在山西煤思路转变的同时,另一个转变更加意味深长。一谈山西就是煤,离开煤,山西能不能生存,或者能活成什么样子呢?随着大同侏罗纪煤的枯竭,随着阳泉煤矿将面临的全面停产,越来越多的山西人在思考,怎样调整山西煤与非煤产业"肥帅瘦兵"的格局,怎样在尽可能短的时间里形成新的支柱型后续产业,使山西这个跛足的经济巨人健康地用两条腿走路?……

心事森森。心思沉沉。

双腿走路的经济巨人山西走在云飞浪卷的太旧高速公路上会有多

少次柳暗花明，多少次腾挪跌宕呢？

　　完成了电视片撰稿任务回到北京，本以为就此结束与山西的关系，像以往，做个清清静静的北京人。但山西却在多少次不经意间走进我的生活空间，让我周身的血一下子沸腾起来。我明白了，山西已成为我的一个大朋友，我会永远注视着他。弄清这个问题以后，回过头再去想想，想那酸溜溜的老陈醋，那火辣辣的老白汾，就觉这一切都那么熟悉和亲切。

（载 1997 年 2 月 14 日《山西发展导报》；
1997 年 5 月 12 日《西北信息报》）

遭遇香港文化

早有人给香港下了结论，说香港是个文化沙漠。对此，我经常感到困惑：中国是东方文明的发祥地，英国是欧洲文明的标志性国家，为什么香港却有点像一块沙漠？

今年3月，我有机会在香港逗留了一段时间，在烟雨迷蒙的季节里品味这个城市，分辨它的文化，捕捉它的气质与精神，这是一件费力气的事情，但很有意思。

禽兽文化与《香港精神》

3月的香港到处是雨，雨中的香港到处是文化。37个图书馆，310多万本图书，20多万部视听资料，随时等候服侍香港人的精神。大会堂、香港文化中心、高山剧场等文化场地每年有3000场以上的演出，愉悦香港人的耳目。另有香港艺术馆、香港视觉艺术中心、茶具文物馆、香港博物馆、罗屋民俗馆、香港太空馆、香港科学馆……真是处处文化。

就连香港赛马会，也每隔十五分钟播放一次马会的介绍性影片，片名《香港精神》。本来在香港流行的赛马与麻将被人称为香港的马文化和雀文化，合称禽兽文化。然而到了禽兽文化的中心地带，这里却在倡导着香港精神。《香港精神》拍得好，横幅三折的屏幕，上演的是一个默片，屏幕下的观众满眼都是飞奔着的马，英武的骑师，狂欢着的马民，在这种跃动和欢呼之中，奔跑出的是一个灵动又执着的香港。据说，600万香港人平均每年用7000—8000元投注于赛马。在一个马季里，政府和马会收税和抽水所得超过100亿。《香港精神》在这大笔的金钱中凸显出来，成为一种文化。

满街的报摊与戴手套的读者

据香港人考证，中国的第一份报纸出自香港，叫《中外新报》，一百多年前的事了。现在的香港充斥着报纸，600多万人的香港，有日报600多家，期刊近600家，报摊、连锁店到处都是报纸杂志。一份报纸30—40页，100多个版，是经常的事。装在一个塑料袋里，忙的人拎着塑料袋就上了汽车，闲的人拎着就进了公园。

公园的长廊上到处散落着报纸，看报，常常是香港老人健身之余的一项必要活动。有人看报纸之前还郑重其事地戴上一副塑料手套。其时，神情庄重，操作规范，大有讲究的中国古人开卷之前沐浴更衣的风范。但其实，他们这样做，只是为了不让铅墨弄脏了手。举起报纸，目光匆匆滑过政治、经济、文化，最终与股经相遇，还有马经、波经、凶杀、车祸、明星追踪、私人秘闻，这通常才是大多数香港人大快朵颐的所在。因为今天对报纸的一份关心，明天就可能成为在赛马会上的一次发财机会。

此时，文化变成一种追逐利益的手段。从文字到财富的路径很便捷，正应了中国古人所说的，书中自有黄金屋。在香港，你追踪一个文化事件，最终根源总是能找到商业上来。撩开文化的外衣，发现在通常情况下，商业既是文化的起点，同时也是终点。有人把这种以商业为始终的文化命名为工业文化，把做文化书报业的集团叫作文化工业。资本在文化领域的运作使文化改变了原本的性质，当文化被商业所渗透的时候，文化只是形式，商业才是目的。

漫画集团与文人遭遇

所以，在香港看文化，看着看着，文化就变了味，就变成了商业。香港有个漫画家，画的是市井漫画，竟画出了一个商业集团，画出了上市的股票。另外，香港有个大文化人，散文写得清新深厚优雅从容，风靡香港多年，现又北上内地，其势难当。可是，这位大文化人突然被商业买断，受聘于一家报纸，据说年薪三百万，什么都可以不做，只要你是我报纸的人。这消息让人听了心里有种说不清的滋味。当然一个文化人有了钱是一件很好的事，有了钱的大文人可能依然是一个文化和思想的源头所在，但隐约之间总使人觉得有些异样，似乎他不再是一个资深报人、大散文家、大文化人。他的第一标志、第一责任是一个广告，像从尖沙咀回望香港岛，那一片片森林一样的楼房上面一面面巨幅的广告，它的精致与美丽可以直接折合成产值和利润。

香港是个商业社会，个人是微不足道的。文化相对于商业来说，也像一个失守的球门，商业所向披靡。当然，也可能这个球门从来就没有被守过，甚至说不定，文化的球门一直在等待失守。我在香港走访了多家媒体，它们的政治倾向和办报办刊风格各有不同，但有一个可以很快找到的规律，就是当文化单独面对社会和读者时，它的力量是那么单薄。在香港的大厦森林里，文化只龟缩在一个又一个小小的角落，而当它与某种资本和商业运作联系起来的时候，文化才显得气势恢宏起来。

所以，在香港，商业想介入文化，就很有些轻而易举、手到擒来的意思。1995年，正红红火火的香港报业忽然就被一个商人搅得天翻地覆。一个老板对香港报业的介入引起了香港报业的一次大地震，其余震至今还没有完全消散，带着血腥味的恶性竞争使得许多家报纸倒闭关张。香港报业的次序瞬间被打乱，香港报业的风格也在迅速改变。这个老板办的报纸不仅介入了文化，而且还占领了文化的潮头，一时领了风气之先。

休息的政论刊物与一天写本书的作家

当然,也并不是每一个文化事件都被金钱操纵着。我在香港的时候,就亲见了一个声称与资金无关的期刊倒闭事件。一份在20世纪70年代被称为海外知识分子第一大刊的杂志,到了20世纪90年代忽然万念俱灰了。其休刊词说:在铺天盖地的若非教读者赚钱,就是教读者花钱的文化泛滥下,在煽色腥与扒粪争辉的文化影响下,一份严肃地探讨问题的刊物,它的存在空间不会扩大,只会缩小。

据悉,香港读者最多的报纸,都是市民类报纸。香港市民一般通过报纸第一版的大题来选择取舍,而香港报纸的标题一般都是血淋淋的。据说,这种血腥的报道具有宣泄人性恶的作用。而近年风行一时的所谓无厘头文化正是东拉西扯,胡言乱语,有风无影,轻松搞笑,暗合了港人的心思。

在香港街头看香港人走路,都是目标明确、行色匆匆,绝无我们内地来客的闲庭信步,此心到处悠然。他们要在最小的时间成本里得到最大的金钱效益。快节奏已经使香港成为世界上精神疾病发生率最高的地区。因此,香港人才在工作之余渴望最大程度地放松自己,让绷紧的神经得以最大限度地回复,所以,他们制造了不计其数的搞笑片,然后,又在影院里十分主动地笑将起来。这时候,他们是不愿意承受思想的重量的。

所以,在内地一些认真的作家声称要用生命去写作的时候,香港的很多作家正在大规模地生产文学。据说先是有日写一万言的作家,后便有日写二万甚至更多的作家。三苏就是这样的多产者,有人描述他用的是车衣式写作方法,笔就像缝纫机上的针,纸像移动的布。另有叫倪匡的作家,不用构思,摇笔就写,一天同时写十二本连载小说,一年出书超过三百本。这时候,文学和文化是不是又有点大生产的味道了?

商品文化与文化商品

　　文化、文学和商业、生产就是这样在香港多雨的季节里粘连和渗透着，让人将信将疑，难解难分。文化有时就像飘来的一阵雨，似有似无，让人觉得香港百分之百就是一个商业社会，金融和商业大厦占去了香港太多的地面和空间，文化就像香港的绿地一样少。但同时，香港的商业又处处蒙上一层文化的色彩，商业有着一种文化的浸润，让人看着舒服，觉得文明。

　　这是一种大众的文化，一种生活里的文化，被裹挟在资本的运作里，被消化在强大的商业社会里，作为一个商业的副产品，回馈给社会与民众。它没有精英文化的生僻艰涩，很容易消受，民众不必揪着自己的头发，不必悬梁刺股，努出全部心智，怀着几分痛苦与悲壮，去接受它。这是一种轻松的文化、即时的文化，招之即来，挥之即去，具有些许喜剧性，谈笑之间，就享受了文化，就消费了文化。

　　它们是文化吗？很多人嗤之以鼻，所以，香港很长一段时间里都摘不掉文化沙漠的帽子。但你说它就不是文化，似乎也不妥，只是它不是和你的文化一样的文化，不是和传统意义上的文化一样的文化，它是别一种文化，另一种社会产生的文化。我们与其鄙视它，不如正视它；与其拒绝它，不如了解它。

　　更何况内地也正一天天接近这样一种文化的氛围，随着文化的普及、商业社会的发达，大众文化日渐兴盛，越来越充斥日常的生活，它与精英文化的分野就越来越明显。大众文化，或者说通俗文化，就让它去和商业一起跳舞吧。在某种程度上，它也是一种服务业，只不过服务的对象各有不同。

　　而需要给予更多关注的是标志一个民族、一个城市精神高度的精英文化，在轻松笑过以后，还有没有剩下一些思想的分量，作为一代人的肩膀，供我们的孩子攀缘着走向更高更远的地方？否则一代又一代人，在同一精神层面上循环往复，人类的历史岂不是成了一些带着油墨味的复印资料，精神的高峰也成了游戏的大草坪了？

  但在香港这样一个高度商业化的社会，怎样维系一个纯粹的思想的层面，我就说不清楚了。可能真像一个朋友所说的，香港太自由了，在这种自由的空气里，有时思索显得没有意义。就像天空，没有罩过一阵乌云，没有下过一阵大雨，就不会有绚烂的彩虹。也可能真的像另一个朋友所说的，香港的生活太规范、太优裕了，不用为了生存而思考，而没有危机感就没有哲学家，幸福的时代是不产生伟大的艺术和哲思的……

  但也可能这些都是我们的臆测，只是香港人坐上了商业社会这架疯狂的过山车，人在旅途，只能跟着疯狂的惯性疯狂地走，那时候，人只是机械的一个部位，哪有机会想什么。

（载1998年10月2日《光明日报》）

中国人在塞纳河边

"我心爱的姑娘在中国,住在细瓷塔中,在那鱼鹰出没的黄河畔。小脚可握在手中把玩,黄皮肤比铜灯还亮。每晚,她如同诗人一般,把垂柳和桃花咏叹。"

这是19世纪法国著名作家戈蒂耶的一首诗,名字叫作《中国热》。

一个世纪过去,塞纳河依旧悠远和绵长,岸上的风景也并没有大的改变,只是塞纳河边讲述的中国故事已经是这样的不同了。

"九九巴黎·中国文化周"开幕——让世界了解中国

前不久,塞纳河边又一次沉浸在中国热里。这一次的中国热,代表形象不再是中国妇女用痛苦换来的供人赏玩的小脚,而是去年女足世界杯比赛上孙雯的临门一脚,踢出世界亚军的健康脚步。

这临门一脚的巨幅幻灯片前不久在联合国教科文组织总部演讲大厅里赫然出现。9月2日,中国国务院新闻办公室主任赵启正在这里,给欧洲听众演示了几十张幻灯片,其中有一百年前缠足的中国女人,也有一百年后的今天踢上世界杯领奖台的中国女性。

然后,赵启正告诉听众,中国人是用一双畸形的脚挪入1900年的。而今天,中国人将以健康、坚实的步伐跨入2000年。

赵启正演讲的题目叫《面向二十一世纪的中国人》,这个题目也大致是"九九巴黎·中国文化周"的题目。9月1日至12日,中国国务院新闻办公室和联合国教科文组织联合在巴黎举行"九九巴黎·中国文化周",此举是为了让巴黎,让法国,让欧洲,让世界了解当下的中国,为了展示中国的优秀传统文化和中国人民的智慧,展示当代中国人民在厚实的文化基础上进行的新的文化创造,展示中国的发展和中国人的进步。

正值中华人民共和国成立五十周年前夕,正值中共中央总书记江泽民再次访问欧洲前夕,"九九巴黎·中国文化周"把中国的文化、艺术、科技、教育,把中国的昨天、今天和明天摆放到了联合国教科文组织总部一万平方米的大厅里。十九个展览、三台演出、两个演讲、三个文化讲座,它们有幸成为中国发展大潮和中国文化深深海洋里的一瓢水,在地球的那一边演示中国。赵启正在塞纳河边关于中国的讲述充满了智慧和激情。他用二十多张幻灯片来演示不同时代的中国人:20世纪初的两个缠足妇女,20世纪末中国女足队员孙雯的临门一脚,中国大家庭和小家庭,上海证券交易大厦的交易大厅,中国人对法国葡萄酒的情有独钟……

倒数第二张幻灯片是新近出版的中文版《巴尔扎克全集》。赵启正说,巴尔扎克是有名的"中国迷",并著有洋洋万言的《中国与中国人》。但理解一个人很不容易,理解一个民族就更难。他向来宾提起戴高乐将军的一句话:人和人之间的距离比地球和月亮的距离还要大。他说:"但我希望世界上不同国家、不同民族能够克服地理和文化上的距离,走得更近,走得更亲密。"

"现在,这套全集就放在我的书架上。"赵启正指着最后一张幻灯片——他自己在巴尔扎克墓前的照片说,"一个多月前,我到了巴尔扎克墓前,告诉他中文版全集出版的消息,告诉巴尔扎克,他的作品在中国的发行量已经远远地超过了法国,我想他会很高兴。"

巴尔扎克是否会高兴无从考证,可以看到的是,与会的七百多位来宾都兴趣盎然。这从他们的掌声可以轻易地辨识出来。据说,联合国教科文组织总部的演讲大厅接待过外国首脑来演讲,迎来过诺贝尔奖获得者的演讲，但很少响起这样热情的掌声。

赵启正也是面向21世纪的中国人中的一个，他是中国的核工业专家，还当过上海市副市长兼浦东新区管委会主任。现在，他是中国国务院新闻办主任，在他看来，让外国人认识中国是他的责任。而各民族间文化的了解最为重要，不了解很难成为朋友。

也许，正是基于此种考虑，才有了这次"九九巴黎·中国文化周"。经过反复的筛选、细致的琢磨、周密的筹备，其实"九九巴黎·中国文化周"想要告诉世界的，也只有两句话：

——中国和中国人在这一世纪变化巨大，这样的变化在中国自有文字以来的三千五百年中，过去任何一个世纪都不曾有过，今后任何一个一百年恐怕也难能与之相比。

——面对21世纪，中国人已经有了与全世界各国人民并肩前进的思想基础和物质基础，将以完全不同于1900年的观念与姿态进入2000年；中国人愿意在人类的进步中与全世界的人民携手前进，并期待着与法国人以至全欧洲人进一步开展更卓有成效的合作。

编钟在巴黎——中国的昨天令人着迷

所以，在塞纳河边，"九九巴黎·中国文化周"的广告在地铁张贴出来，在街道的广告柱上旋转起来，在埃菲尔铁塔下飘舞起来。迎候休假归来的法国人的，是远道而来的中国文化大餐。

联合国教科文组织总部大厅成了免费品尝中国文化大餐的宴会厅。据说，"九九巴黎·中国文化周"是中国在海外举行的最大的文化活动，也是联合国教科文组织举行的最大的文化活动。所以，中法双方的领导人都对"九九巴黎·中国文化周"表示了足够的重视。江泽民主席和希拉克总统都为文化周题词，他们的题词被展示在大厅一进门的地方。

走过科技、教育展位，走过北京、上海展位，走过陶瓷、京剧展位，曲径通幽，便来到编钟之所在了。展室里有真编钟一座，舞台上有"假编钟"一座。它们仅相隔百米之遥。

这真编钟是湖北随州擂鼓墩二号墓中出土的三十六件编钟,它是从北京"飞"到巴黎的。"假编钟"是湖北曾侯乙墓出土的六十四件编钟的仿制件,是从上海"漂"到巴黎的。编钟被称为中国民族乐器之王,而在到处都是雕塑,其中不乏青铜雕塑的巴黎,人们对青铜器有着非同一般的感情。

青铜器专家马承源先生就在巴黎受到了非同一般的礼遇。当"九九巴黎·中国文化周"还没有开始的时候,法国总统希拉克派人专门宴请马承源,忙着离开法国去渥太华参加世界法语国家首脑会议的希拉克匆匆赶赴宴会,与他的青铜器专家朋友会晤。

他们的第一次会面是在上海,那一次,对中国进行国事访问的法国总统希拉克在马承源那里耽搁了很久,他们的谈话是从河南偃师的二里头文化开始的。七十二岁的马承源对此记忆犹新。当时,马承源把他的专著《中国青铜器全集》的前十四本送给希拉克,书中有一张夏朝青铜爵的图片,希拉克指着图片劈头就问马承源:"这是不是二里头文化三期的青铜器?"

惊愕不已的马承源隔了很长时间才点头称是。紧接着,希拉克又说出了二里头文化三期的时间,而那大约是三千六百年前。据知,这位法国总统对中国文化不一般的了解和感情传有许多佳话。刚到法国,我们就有所耳闻。有一次,希拉克总统开会开得无聊,就开始在纸上奋笔疾书,他写的是中国历代年表,后来经过查验,他写的没有一点错误。

法国人称自己的民族是一个优雅的民族,他们不愿意把只有一次的生命都花费在俗务、劳作甚至事业上,他们要做自己喜欢的事,比如去周游世界、海边度假、欣赏艺术,并且要把生活的速度放慢,慢到一个适宜的速度,所以,他们浪漫而且优雅。

他们把看展览、看演出看成生活里很重要的一件事情。他们抱着吸着橡胶奶嘴、不满周岁的孩子来看展览,他们很多人来到联合国教科文组织总部大厅观看中国文化周编钟乐舞表演的时候，离演出开始的时间还有将近两个小时。他们又毫不掩饰自己的感情，不止一个法国人看编钟乐舞看得涕泗横流，使得在塞纳河边的中国人又被这种感动和对中国文化的尊重二度感动。

被编钟乐舞打动以后，巴黎的观众就一直用掌声来附和着音乐。据不完全统计，编钟乐舞共在巴黎演出三场，每次两小时的演出中，大约近二十分钟的时间，观众都在鼓掌，加演五六个节目还是无法谢幕。与编钟乐舞一同来巴黎演出的，还有一个在中国获奖的舞蹈节目、中国历代服饰展演，以及中国的京剧折子戏表演和讲座，都令法国甚至欧洲感动和痴迷。

记者曾在编钟乐舞演出过程中，问会讲中文的法国人文大道先生在刚才的编钟乐舞里看到了什么，他说，具体的也说不明白，但他很清楚地看到了一种美，中国的美，美极了。

农民画在巴黎——中国的今天令人吃惊

这真是中国农民画的吗？几乎每一个到"九九巴黎·中国文化周"看到西安户县农民画的法国人都要这么问。

《兔子吃白菜》《收豆角》《洗布》《巧媳妇》……与山东的剪纸、风筝，与浙江的扇面、黄杨木雕、竹根雕，与陕西的马勺、木版年画一起，西安户县农民画作为中国民间的艺术来到巴黎，向法国、向欧洲展示中国民间的艺术和中国农民的生活。

此前，关中平原上的户县农民画已在世界六十多个国家展出，上万件作品被各国友人收藏，其中还有一幅作为国家礼品送给了美国总统尼克松。但尽管如此，西方的观众还是很难相信，这渲染的、夸张的、朴拙的、大气的艺术出自中国农民的手。他们往往在户县农民画的展区盘桓很久，琢磨很久。

这就给了户县农民画展览馆馆长赵惠选一个极好的机会，他一遍一遍地给观众讲。这幅叫《兔子吃白菜》，是八十六岁的老太太闫玉珍画的，她是目前户县农民画家中年龄最高的。这画上的白菜长着眼睛，吃白菜的兔子头上有兔子，腿上有兔子，背上有兔子，一群兔子。去年中国美术馆展出户县农民画时，这幅画被制成了三米乘四米的巨幅。

这幅叫《收豆角》，没有专业绘画讲究的透视，豆角和收豆角的人布满全篇，而且每一颗豆角都一样大。因为，农民是用自己的心态去画画，在他们看来，丰收的豆角不管离他多远，多近，都应该长得这么大。

户县农民画这种夸张、变形却恰到好处的风格就是农民风格的体现。赵惠选说，中国画讲露白、对称、透视、平衡，但农民画幅幅画得视角饱满，用我们农民的话来说，画画跟种地一样，不能让一寸土地闲着。

"我也是个农民，家里有四亩多地，种小麦、玉米和其他经济作物"，和每一次介绍一样，赵惠选总是在最后才推出他自己的画——《品秋》，画的是一个老农在柿子树下抽着烟袋，欣赏自己的收获。

辛格先生频频点头，并不作声，他喜欢中国画，也喜欢中国农民的画。作为印度驻联合国教科文组织的大使，辛格先生近水楼台先得月，在"九九巴黎·中国文化周"开幕前，他就已经先睹为快，而后每天，他几乎都要到"九九巴黎·中国文化周"来。有一天，他一日三临"九九巴黎·中国文化周"，日程表几乎被"九九巴黎·中国文化周"的活动占满了。

每次来，辛格都要看看户县农民画，听听赵惠选讲户县农民画。他想弄清楚，四十多年前，产生于中国"大跃进"时代的农民诗画怎样从政治宣传动员手段变成农民日常的生活和情感表达方式。

很多人像辛格先生一样，多次来到"九九巴黎·中国文化周"。在世界各国无数的人到巴黎文化之都、艺术之都朝圣的时候，法国人以至全欧洲人正为中国的文化感动着。联合国教科文组织总部大厅正是一个面向世界的舞台。在这个舞台上登场的,不仅有中国的农民画,还有中国专业画家的艺术、中国各种民间艺术,缤纷错落,长袖善舞,灵性摇动。

年轻的内画艺术家孙卫东的灵感是在巴黎乘地铁经过塞纳河边时来临的。那天早晨,他突然想起来,为什么不再画一张希拉克总统的肖像送给他,让他更容易地把握中国文化呢?他想到就做,开始在展位上内画法国总统希拉克。法国人最知道这位中国民间艺术家画得像不像。孙卫东画一阵,便引来一阵围观者的惊叹。法国文化和中国文化的距离便在这一阵阵的惊叹里,一点点地缩小。

民族的差异造就这个世界的不同。初到巴黎的中国人会时时惊奇,他们怎么会从那个思路去延伸自己的思维,并且走得那样遥远,那样美丽。初见中国文化的人也会惊奇万分,甚至难以置信。山东剪纸艺术家宫浩荣告诉记者,一位法国老人觉得信手剪来即成图画难以置信,听说以后,不辞辛劳,远道赶来,亲自验证,才信以为真。

浙江的黄杨木雕大师吴尧辉和竹根雕大师张德和则更有奇遇。一位法国男士看了他们的竹根雕和黄杨木雕,击节称叹以后,郑重其事对着两位中国民间艺术家深深鞠躬,要拜他们为师,学习中国的艺术和文化。当时吴尧辉觉得有些不知所措,但他却为法国人对中国艺术的尊重而深深感动。

他身后,木雕的项羽、大禹、神农氏也看到了这动人的一幕。那木雕的项羽豪气干云,满脸、满身都挥洒着中国精神和中国气派。

科技在巴黎——中国的明天令人震撼

据知,中国和法国之间的文化往来其实很是频繁,仅1998年,双边的文化活动就有一百五十多起。年年文化,交流多多,但在许多中国人和法国人的心目中,对方仍然很遥远。不同于以往的是,此次"九九巴黎·中国文化周",出手之处是文化,落脚之处又并非仅仅是文化,这个发动了中国八个省、八个部,集纳了中国文化精粹的文化周活动,想要树立起的,是一个完整的当代中国形象。

所以,科技的内容不同以往地被加入"九九巴黎·中国文化周",而且被放在了展览首要的位置。9日、10日那两天,西班牙的两辆大巴停在了联合国教科文组织总部门前,远道而来、成群结队的西班牙人一进入大厅,首先看到的就是中国的世纪工程——三峡的巨幅模型。

他们惊叹不已。他们中有的人以前只知道中国有瓷器,有京剧,不知道还有这样恢宏的工程。他们中有的人甚至几乎没有关于中国的印象,那么,三峡就成了他们的第一个中国印记,而这个印记是令人震撼的。

此前,这个模型已经吸引了无数参观者。法国专利律师事务所的一位法律顾问,在详细询问了三峡建设的情况后表示,三峡工程是一项造福中国子孙后代的了不起的工程,对改善生态环境、促进经济建设大有裨益。这位先生对中国政府妥善处理移民、可持续发展等问题表示赞同,并明确表示,他不同意极少数欧洲人对三峡工程的无端指责。

在世界变成一个村庄的时候,欧洲人对中国的环境保护与可持续发展问题表示了足够的关注。此次文化周对这一问题有着足够的估计,主办者特别开辟了一个大熊猫模拟生态环境,让欧洲人特别是孩子们了解大熊猫及其在中国得到的保护。

据知,为履行联合国《生物多样性条约》,中国政府除建立相关法律、法规之外,还建立了一千多个自然保护区,保护面积八千多万公顷,占全国土地面积的百分之八点八。

除了三峡的模型,另有中国地质构造及地震台网、节水灌溉、杨林农科城、大光区光纤天文望远镜、钴60集装箱检测系统、六千米深水下机器人、远望号科学考察船,它们一同组成中国科技的八大模型,形象化地表达了本次文化周的四大科技主题:科教兴国、农业的根本出路在科技、发展高科技实现产业化、可持续发展。它们把这些生硬的、抽象的主题变得可以亲近,可以触摸。

许多人在这些模型处前前后后地走,上上下下地摸,九十五岁的林先生没有走,也没有摸,他坐在轮椅上,说话已经很困难,他只是长久地停留在这些模型前,无言地流下泪来。来此次文化周帮忙做翻译的留学生秦染对记者说,也许一些外国人对中国昨天的文化精粹觉得更喜欢,而在海外的中国人则更喜欢看中国的今天和明天发展的前景,愿意看到祖国的强大,愿意让自己沉浸在对祖国的骄傲里。

都说出了国的人更爱国,也许这话是对的。看着为此次文化周跑前跑后的留学生言语间的那种冲劲,看着在展厅里照来照去的华人,想把中国文化拿捏在手心里,以便随时可以守候的那份努力,心里觉得有些感动,又有些酸楚,有点沉,又有点飘,那种感觉,说也说不清楚。

"九九巴黎·中国文化周"闭幕
——让世界了解真实的中国

"九九巴黎·中国文化周"9月12日在巴黎闭幕。闭幕的那一天,真是观者如潮,埃菲尔铁塔下,要看"九九巴黎·中国文化周"的法国人排起了长龙。这长龙,比每月第一个星期天免费开放的卢浮宫前的队伍还要长。

为此,中国国务院新闻办官员真是亦喜亦忧,他们紧急和联合国教科文组织官员商议,怎样才能让来者有机会进得去,并且能看得上,看得好。本想把预定于晚上6点钟举行的闭幕延后几个小时,但又怕影响晚上最后一次的中国历代服饰展演,为此颇费了一番踌躇,让人感叹,真是开幕容易闭幕难。

据法国塞纳公司统计,超过十万人莅临"九九巴黎·中国文化周"的各种活动,仅闭幕的这一天,观众就将近一万五千人。闭幕式的场地因为人多显得越发拥挤,为庆贺文化周举办成功端上来的香槟酒,也被攒动的人群挤得碎落在地。

甚至闭幕式后,布展人员收拾招展的彩旗,也引起法国人的兴趣,一位父亲领着儿子,意犹未尽,竟提出要买有"九九巴黎·中国文化周"标识的彩旗。晚上,中国各个代表团的人撤展完毕,在返回住所的地铁站,又遭遇法国人对中国文化的热情。一对母女要求存留一本"九九巴黎·中国文化周"的介绍性画册,她们的要求被满足后,那无限感激的表情至今还历历在目。

在新世纪将临的1999年的9月,在法国巴黎的塞纳河边,曾刮过一阵不小的中国旋风,它在不了解中国的欧洲人的头脑中留下了中国印记,它在对中国有些了解的欧洲人头脑中覆盖上新的中国印记。

这是一次直接的面对。在许多中国人看来,中国对欧洲的了解远比欧洲对中国的了解要多,而没有相互的了解很难成为亲密的朋友。通常,欧洲人通过西方媒体来了解中国,但这种渠道有时会产生一些理解上的偏差。

赵启正就经常举这个例子,他说,每个国家都有鲜花和垃圾桶,你的镜头不去照那七处鲜花,而偏偏照那三处垃圾桶。这就不是全面的真实。而全面和真实的介绍,正是这次"九九巴黎·中国文化周"所追求的目标。赵启正说,要让外国人直接听到我们的声音。

在巴黎,有外国记者提问赵启正,作为中国国务院新闻办公室主任,他是如何宣传中国时,赵启正平实地回答:"我不是宣传,我只是如实地向外国朋友介绍中国。"在文化周开幕前一个月,赵启正就和他的同事们专赴巴黎会见各大媒体记者,他有问必答,决不回避难题与矛盾。在开幕后的演讲会上,他又很直接地回答了提问者关于"法轮功"、西藏、环保和可持续发展等方面的问题。他的坦诚和智慧感动了在场所有的人。而感动正是了解的开始,所以,法国国家电视台的一名女记者称赵启正是一位大使,是把中国、中国人和中国文化带到巴黎的和平使者。

9月初的巴黎,阳光每一天都灿烂如昨日。这样的阳光让人觉得战争是那么遥远,那么不可能,有的只是和平、自由、闲适、优雅。但在联合国教科文组织总部这样一个世界文化的中心，却有一堵白色高墙矗立在充满阳光的院落里。上面用十种文字写的是同一句话：战争起源于人之思想，故务须于人的思想中筑起保卫和平之屏障。

"九九巴黎·中国文化周"就是在这个院落里开幕的。出席开幕式的联合国教科文组织助理总干事马约尔先生就在阳光如瀑的塞纳河边说，"九九巴黎·中国文化周"不仅是文化交流，也是表现中国与联合国教科文组织携手为21世纪世界的和平与发展作努力的决心。

的确，文化的亲近与交流，带来的是相互的了解和友谊，而了解和友谊，正是对战争最有力量的抵御。十二天的文化周很快就过去了，但中国、中国人和中国文化的印记已经留在塞纳河边，两尊中国兵马俑复制品也留在了联合国教科文组织总部，它们将在那里，讲述中国的文化，守候世界的和平。

（1999年中国新闻社首发）

全球化，谁的盛筵？

全球化是这样切近地走到了我们的面前，有时不留神，一回身，就碰到了克林顿总统的鼻子尖儿。我们知道他嘴上说的，脑袋里想的，知道他夫人今天穿的衣服，知道他女儿脸上的雀斑。

全球化把地球装到了一个小房间里，我们和各肤色、各种族、各阶层的人面对面，在一张餐桌上准备吃饭。但晚餐是什么，能吃得着什么，会不会只落点残羹冷炙，会不会大家都酒足饭饱、杯盘狼藉，我们还不太清楚。面对全球化，我们还真假莫辨，不知深浅。但可以肯定的是，全球化已经像地球自西向东旋转一样不用怀疑，我们必须跟上它的旋转，想想明白，然后去做。

全球化了，全球小了，时空被压缩

空间这么广大，谁能压缩了空间？时间这么虚幻，谁能压缩了时间？

是交通，压缩了空间；是通信，压缩了时间。这两种不可思议的东西在电力技术发明之前，其实是一回事。

经济学家李扬在他关于金融全球化的专著里，细细地讲了空间和时间被压缩的故事。原来，信息只能在交通所允许的范围内以同样的速度和同样的方向传递。是19世纪末电力的发明，打破了交通和通信的这种紧密联系，使得交通和通信成为两种独立的活动。它们在发展中携手改变了世界，使得国际化的市场得以产生和发展。

交通体系是材料、产品和其他实体物资能够从地球的此处移到彼处的中介。通信体系则是主意、思想、命令等信息传递的中介。那些克服了时空限制的技术，是生产国际化和多国公司发展的基本力量。交通和通信为生产国际化和多国公司的发展创造了便利条件。否则，如今这种复杂的国际经济体系不可能存在，人类活动不可能达到这种复杂和广泛的区域规模和组织规模，同样，区域和组织的分工深度也将受到限制。

现在我们享受着通信卫星带来的好处，这些卫星将全世界一百二十二个国家连在了一起，一颗卫星可容纳上万条双程电话通道和近十个电视频道。

喷气式客机的问世在20世纪50年代，跨国公司的发展也在20世纪50年代，难道这只是时间上偶然的重合吗？后来，又有了互联网，互联网的应用已经由军事、科研、教育和行政部门扩大到了商业和民生。据有关预测，到2001年，全球信息产业产值将达到三点五万亿至五万亿美元，成为世界第一大产业。不管子公司有多远，跨国公司总部都能够随时掌握它们的经营状况并进行指挥。所以说，通信技术是信息时代的高速列车，如同铁路之于工业化时代，新时代的人们将从它身上看到奇迹。

但全球化并非和互联网同一天生日，它也不和铁路同岁，而是与资本主义相伴而生的双胞胎。李扬说，全球化的过程自资本主义产生之日就开始了。在资本主义之前，地球被封建割据着，封建就是把国门关住。而全球化进入新阶段，得以在更深广的层次上发展，则是基于技术的飞速发展，人创造的技术把人瞬息之间卷入了一个全球化的生产、市场和状态中，许多过去理所当然的方式、概念都变得陌生了，变得不是原来的那一个了。

国家成为跨国公司的车间

比如国家、政府、民族、主权、产值……这些过去我们烂熟于心的名词，现在都有点面目全非。李扬说，在跨国公司富可敌国的今天，国家在很多的时候只是它的一个车间。

有人说了，过去，也总说国际化呀，国际化应该和全球化大约相去不远吧？那时怎么没有觉得国家在受到削弱，而现在却翕然感到了国家内涵的游走和消损呢？

李扬解释说，国际化的立足点是"国"，行动的主体是民族国家，所以才有国家战略。国际化不妨说成"各国一体化的趋势"，它是一国经济跨越国界在规模和范围上的延展，它意味着在共同接受的原则基础上，各国平等互利地形成分工并从事生产和交换。

而全球化则表述了一种更深层次的一体化过程。在这一层次上，民族国家的限定不存在了，整个地球成为一体。不需要"国"这样一个中介，世界各地的每一个人就能非常方便地联系在一起。全球化是各国政府、企业和居民等经济主体突破国界和民族国家的限制，以普遍接受的经济原则为基础，平等互利地进行经济交往。经济全球化不仅包括了经济活动跨越国界在规模和范围上的扩张，还包括它越过民族国家的限制，在企业、工艺、工序、技术层次上的分工、生产和交换。

如果说国际化是一个由政府发挥主导作用的宏观行为的话，那么，全球化则是一个主要由企业推动，一种自下而上的微观经济行为。所以，有人把全球化称为民族、国家、政府的离心运动。

是科学技术，使冲破国界成为可能。而后，有了20世纪80年代末世界格局发生的巨大变化，市场经济成为全球共同采纳的经济法则，而市场经济是没有国界的。

李扬意味深长地谈到两个重要的变化：第一，第二次世界大战以来，全球贸易的增长远远地超过了生产的增长；第二，随后跨国投资的增长率超过了贸易的增长率。因为全球化督促着跨国公司要在全球找到一个效率最高的地方进行生产，在全球找到最有需要的地方进行销售，在全球找到效率最高的市场去筹集资金。

据知，现在，全球有三分之一的贸易是在跨国公司之间进行的，有三分之一的贸易是在跨国公司内部进行的，另外三分之一的贸易是和跨国公司密切相关的。不在跨国公司范围内的贸易已经很少。跨国公司悄没声儿地彻底打破了国界，使得国家和国家之间的分工变成了车间和车间的分工，国家壁垒已经没有什么作用，国家已经成为跨国公司的车间。

通过跨国公司，国家概念大大弱化了，而产品的概念变得至高无上。耐克鞋，说它是美国产品，其实已经有点勉强，美国只是它产品的注册地，而大部分生产都在中国和东南亚。还有麦当劳，等等，等等。

穷了穷人，富了富人？

经济学家们是笑着迎接全球化的。李扬说，全球化是一个自然的和历史的过程，不可抗拒。从纯经济来看，它一定是有利的。全球化过程使得卷入全球化的实体都不同程度地获得了好处，只是所获得的份额不同。

他对现在时常出现在报端的关于全球化的醒目标题——"穷了穷人，富了富人"——不能赞同。对于这样一连串触目惊心的数字——美国最富有的百分之一的家庭拥有全社会近百分之四十的财富，李扬也处之泰然。他说，在一国之内也一样，只要有市场，就会使得穷人愈穷，富人愈富，只不过，全球化把这样一个市场放大了。但必须指出，穷人愈穷，富人愈富，不是全球化的结果，而是市场化的结果。

他提醒人们从这个思路想一想，还是这个国家，还是这些人，全球化使你生产出了你过去不敢想象的东西。所以，要先想你是有了还是没有，然后再想你是占得多还是少。他认为，全球化是一个做大的饼，你在中间所得到的相对份额可能是减少了，但你获得的绝对份额一定是增多了。

就说中国，没有开放，就没有今天的中国，而各方已经形成的共识是，中国的开放快于改革，中国的改革是靠开放来推动的。开放是什么？就是加入到全球化过程中。

当然，全球化使得经济的风险尤其是金融的风险的发生机制也全球化了，本来关着门也有经济危机、金融危机，但打开门，可能性就更大了。因为有些危机不是内生的，而是外生的。可能你一国的经济在平稳地运行，但有个什么投机资本一下子进入，利用你市场的一些缺陷，搅得你汇率也波动了，股市也在巨额地涨落，大家心里乱哄哄的，经济上也受到损失。但这也很自然，随着经济生活圈子的扩大，你就会受到越来越多因素的影响，这是一件不用解释就可以理解的事。

但也应该看到，在经济风险、金融风险也渐渐全球化的过程中，发达国家抗风险的能力比发展中国家要强。这是一个事实。因为发达国家搞了几百年的市场经济，无论是居民还是监管当局都已经习惯风险，现在，无非是扩大了一些规模，多了一些因素，能够很快地适应。发展中国家却从来没有遇到过。其实，在政府高度管制的社会，风险并不少，只是没有外化。经济波动是个规律，但它表现的方式不同，市场经济通过汇率和股市的涨跌来表现，这是我们不熟悉的。所以，发展中国家在经济危机面前常常显得束手无策。

其实，90年代以来的金融危机有好多发生在发达国家，美国从80年代末到1996年呆账、坏账严重得很，但它处理得比较平缓，比较有经验。日本的危机现在开始好转，用了大约十年的时间。1992年的英镑危机，冲击不比泰铢的危机小。法国的法郎危机也发生在90年代。后来才是亚洲危机，现在也算是相对平稳地渡过了。

嘴和导弹吵主权

政治家们则在关心着国家的主权、领土的完整、民族的尊严这些庄严的主题。他们眉头紧蹙，正襟危坐，为全球化条件下国家的主权而争吵。在越来越多的争吵声中，导弹也偶有加入，它们呼啸着、轰鸣着表达它们对国家主权问题的看法。

西方说，我们进入了一个传统的主权观念正在不断变化的阶段。我们将要对一些国家在曾被看作另一个国家的内政事务中发挥作用的权力重新下定义。

哥伦比亚总统桑佩尔说，贫穷国家的主权不是修辞学中的概念，主权是一个生存的概念，就好像沙丁鱼一致对付大鲨鱼一样。全球化和相互依存不应该是让干涉的幽灵重新回来的大门，相反应该是把它拒之门外的大锁。

西方说，国家法的下个阶段就是要求各国政府的国内行为必须符合某些国际标准。将来的联合国不仅应有权暂时中止一个国家行使主权，而且如果它认为促进和平是必要的，则还可以无视国家边界的存在。

阿尔及利亚总统布特弗利卡说，我们对任何危及我们主权的行为极为敏感，因为主权是我们对抗一个不平等的世界的制度的最后防线。

西方说，主要为了确保人权受到保护而进行的这种干涉是国际社会的一个特权，即无论何时以一种犯罪形式行使主权的话，国际社会都有权暂时中止主权的实施。长期以来不干涉主义一直被视为国际秩序中的一个重要准则，但是不干涉原则必须在一些重要方面加以限定。

中国第二代领导人邓小平说：人们支持人权，但不要忘记还有一个国权；谈到人格，但不要忘记还有一个国格。特别像我们这样的第三世界的发展中国家，没有民族自尊心，不珍惜自己民族的独立，国家是立不起来的。真正说起来，国权比人权重要得多。所以，国家的主权、国家的安全始终要放在第一位。

在东西方面对面用嘴争执的时候，导弹轰鸣着发了言。1999年，北约对南斯拉夫长达两个月的狂轰滥炸是关于主权问题争论的最激烈的方式。据说，美国总统克林顿当年6月向美国派往科索沃的维和人员宣布：如果有人因为种族、民族背景或宗教信仰而迫害无辜平民或是大规模屠杀他们，而制止其行为又是我们力所能及的，那我们将加以制止。

不知道吵到哪一天，全球企盼的全球化下的公正合理的政治经济新秩序会出现。而这种想象中的各方都认为的公正合理是否真的存在并实现，都还很难说。可以说清楚的是，强弱之不同，一定是音量的不同。

全球化，谁化谁？

著名文学大家杨义问得很直白：全球化，谁化谁？

这让人想起过去我们常说的一句话：不是东风压倒西风，就是西风压倒东风。不是一点道理没有，因为没有绝对的统一、平等和完全一致的音频，也就没有均等切割的全球化。那么，就有了全球化的另一面。

德国《明镜》周刊资深编辑、记者汉斯彼特·马丁和哈拉尔特·舒曼写了一本书，名字叫《全球化的陷阱》，中国著名的知识分子杂志《读书》在显要位置对该书做了介绍。他们在书中提出疑问：全球化的经济"是一种自然产生的过程，是不可遏止的技术与经济进步的结果"，还是"由于人们有意识推行追求既定目标的政策所造成的结果"？他们认为，全球化的经济并不是代表了全球人类的真实追求。

布热津斯基用美国式的幽默将这个"新的文明"比喻为"奶乐文明"，即充足的食品（象征化为"奶头"）加充分的娱乐之未来文明。可谁能提供足以喂养几十亿人口而不是几十万超级富豪的"奶头"？是作为第一世界的美国和欧洲，还是日益贫瘠病弱的地球母亲？

据说，当新全球主义经济学家们推断世界性的劳动市场正在或已经形成时，世界级富豪约翰·盖奇无不夸张却不乏真诚地坦言，高科技巨人惠普公司未来将只需要六个或许八个职员上岗，其余的人都将被解雇。那么，人们就要问了，被解雇的人去干什么？如果失去工作，他们将如何生存？

《全球化的陷阱》的作者形象地把世界性的劳动力市场形成后的社会称为"二十比八十的社会"，即五分之一的劳动者就业与五分之四的劳动者失业同时并存的未来劳动社会。在这个社会中，在富裕沙文主义者中间，富裕是一种权力。

他们的判断值得深思：全球化被看作世界市场力量的解放，从经济上使国家失去权力，这种全球化对于大多数国家来说是一个被迫的过程，这是它们无法摆脱的过程。对于美国来说，这却是它的经济精英和政治精英有意识地推动并维持的过程。只有美国才能促使日本政府对进口商品开放国内市场，也只有华盛顿政府才敢对亚洲人、非洲人甚至欧洲人的事务越俎代庖；当世界各国或地区都面临着丧失主权，变成全球化过程中"繁荣的飞地"之新殖民化危险时，仍然只有美国能够成为最后一个能像以前一样保持高度国家主权的国家，美国似乎成了世界民主运动的一个例外。美国既是全球化游戏的主角，又是这场游戏的规则制定者，还是这场游戏的主裁判。如果全球化真的是一个陷阱，那么，美国正是这个陷阱的设计者。它是唯一不惧怕落入这个陷阱的国家，因为只有设陷者自己知道陷阱的所在。

文化成为民族的身份证

杨义感慨而叹：《尹湾汉墓简牍》出版七个月，台湾学者就写出了十五万字的《简牍与制度——尹湾汉墓简牍官文书考证》，其成书的迅速，就是得益于台北历史语言研究所的汉籍全文电脑资料库。

他笑着谈起所谓"十年磨一剑"。在全球化时代，等你用十年磨出那一支剑来的时候，恐怕别人的导弹已经发射过来了。

不过，电脑是高能的而不是万能的。信息技术的数码化使人们摆脱了资料性、技术性工作的拖累，从而集中精力于思想文化的深思熟虑，但也可能使人们的学问根底变得空虚，缺乏积学深功、厚积薄发的生命体验和由此生发出的独特思路。

进而言之，随着强势文化以普泛性知识的面目在全球流通，保护人类文化生态以及为世界多保留一分精彩越来越成为严峻的问题。世界本来是丰富多彩的,每个民族国家都有与其生命相伴的色彩和色彩组合,在多数国家内部也包容着不同的民族色彩。以普泛性强势文化的价值对众多民族国家的文化进行"脱色处理",破坏世界文化生态环境,这种行为是反人类的,其灾难性不亚于在自然界造成某些物种灭绝。

杨义认为,20世纪的中国文化,是一个赤字文化。很长时间里,在滔滔者天下皆以西学是骛的倾向下,中国文化患上了转型期综合征。而此时,美国控制了全球百分之七十五的电视节目的生产和制作,使不少第三世界国家的电视台成了美国电视节目的转播站。

据统计,当今传播于世界各地的新闻,九成以上由美国和其他西方国家垄断,美国电影产量占全球电影总量的百分之六七,但却占据了全球电影总放映时间的百分之五十以上。

据估计,全球互联网中中文信息不足万分之一,而不受西方控制的英文信息也不到万分之一。

杨义说,这些数字表明,一种强势文化正在以普泛性包装着自身的价值观念,超越国界地向全球渗透,并对色彩斑斓的世界文化多样性进行"脱色处理"。这甚至引起法国、加拿大、西班牙以及在乌拉圭回合谈判中的欧盟诸国起而抵制"脱色"行为,强化民族文化的声音。更不用说,这也引起一些第三世界国家奋起进行主权自卫和文化自立。

在某种程度上,文化的延续是民族生存的象征,杨义说,在技术层面日益趋同的趋势下,文化才是一个民族的身份证。他主张与其借人家的手隔靴搔痒,不如把自己的手伸进靴子里去。他说,一旦无比浩瀚精湛的中国智慧得到现代化的深度转化和体系重构,它在全球知识构成中的独特光彩和举足轻重的地位,是毋庸置疑的。

国家休做有缝的蛋

即使目前我们还没有举足轻重的地位,也没有必要在咄咄逼人的强势文化和强势经济前口未开而嗫嚅,脚未进而趑趄。光荣与梦想,中华民族都曾经有过。航海技术把世界陆地的板块连在了一起，大海航行的舵手就是中国人发明的指南针。

西方民主政治是怎么开始的？封建领主的大门是怎么被摧开的？没有中国人发明的火药恐怕西方的黑暗时代不知要持续多久。现在，世界到了无纸化时代，但此前漫长的灿烂的纸张盛世，是不是多亏有中国智慧作为前导呢？

不过，我们不想在祖先的辉煌里沉湎得太久，否则，脸上容易挂上阿Q的表情，说出我的祖上曾经阔过的话来。现在需要的，是健身强体，以冷静的心情和理性融入今天全球化了的世界。

世界政治问题专家王逸舟谈及日益重要的国家安全问题。他说，虽然军事手段及传统的军事安全仍然起着不可或缺的作用，但经济因素（包括金融、贸易、投资和技术合作等等内容）在总体国际安全中的地位却在明显上升，所谓"经济安全""金融安全""贸易安全""生态安全"的重要性日益提高。

此外，他特别强调，目前仍未止息的亚洲金融危机和全球金融动荡，也以不同侧面提醒人们，国家安全不能只限于对外部势力的防范，而要与国内的改革、发展和稳定联系起来；在全球化的时代，只有建立更加开放、健康的国内社会经济政治制度，国家安全才能更有保障，因为苍蝇不叮无缝的蛋。自身的健壮比在门外筑起重重阻障更安全。

换句话说，安全性是与进步性联系在一起的，国家安全乃至国际安全是在动态的、开放的过程中实现的。这种新的综合安全观的出现，预示着后冷战时代的发展变化，给各国政治家、战略家以新的冲击和启示，也给国际的各种合作与规范带来新的机会和挑战。

不难见到，在各国和国际社会寻求和平与稳定的各种努力中，所谓"共同安全""协商安全""合作安全"等等，正起着越来越重要的作用；与以往两极时代少数国家说了算、动辄使用武力或以武力相威胁的做法不同，各国现在更加看重诸如区域性合作、灵活的和有实效的妥协方式、非零和的"双赢"格局、双边与多边并行不悖的解决办法、非联盟式安全安排等内容，实现国际和平、处理国际争端的途径与从前相比明显更加多样化、多层化。

当然，也不能否认，少数军事上占优的国家并没有真正放弃"冷战思维"，它们在"总量削减"的表象下追求着新的优势地位。王逸舟说，这种消极现象也给和平与发展的现时代增添了不少困惑和难以确定的因素，值得我们警惕和防范。

全球化是一艘不得不搭乘的船

全球化是一艘不得不搭乘的船，这是卡斯特罗的话。我们无法拒绝全球化，就如同不能拒绝我们脚下的地球。中国人和世界其他许多国家的人一样经过了对全球化的欢呼和质疑，现在要理性地坐在全球化的船上，坐在全球化的餐桌前，我们并不准备拒绝享受人类共同创造的文明。

杨义先生说，全球化有可能使新世纪人类获得享有文明发展的共同成果的机遇，在融入迅猛发展的世界潮流中获得闭关锁国状态下不可能获得的实惠。不明白这一点，是愚蠢的。同时，这种全球化的趋势，仍是以国际经济秩序的不平等性、国际金融体系的不合理性，以及发达国家操纵市场游戏规则的霸权姿态和利己主义为重要特征的。不明白这一点，也是浅薄的。

他也同时提醒，全球生产力已达到这么一种水平，它要求打破地区或国家的封闭与限制，在国际市场的范围内实行对资本、技术、原材料、劳动力等生产要素的迅速流通和优化组合。但是这种打破封闭和优化组合之间，并非风平浪静，不存在直线坦途，互利性背后潜伏着深刻的矛盾性漩涡，相互握手的白手套上埋伏着荆棘，就看谁的手掌硬。因此经济全球化趋势愈猛烈，社会愈开放，愈需要我们在多种选择的可能性面前，有高瞻远瞩的战略眼光，有自己稳定的脚跟和坚挺的主心骨，从而把握机遇，化解矛盾，趋利避害，寻找到在融入世界潮流中高速长效地增强综合国力的最佳方式和方案。

——这就是我们"负责任的全球化观",杨义说得自在坦然,中正周详。但具体我们该怎么做呢?李扬讲的一段故事或许对我们有用。

刚从日本访问回来的李扬说,日本人都在说,日本国内生活水平提高得不快,资金都去为美国作贡献了,是他们养活了美国,是他们帮助美国在 90 年代复兴起来。当时,日本企业大举进攻了美国,就地摧毁了美国的企业。当时美国正好要做经济结构的调整,而调整总不会是很自愿的,这时正好有一个外来的力量打破了它。美国 70 年代、80 年代时经济在衰落,日本把美国的大企业买去不少,连洛克菲勒中心也被买去了,这就像在美国人的心脏插了一把刀。

但日本人的钱进来了,他经营企业,他雇你的劳动力,他向你纳税,他造成污染了你还可以罚他,算算账,是日本人在养活美国。经济学家老讲 GNP,那是以国民划界的,现在用得多的是 GDP,是以国界为基准的。从 N 到 D,有着深刻的观念的变化。全球化下,很难分"N",但是很容易分"D"。

当美国人哀叹,美国的经济被日本人占领了的时候,美国的跨国公司正在做别国的顺民,向别的政府讨好,向别的国家纳税,为别的国家创造产值和就业。所以,要看它是否为你创造了价值,是这样就欢迎,不是这样就要调整政策,政府的作用就是创造好条件,吸引更多的外国人到我这个"D"来,对"N"不要特别关注。

中国的国有企业就是这样,今天投,明天投,总不肯自己砍自己,外来力量反而会更快地实现这个周期,所以中国应该更快地推动改革和发展,早一点更有效地利用国际环境。——当然,这是李扬的话,他的话把我们带出了陷阱的全球,带到了阳光的全球——在经济的时代,多听听经济学家发言,或许会有好处。

另据悉,今年 1 月,一份探讨日本 21 世纪国际定位和发展方向的报告《日本二十一世纪新目标》提出,由于全球化时代不再有现成的模式,日本必须作出新的改变,即一种可以与明治维新、"二战"后美军占领下的民主改革相比的改革,否则,日本不可能走出目前的困境。报告最勇敢和核心的部分,也是最引起注意和争议的政策建议是,日本应该规定英语为第二官方语言,实质性地改进日本人的英语水平,否则日本人不可能很好地掌握数字技术和网络科技;日本要改变单一民族结构和不断老化的人口结构,像其他先进国家那样鼓励优秀人才在日本定居与创业,让那些留下来的国际学生成为日本的永久居民。

请注意日本的危机感和行动性。

(载 2000 年第 9 期《中国新闻周刊》)

中国文人被冷落了？

中国名作家韩少功先生前不久抱怨说："小说家们曾虔诚捍卫和竭力唤醒的人民似乎一夜间变成了庸众，他们无情地抛弃了小说家，转过背去朝搔首弄姿的三四流歌星热烈鼓掌。"

在商品大潮的冲击下，许多人禁不住诱惑，像葵花向太阳那样转向了经济，一部分作家辍笔下海，一部分读者弃读务商。小说家肖复兴说，这二者迅速的离去，给文学界带来了空前的萧条与寂寞。

中国文人被冷落了吗？

产前的阵痛

不断传来消息说，严肃文学少人问津，诗人出书要倒付钱，理论家出书需负责自销，纯文学刊物四处求"施舍"。据知，文学界公认的纯文学上品《巴金全集》分卷订数始终徘徊在一千多册。纯文学刊物中的"四大名旦"——《收藏》《当代》《十月》《花城》也由当初号称百万的发行高峰直线下降到如今的十几万乃至几万册。文学家王蒙早就说过：中国文学的轰动效应已经失去。

这使许多习惯视文章为"天地立心"，用以载道之千秋胜业的文人感到惶惑。在有人撰文发问"文人还会被尊敬吗？"的时候，处于社会转型期的文人们都在进行思考。名作家张贤亮得出的答案是："中国的新文化和新文化人，都将经过产前的阵痛，落到它应有的社会地位上。"

学者张新颖说，中国文化人的社会位置已发生了重大转变，即从社会结构的中心移向边缘，其功能也相应地从人类立法者、思想提供者的位置降为从属者，似乎社会现实是正文，文化人是注脚。

那么，文学家应为自己生在当代而遗憾吗？当记者问及文学家邓友梅先生时，他摇摇头，并称他对今日文坛现状以及文学的前途抱乐观态度。

抱乐观态度

这位资深文学家亲历了1978年至80年代中期中国中短篇小说的辉煌，目睹了伤痕文学、知青文学、寻根文学以及新潮小说轰动效应的潮起潮落。他告诉记者，那时文学的轰动效应与当时社会政治生活的贫瘠有关，刚刚走出禁锢的中国人别无选择地找到了小说作为他们政治满足的手段。而当今中国民主生活大大繁荣，宣泄的渠道不断增多，娱乐市场扩大，小说市场因此必然缩小。

在中国作协书记处书记邓友梅看来，文学失去轰动效应是正常的，文学只与一部分人发生关系是正常的。80年代全国为一本小说哀与乐是不正常的，一个作家不再被社会统一视为宠儿，一部作品不再被社会统一视为经典是正常的。他认为，使一些人失落的文学地位的变化正是中国文学地位的回归。

中国社会科学院文学研究所编审陈骏涛先生说，中国人意识形态多极发展的文化表现即文学的多元化。静下心来审视文学时，陈骏涛发现，中国文坛正在一种无主流、无中心的状态下向多样化、多元化的方向发展。

纯文学不死。俗文学成为一种堂堂正正的文学存在。纯文学中有革命现实主义、新写实主义、魔幻现实主义等诸种主义，又有意象派、结构派等多样先锋派别，每一个主义与派别都形成一极、一元、一个中心。陈先生认为，这是一种较为正常、符合文学发展自身规律、有利于文学进一步向前发展的状态。

卸去了重负

邓友梅也把不同作家、不同风格、不同艺术特点各领风骚称为当今中国文坛的最突出特点。而分析家说，这种多元的相对自由状态正是文学卸去了政治的重负，较少地以先行者、思想家、灵魂工程师的面目参与社会时才形成的。那么，由此角度回望文学轰动效应的失去，回望文学近来的萧条与寂寞，中国的文化人还会感到失落吗？

小说家梁晓声似乎想明白了这个问题。他说，尽管印刷机每日里将成百吨的纸印上商业的标记，造成"快餐"和"零食"一样的文化，但好书仍在出着，好刊物仍在办着，好作品时有问世，生机还是有的，希望还是有的。他说，文学在商业大潮的冲击下，原本的位置就应该是夹缝式的……

据知，梁晓声业已确立后半生奋斗的目标：拥有一个属于自己的小饭馆，三十平方米左右，装修得温馨典雅，以为生计，保障他写自己认为是小说的小说。

（载 1993 年 10 月 16 日《作家报》；
1994 年 1 月 5 日《法制日报》）

一九九六，中国文学年？

中国 20 世纪 80 年代的文学，是个振臂一呼应者云集的英雄，承载着政治表达和观念突破的重任，集纳着发育未全的各种集体的功能。那时候谁会想到中国文人会在 90 年代初被冷落。

90 年代初，中国人满脑袋经济、建设，商业大潮铺天盖地，文学向边缘滑落，失态的脚步在商海的沙滩上瞬间消失，被人们忽略不计。那时候，谁会想到 90 年代中期，文学又充满自信地回到中国的社会生活。

甚至，已有人断言，1996 年，是中国的文学年了。

看来岁月往复，真是此一时，彼一时。中国文学受到市场冲击方寸大乱的阶段已经过去，纯文学不再哀其将亡，名作家冯骥才先生因此乐观地为 1995 年的中国文学打分，团体总分 85。

另有因《苍天在上》红遍大陆的作家陆天明先生，也在以笔为旗、反腐倡廉的同时，高兴地透露着文学春天的消息。他说，近二十年来，中国文学有了长足的发展，现在已出现真文学的态势和繁荣的前兆。

文学的归位和作家的返回

评论家王干曾以危言警世，20 世纪 90 年代，小说被谋杀，杀手是大众传媒和伪精英文化，是社会多种合力的结果。小说之死表明作为代言人的作家已经找不到说话的地方。

小说的功能在中国政治空间极为狭窄和娱乐方式极为贫乏的岁月的确漫无边际地膨胀过，替政治家呐喊，替百姓歌哭，文学承受了不能承受之重。

然而生活一下子绚烂起来，万千的变化瞬间完成，文学家们一觉醒来，发现自己从人类先导、社会良知的位置上被旁移到边缘，于是文坛好一阵都被纷乱杂沓的脚印布满了。

好在这个时间并不长。厮守着文学冥想出路的作家用三五年想出了结果，抛弃了文学下海找路的作家用三五年也得出了结论。没有负荷的写作是一种更真实的写作。面对为文学而生长的心灵，写作也许是一种最好的生活。

据知，80年代以《冈底斯的诱惑》等作品驰名文坛的先锋大将马原曾扎进商海，现在终于忍耐不住文学女神的诱惑，重新握起他的派克笔，重返"冈底斯"，任教上海师大并进行创作。

海南省作协主席韩少功也透露，海南一批作家已经经过市场经济的洗礼，现在大都给自己重新定了位。青年作家崽崽说，经商办企业，虽然个人的生活宽裕些，但也不过是在商海里增加个三四流小商人，海南却少了一个有个性的作家。

回到文坛，此时文学正在旁移过程中自在地生长着。以《透明的红萝卜》《红高粱》《丰乳肥臀》不断冲击读者心灵与视听的作家莫言声称，他的写作状态越来越随性由情，可以直抒胸臆笔无遮拦。

随性由情地写作是文学轻松的产物，它的轰动效应小了，但离真的文学近了。也许轰动的沉重的文学并不比略显寂寞的真文学更能吸引作家，不然，现在文坛上一批作家良好的写作状态和一批重磅作品的产生就很难解释。

莫言在写他的十万元文学大奖作品《丰乳肥臀》时，上一句话刚写完，下一句话就从笔尖蹦出来。因写历史小说名震文坛的二月河近年每年写四十万字，历史之河在文学家的心中奔涌，每日读书四小时的二月河，现在已进入长期储蓄、利息日丰的阶段。

在文学归位、文学家归来的同时，文坛还经受了一次人文精神的洗礼。历时三年，诸多理论家、文学家介入的人文精神大讨论，以及衍生出的终极关怀和现世关怀的争论，也使作家在分歧中成熟起来。

收拾好自己的精神行囊，作家们沿着不同的道路出发，他们以不同的方式和言语勾勒出一个色彩斑斓的世界。他们写历史小说，写千年社会的历史，百年家庭的历史，几十年前个人的历史；他们写现实小说，写社会的现实，写心灵的现实……

遗世独立的张承志、痛苦思想的张炜、智慧老辣的王蒙、嬉笑怒骂的王朔，还有平心静气的史铁生、汹涌跌宕的莫言、精致的王安忆、纯熟的苏童、全新的朱文都已成为中国文坛不可或缺的美丽风景。

与此同时，文体的变迁也在迅速演进。70年代末80年代初的短篇小说，80年代中后期的中篇小说，90年代的长篇小说依次出演，中国文学体裁的三级跳已经完成。虽然短篇小说也可以写出历史、时代和人生，但长篇小说毕竟是人类精神的大厦，这种载体所附着的无限可能性对于作家来说永远是一次挑战。

据不完全统计，近二三年中国年产四百余部长篇小说，剔除为数不少的商业操作的粗糙浮躁之作，仍有为数不少的长篇小说凝聚着深刻的思想、深重的情感，标示着一代作家心灵的高度。

比如张炜的《家族》、莫言的《丰乳肥臀》、张宇的《疼痛与抚摸》、王安忆的《长恨歌》、陆文夫的《人之窝》、余华的《许三观卖血记》、二月河的《雍正皇帝》……

文学过去时和文学现在时

供职中国人民大学清史研究所的凌力女士被历史所吸引，每天带着馒头、香肠到北京图书馆查阅史书，最后收获了饱含十二年心血的《星星草》。以后，清代历史以及那个时代峰巅的人物便如一条长河追随着凌力的笔，《少年天子》《倾国倾城》，鸿篇巨制，一发难收。

仅有高中文化、经历坎坷、默默无闻的地方宣传干部凌解放被历史所吸引，脚泡在凉水里避暑，胳膊上缠湿毛巾驱虫，经冬历夏，青灯炼狱。终于，《康熙大帝》第一卷使大器晚成的凌解放变成了奔腾不息的二月河。而后，二月河以每年四十万字的创作速度，完成了《康熙大帝》后三卷、《雍正皇帝》三部、《乾隆皇帝》计划五部中的前三部。

据透露，《雍正皇帝》在最近一次的茅盾文学奖初评的无记名投票中，以历史小说第一名入围二十部候选作品。评论家丁临一认为，《雍正皇帝》是自《红楼梦》以来，最具思想与艺术光彩，最具可读性，同时也最为耐读的中国长篇历史小说。

正如名作家蒋子龙先生所说，中国五千年文明是一片汪洋大海，一瓢一勺都是文化。历史话题说不尽，历史人物写不完，同时，历史与读者的距离又正是作家创造和想象力的空间，而古今人心不相远，论古即道今，发古人之幽情，浇今人心中之块垒，不是来得更方便吗？

所以，历史小说蔚为一时风气。上述求证历史、探寻历史、还原历史的小说为一类，家庭小说为历史小说的另一类，它的一个极强特征是以个人家庭变迁为内容，写出家庭在社会动荡中的荣辱盛衰，比如王安忆的《纪实与虚构》、张抗抗的《赤彤丹朱》。另一种家庭小说以描述对象的家庭历史为内容，力求由宗法文化、村社文明的角度揭示历史演进的深层奥秘，代表作有陈忠实的《白鹿原》、李锐的《旧址》、张宇的《疼痛与抚摸》等。

作家的"怀旧情绪"还集中体现在一些正在转型的原先锋作家身上。苏童的《妻妾成群》《红粉》《我的帝王生涯》《紫檀木球》，余华的《活着》《一个地主的死》，叶兆言的《半边营》《花煞》《花影》……一下子都回到了民国初年乃至更为久远的岁月。

尽管这其中不少都成为电影的母本，但却有评论家闻到了话本小说的腐烂气息。评论家王干说，这种从美丽而腐朽的历史中寻找慰藉的方式，是先锋派们从80年代那种紧张、焦灼的实验状态中自我调整的一种方式，他们把80年代文体实验的激进，转化为对历史伤感和悲凉的咀嚼。

当先锋小说家从呐喊走向彷徨的时候，现实小说家们正经历着生活给予的高回报和强刺激。张平的长篇小说《天网》如一把利剑直刺社会的黑暗角落，发行数十万册以后又被改编成数种艺术形式，并获得多种奖励，以此拍成的电影获华表奖。陆天明的长篇小说《苍天在上》多次再版，以此改编摄制的电视连续剧《苍天在上》收视率达到百分之五十。

只是在收获掌声和鲜花的同时，现实小说家们也收到了恫吓，搅进了官司，受到了限制。去年，张平写作原型的山西汾西县人大、公检法部分人联合上告张平侵犯公民名誉权。陆天明的《苍天在上》剧本则差点死于襁褓。这本反腐倡廉的小说中腐败分子田副省长的姓氏据说经过了陆天明的慎重考虑，查遍中国省级干部姓名以后，陆天明才敢冠之以无人姓过的田。然而即使如此，他还是曾被要求把田副省长降级成为田副厅长或田副局长。

去年在接受笔者访问时信誓旦旦要写现实生活、写工业人生的名作家蒋子龙也目睹、亲历了写现实的艰难。今年在一次会议上见到他，这位文如其人、阳刚雄厚的作家也半开玩笑半认真地表示要回转头去写历史了。据说，蒋子龙写一部直面现实的小说，尚未完成就有人请吃饭，奉劝小说就此打住，否则出些"交通事故"，大家脸面都无光。

但尽管面临许多险恶，还是有一些作家不愿放弃鲜活的生活，不愿在百姓的希望面前转过头去。而更多的作家转而走进人的心灵，走进平凡世界的生存空间，他们写了一代人的精神状态和生存状态，他们以新的状态出现在小说里，他们的小说被称为新状态小说。

新状态小说家们很少急切地呼应意识形态强势话语，也不直接模仿流行文化，他们多半不是正面碰撞现实的坚硬结构，而是潜入飞扬的人生底层，率先捕捉精英知识分子不屑解释的市民社会新的价值生长点，特别是破译物质主义时代蓬勃发展的各种欲望形式。比如朱文的《我爱美元》、刁斗的《捕蝉》、韩东的《三人行》、鲁羊的《九三年的后半夜》。

文学的倾诉对象

在民众有了政治表达渠道和各种消遣方式以后,还要不要文学?回答应该是肯定的。人是心灵的动物,需要文学的倾诉与抒发。

近几年处于低谷状态的文学期刊出现的某种反弹便是证明。尽管纸价上涨、刊价上调百分之五十以上,但文学期刊的订数并没有如预料下降,多数刊物还略有增加。《大家》杂志定价14.9元,《钟山》杂志定价11.8元,《十月》《花城》《当代》定价也都在10元以上,但需要文学的读者并没有因为价格上调而放弃文学。出版文集成风虽是有待商榷的现象,但文集渐成时髦也是作家写作与读者阅读的一个丰收证明。据不完全统计,自1992年华艺出版社率先推出四卷本的《王朔文集》以来,已有刘白羽、汪曾祺、王蒙、刘心武、贾平凹、苏童、叶兆言、池莉、莫言、刘恒等十几位作家的文集先后出版,即将问世的还有叶辛、方方、王安忆、格非、刘震云、张承志等作家的文集。从已出的文集看,作品因作家创作情况不同,五至十卷不等,但大致上悉数收入文集作者的所有作品,装帧设计等也很讲究,印数大都在万套以上,经济效益颇为可观。

作家、出版家名利双收,其基础即在于文学有了大致固定的一群读者,他们的人数随着社会生活水平的提高和人们素质的提高而有所增加。这些人经过了文学的消肿期和文学的天花期,现在,他们是文学的朋友,是文学的倾诉对象。

文学的时来运转引起了敏感的商家的注意,更有不法分子在其中兴风作浪、非法营利,名重一时的《雍正皇帝》盗版书满天飞,仅南京一处就有盗版书七八种。令人啼笑皆非的是,当茅盾文学奖的初评评委们将《雍正皇帝》从一百三十多部长篇小说中推选出来时,才发现出版社稀里糊涂忙中出错地给评委们送上的居然也是盗版书。

有市场才有盗版，被盗的作家们说起盗版书来情感很复杂，愤怒自己的作品被粗糙印制，痛惜自己的版税被别人侵吞，窃喜自己的文字被商家看重，被读者喜欢……盗版的风行是一个国家法制水平不高的结果，也是文学市场的一个证明。文学读者的留守和倾听甚至引发了作家对读者更高的希望。一段时间里，文学圈儿内在讲述着一个"读者神话"，即读者不单纯接受文学，还进而参与创作文学。一些作家不再以请君入瓮的指令性方式将读者强行纳入自己的叙述通道，他们不约而同地放弃了原来的精英立场，以非启蒙的面貌进行小说的叙事。但作家们失望了，"读者神话"在中国破产，作家把"叙事权""生产权"无条件拱手让出以后，并没有造就与作家比肩而立的"读者"。

其实转念一想，人们就会觉得，在文学尚未真正成熟的时候，就对读者作出过高的要求是件愚蠢的事情。不如寄予评论家以更多的期待，在异彩纷呈的文学草原上，文艺理论的金戈铁马也该跑起来。

文学的美丽树林

冯骥才先生为 1995 年文坛打分 85，除文学不再失态以外，还特别提及文艺领导正在走向内行，批评风气渐浓，但没人出来下结论、当法官、打棍子。

这让人想起自去年起在中宣部副部长任上兼职中国作协党组书记的翟泰丰，他在许多场合都一再讲到，要和作家交朋友，不搞大批判。

翟泰丰曾直陈心迹，他说："朋友式的平等关系有助于我真正地了解作家的处境以及他们的创作倾向，同时也才能让作家们信任我，以至于为了某个观点和我争吵。只有这样，文学工作的领导者才能为作家创造宽松、自由的环境，让创作与学术讨论在自由的空间里进行，只有这样，才能与作家有更多的共同语言，从而能够比较便利地引导作家的创作倾向，才能更好地坚持'二为'方向，在集体主义、爱国主义和社会主义的大方向下，倡导主旋律与多样化的统一。"

翟泰丰还津津乐道一套美丽树林的理论。他在接受某报采访时打了一个比喻："作家如同美丽的小鸟，关在笼中，会扼杀他们的创作灵感，放他们飞了，又担心他们飞而忘返。"

那么该怎么办呢？新任作协总管翟泰丰思来想去，"能不能营造一片美丽的树林，让这里鸟语花香，让鸟儿既能自由飞翔，又能安然栖息"。

转眼之间，翟泰丰到作协已一年有余。现在在防震棚里驻扎了二十年的中国作协乔迁在即，中国作家活动中心大楼年内将建成。此时，翟泰丰仍在描画着美丽树林的风景："能吃、能住、能看写作所需的各种资料，能喝茶、喝咖啡、谈心、切磋交流思想……"

与此同时，湖南、广东、上海、山东、山西、内蒙古六个全国文学创作中心成立，湖南拨专款在韶山建立毛泽东文学院，江泽民总书记为文学院题写了院名。翟泰丰说，全国各地的作家都有希望在新建的、美丽的树林里搭建自己的"窝"，创作情绪会变得愉快。

现在，六个创作中心已筹集建设资金近亿元，文学创作基金八百多万元。据称，这是中国历史上给文学拨资最多的一年。

年复一年。哪一圈年轮上应该留一个文学的印迹呢？一年前，停开了六七年的中国作协主席团会议在上海召开了。今年，继1984年中国作协第四次代表大会以后一直延迟未开的第五次代表大会也将在北京召开，不知它是否能为1996年的中国增添一些文学的意味呢？

其实，有文学的作品之花高矮各异、色彩不同地开遍原野，作家在自由地写作，读者在自由地选择，这一年一年是否以文学为标志又何足轻重！

重要的是，文学能够更快脱离弥漫于世的浮躁之气，该洋洋洒洒时且洋洋洒洒，该惨淡经营时就惨淡经营，从容不迫，积蓄心智与情感：不惜十年磨一剑。长篇小说克服了文学婴儿的早产症，文学的大家才能诞生，经世之作才能诞生，文学的好时光才能到来。

（载1996年第3—4期《视点》）

文学的花絮飘落下来

初春时节,中国文学世纪老人巴金亲自主持了在上海召开的中国作协第四届主席团第九次会议。许多人在电视和报纸上欣喜地看到这条消息,近年来显得寂寞的文学一下子又引起人们的瞩目,蒋子龙因此说它使中国社会多了一点文学性。

巴金:我为你们摇旗呐喊

因为胸椎骨折住院数月的巴金向医生请了两个小时的假,作为中国作协主席,巴金执意要参加3月24日在上海开幕的作协主席团会。

"年过九十,又疾病缠身,我做不了多少事情了,只能无力地为你们摇旗呐喊。"巴金在会议上发表了七百多字的讲话。由于讲话不便,巴金委托作协副主席王蒙代读讲话稿。王蒙代读时,巴金双手捧着讲话稿。那一天,巴金的血压升到了一百八十。

他坐在轮椅里,他的女儿坐在他身边。巴金很孱弱,又很强大,他是中国文学的一面旗帜。所以,作协主席团特意把会议地点设在上海。

上海的春天乍暖还寒,两天之内温差大至十几摄氏度。巴金穿一件绛红色夹克衫,头发纯白如雪。据称,巴金对会议主题确定为"团结、鼓劲、活跃、繁荣"深为满意。面对与会者期待的目光,巴金有许多话要说:"要爱惜这支作家队伍,要多帮助他们,多给他们阳光雨露,让他们充分发挥聪明才智,展示各自的风采。"

王蒙的声音有些颤抖。读毕，他对记者说，这是一个世纪老人对自己文学同行和后辈的希望。

蒋子龙：会议开得有人情味儿

王蒙代读巴金讲话稿以后，又发表了一个自己的讲话。第二天，他又主持会议，显得十分活跃。但因为王蒙没有住在召开会议的虹桥迎宾馆，所以在追踪他的记者眼中，王蒙行色匆匆。

他的夫人也在迎宾馆里露了一面，像一些与会者一样，王蒙与夫人同赴上海。另有写"李双双"闻名全中国的中国现代文学馆馆长李準，"将军作家"徐怀中也偕夫人前往，还有杨沫的老伴、叶君健的儿子。看着他们相扶缓行，人影随形，蒋子龙觉得很舒服，他说，这个会因此很有人情味儿。

据称，会前中国作协工作人员问及蒋子龙是否带老伴与会，蒋子龙笑答，此伴不老，尚在中年。虽夫人未同来与会，但蒋子龙心里很有些暖意。

想必暖意不只来源于此，新朋旧友聚首上海，以文会友，谈笑风生，无论如何也是一件让人觉得温暖的事情。中宣部副部长、中国作协党组书记翟泰丰说，这个会开得轻松活泼而又富于成效，自始至终洋溢着团结、融洽、活跃、祥和的气氛。在这种气氛之下，与会者听到翟泰丰几次谈到要营造一种如坐春风的创作氛围，在文学界倡导文人相亲的良好风气，这是不是也给会议增添了一些暖意呢？

众作家：名亭凭窗论茶事

完成会议种种任务后，与会者凭吊了鲁迅墓，缓行过上海滩，聆听了浦东发展之大计。另外，作家叶君健、陆文夫、邓友梅、张贤亮、蒋子龙还为自己安排了一个特别节目：豫园品茶。

开设于咸丰五年的茶楼湖心亭倡导国饮，美食家陆文夫一行文人雅客酷爱茶文化。小粽子、豆腐干、鹌鹑蛋，雅具名茶，无限茶趣。作家们谈吃论茶，说些老友闲事，轻松愉快。天色将晚时，作家们道别茶楼。行前，烟壶爱好者邓友梅又拨冗探访烟壶。据说，上海滩怕也只有这老城隍庙才能见到这种物件了。

中国现代文学馆：铁肩担道义

会议的最后一天，会场上摆着一具模型，那是未来的中国现代文学馆，几栋分体建筑中间是文学馆主楼，与其他建筑相连的是一条透明通道，架在主楼两边，犹如一个人的两个肩膀。中国现代文学馆副馆长舒乙解释说，这个设计暗合了李大钊的一句诗文：铁肩担道义，妙手著文章。

下午，舒乙向病房里的巴金解释文学馆新馆的设计时，巴金不住地点头。十年前，巴金为狭小的中国现代文学馆旧馆开馆剪了彩；三年前，巴金又致函江泽民，建议建设中国现代文学馆新馆。江泽民立即批示，国家财政拨款九千六百万元。按照计划，未来的中国现代文学馆将是世界上最大的文学馆。

巴金希望能把他最后的精力贡献给现代文学馆的建设和发展。"盼望在有生之年，能亲眼看到中国现代文学馆新楼的建成。"病房里的巴金在现代文学馆模型前坐了很久。

这是巴金梦魂萦绕的事情。在《随想录》里，巴金写道，他曾几次做梦站在文学馆门前，看到人们有说有笑地进进出出，醒过来时还把梦境当成现实，一个人在床上微笑。

现在，医院里的巴金年逾九旬，虽然脑子很清楚，但说话困难，脸上也很难有笑容了。但可以相信，中国现代文学馆落成的那一日，巴金老人是会露出笑容的。

（载 1995 年 4 月 14 日《北京青年报》）

中国作协年轻了

——中国作协书记处四位新人印象记

中国作协开始年轻了!

中国作协日前新增补了四位书记处书记:高洪波,四十三岁;陈建功,四十五岁;金坚范,五十二岁;吉狄马加,三十四岁。

至此,中国作协书记处领导层形成了一个从三十几岁至六十几岁较为合理的年龄梯次结构。在中宣部副部长、新任作协党组书记翟泰丰的率领下,这四位新人也给中国作协书记处带来一股清新的风。

高洪波:喜欢有幽默感

高大健壮的高洪波很长时间都在为孩子们写作。十年军营生活没有改变他的温和与爱心,有了女儿以后,他更有了一种父爱的内驱力,所以,《大象法官》《吃石头的鳄鱼》《种葡萄的狐狸》等八部儿童诗集出版了。即使后来写评论,高洪波也爱用《鹅背驮着的童话》来作标题,甚至他的散文集《波斯猫》《悄悄话》也像是在跟孩子们说话。

"尽管已有十五六本诗集、评论集、散文集,但我仍不是一个纯粹的文化人。"高洪波这样评价自己,是因为他十年军营、十年记者的经历。1978年到《文艺报》工作时,是冯牧、唐达成这些文学前辈手把手地教会了他写文章。

而后,高洪波就在他们关注的目光下成长,继任中国作协办公厅副主任后,高洪波又任《中国作家》副主编。由于该刊曲高"和众"

的办刊原则，它已成为选刊选载率最高的杂志之一。

转眼二十几年过去，高洪波已从一个年轻的儿童诗人变成一个成熟的散文作家。作为中国作协新任书记处书记的他一如从前，喜欢说话直来直去，喜欢有幽默感的人。

他说，一个有幽默感的人，必不是一个狭隘的、专断的人。作为领导者，幽默感使你豁达、平易、亲切；作为被领导者，幽默感使你机敏、干练，很轻松地领会上级意图并贯彻执行，因此幽默感实在不可或缺。

陈建功："别人和你不一样，是你的幸运"

虽没有特别强调幽默在生活里的重要性，但生活里的陈建功其实也很有一点幽默和智慧。

在记者问及他对中国文学界的评价时，陈建功这样回答：一个老人年轻时也曾活跃过，现在守着自己的道德观，不能说他就"右"。一些年轻人比较新锐，爱探索，也就是爱探索而已，谈不上是过左。

十年煤矿工人，四年大学生，交过三教九流，写过大小文章，陈建功对许多问题的理解都变得比较宽泛。"自己在选择，也允许并尊重别人的选择"，"别人和你不一样，是你的幸运"，陈建功说，这不光是一种科学认识社会的方法，更是一种非常美好的生活态度。

基于这种生活态度，陈建功主张，文学的各种形式都有存在的理由和必要。他认为，社会主义精神文明建设是一个大的范畴，文学的使命是综合性的。正面描写改革是一个方面，有时在这样的背景下，写一些心灵的变迁，家庭的浮沉，折射出时代，有助于民族品格形成的作品，也是很有必要的。

也许正是因为有了这样一个宽泛、美好的生活态度，陈建功有许多朋友。因为他熟悉北京地面上的各色人等，所以求他办事的人就特别多。给经济困难的作家发起募捐，为一位作家的亲戚跑公安局……

陈建功写小说以外的生活被安排得满满当当，也许正因为如此，陈建功才说话快吃饭快，走路也快吧。

金坚范："误入文坛，坠入文网"

像当了书记的高洪波、陈建功将各兼任作协创联部、创研部主任一样，担任外联部主任多年的金坚范在进入书记处以后仍然负责外联部的工作。

金坚范是学英语出身，曾供职外专局、对外友协、外交部，曾经承担过外交、军事、文化、新闻、科技等领域近千次翻译任务。1981年调入中国作协，"误入文坛"一晃十四年。其间，他与人合译过《卡夫卡日记》等作品，并发表散文数十篇。他写作是有感而发，而非专业创作。

更多的精力还是放在外联部的工作上，金坚范介绍说，去年，中国作协接待了来自十三个国家的十六个团体，派团访问了九个国家和地区。

据知，中国作协在去年派团访台以后，现又在酝酿成立一个台港澳暨海外华文文学交流委员会。金坚范说，在一国之内与台港澳的特殊交流很有必要，进一步扩大和深化与台港澳暨海外华文文学的交流是中国作协工作很重要的一个方面。

不知金坚范在这种交流工作中又会萌生出多少文学的遐想。许多次，文学作为他外联工作的余音和回味出现在报章杂志上，金坚范就这样把外联和文学糅在了一处，所以，身在文坛，又何必言"误"。

吉狄马加：一个幸运的彝族人

三十四岁的彝族人吉狄马加十九岁时成了四川省作协会员，二十四岁时以组诗《自画像及其他》获第二届全国少数民族文学诗歌奖一等奖,三十岁时取得文学创作一级专业职称,是目前中国文学界最年轻的一级作家之一……

在吉狄马加的生活里,鲜花和掌声似乎太多了。看过他的简历以后,很难想象这个作品被选入五十多种选集,多次荣获省级、国家级文学大奖的彝族诗人是个什么样子。

其实,年少而才高的马加很朴素,很随意,也很谦和与持重,他知道自己的幸运,也知道自己的责任。马加主张,作家和诗人要成为民族精神的代言人。

被彝族独特文化传统浸润过,被汉民族文学乳汁哺育过,又经历了文学欧风美雨的洗礼,年轻的诗人一天天在成长,思想也在逐渐成熟。

他主张每个作家都应找到自己的立足点,找到一个与历史民族的契合点之后抒写自己的真实情感。他强调作家应关心国家民族,因为只有这样,他们的作品才能成为大师之作。

马加的普通话字正腔圆,大凉山故乡的根已深埋在他心里。此次离职四川作协副主席赴任北京,马加自有一番想法。他说,作协应为作家创造一个宽松的创作环境,使作家有一种宽松的心境。当然,也要和作家一同去思考,使作家更多取得与人民的联系。

长期从事文学组织工作,马加深知其中的甘苦。不过马加说,能与作家交朋友,和他们为同一目标努力,也很让人高兴。

言及于此,马加又露出他诚恳而持重的微笑,这个微笑和高洪波、陈建功、金坚范热情的、匆忙的、老到的微笑汇在一起,它们使中国作协开始变得年轻了。

(载1995年4月6日《文学报》)

北京文坛叹林希

汪曾祺、唐达成、林斤澜、邓友梅、邵燕祥、李国文、牛汉、谢冕、陈建功、吉狄马加、邱华栋……今天，天津作家林希小说漫谈会把中国作协十楼会议室变成了中国著名作家的展示厅。

北京作家感叹道：诗人和散文家林希怎么转眼成了小说家林希？吃尽苦头，十几岁就被定为"胡风分子"的林希怎么转眼就捧出四五百万字的小说来回馈文学？

林希是一个谜。尽管林希小说已有英、法文本，但对许多国内外读者，林希还是一个新词语。在熟悉林希的唐达成看来，他是一个文学奇才，他怀揣着参透人生的通灵宝玉，他笔下的三教九流如在眼前欢蹦乱跳让人拍案惊奇，在林希的书里，可参人生，可观世态，可品文字，可求学问。

林希今年六十二岁。他的《丑末寅初》《高买》《小的儿》等作品都是以天津近代史为背景，写的是昨天的世界。守着天津文化这一条很长的河和自己家族故事这一口很深的井，林希的小说自然而然流淌出来。

写事儿容易，写味儿难。京味儿小说家邓友梅生在天津，也爱天津，但"有了林希，我就没法儿写天津了"。他认为，以林希为标志，天津小说走向成熟。

作者写得小，让读者想得大，这才是好小说。陈建功甚至认为，这种写作才是中国中短篇小说走向成熟的标志。

林希的小说写的是老事情、老生活，但它是现代小说。在林斤澜看来，小说的新与旧不在于写什么，而在于怎么写，对生活的理解决定着小说的新与旧。

用中国传统的写法同样可以写出具有现代感觉的好小说。牛汉说，林希小说有着中华民族永恒的气质。感叹了许多次，牛汉才悟出，是苦难培育出来林希这么一个人。

1955年，不到二十岁的林希被定为"胡风分子"，后又被错划为右派，送到农场、工厂、农村参加体力劳动。一直到80年代平反，才重返文坛。林希消化掉这苦难，感谢着这苦难，吃透生活，吃透文学，才写出这熟透了的小说。

在林希对于许多人还是个谜的时候，已有影视界人士嗅出林希小说的味道。据知，峨眉电影制片厂据林希小说《红黑阵》改编的电影《生死赌门》发行二百个拷贝，成为当年中国电影发行量最多的一部电影。

近日，北京一家文化艺术公司又投资五百万元拍摄由林希小说《小的儿》改编的电视连续剧《天津往事》。对于该公司总经理韩勃来说，发现林希的小说，就像拥有了一个影视创作的宝库。

好的小说家可遇不可求，蒋子龙说，经历了家族的破落，经历了政治的迫害，恰逢文学正越来越恢复其本来面目，这时候，才有了小说家林希的诞生。他为林希来自天津而自豪。

今天是《小说选刊》的小说茶会。圆桌，清茶。故友新朋，如坐春风。

这第一道茶是天津茶。带着天津的韵律，带着中国的气质，林希的小说味道很浓。

（1995年中国新闻社首发，《深星时报》刊出）

南开二人转

从主楼前到主楼后,或者从南开到南开与天大交界处,随便一处空地,一栋建筑,都可以变成一个圆圈。可以没有海棠树,没有紫藤花,脚下是粗粝的石子,也没有关系。我们两个走路,谈话,大声地笑着,投入地倾诉着,鄙夷地批判着。一圈,又一圈,一晚,又一晚,一年,又一年。

四年。在南开四年,我大部分的心思、精力、热情和时间,都花在这件事上。当然,她也是。不知道从哪一天,这种生活就开始了。我们一个宿舍,一个年纪,一个时间表,一门心思向往着友谊,而她也就自然而然,从天而落,充实了我四年安静的校园生活。

我喜欢安静的校园,有抱着一本书、留着短短头发的女孩子,有追着球、跃动着的男孩子。他们什么都没有,又什么都有。逃开了高考,逃开了家,想做什么,就做什么。或者说,也不知道要做些什么,就胡乱地做了些什么。我,就是毫无计划地,把四年的时间耽搁在了这里,和一个人交往,用自己的全部。

相对于我来说,她更是全身心地投入。我们俩躲在一个角落里,叽叽咕咕,没完没了,还以为我们俩就是整个世界。至于我们俩用四年的时间,用从早到晚的时间说了一些什么,我都已经忘记了,只记得我们总是在说,那么多的话,总是你说出去,就会得到对方的回应,而对方的回应又使你快速生发出新的许多话要说出来。然后又是一个回合。

想来说的也只能是人生、理想、爱情、友谊、家庭、同学、你和我、过去、现在和未来。其实说什么并不重要，重要的是我们在说。就像吃饭，说到底，吃什么并不重要，重要的是我们在吃，吃着就有生命和生活。而我们，说着，就有青春、快乐、抒发和挥洒，心里就觉得充实、痛快、满足。

有时候，我们到南大、天大交界处的小卖部，买冰激凌，用来佐餐我们的精神。有时候，我们出门，走那条天津我们唯一能够辨识的路，乘八路车，能够把我们送到火车站和百货大楼的八路车。在车上，拥挤和燠热都止不住我们谈话的热情。在上街的六七个小时里，我们都一直有话可说。

我其实是一个嘴笨而且寡言的人，她却口齿伶俐，言辞激烈。而在另外一个人在场，或者人多的时候，她就立刻收了口，十分不负责任地把自己冷却僵直在那儿。我却多有顾及，杀将出来，说些不得不说的话。所以，在众人的心目中，我们俩在一起，肯定是我说她听，其实，事情的本质往往与表象恰恰相反。

在她毕业前给我写的留言里，她历数我们四年在一起的好处种种，其中一条就是，还锻炼了表达能力。为此我很有些忿忿，就是因为她的伶牙俐齿，弄得我越发口拙，直到现在，一要在公众场合发言，心就不由得怦怦乱跳。

但即使我说得少，她说得多，我并没有觉到一点的压抑。晚上，我们背着沉沉的书包，到了教室，放下书包，走到楼外，又开始散步，谈话的时候，谁说得多，谁说得少，谁先说，谁后说，是显得多么不重要呀！况且，她说的经常是我正想说的，而我说的又为她要说的做了一个多么合适的铺垫。我们的二人转配合得自然默契，在青春的年纪里，与人沟通是多么轻而易举。

不，这话也不对，我想起来了，我和我的这位朋友就有过很难沟通的时候。第一次是我们班批了几个学生党员，其中一个就是我。这件事情来得有点猝不及防，我还有点懵懵懂懂的，她却受不了了。她在精神上还是物质上都有点像一个素食者，对很多东西都一副不与为伍的样子。她也很勇敢，希望自己是什么样子的，就执着捍卫。我却不行，从小总是被人的夸奖扯拉着，总想为别人的高兴做点什么，所以，总在走别人设计好的路。总之，一个啥都不懂的大孩子，一夜之间，有了组织，有了党派，有了信仰。我自己还有点难以承受，她却把脸拉得老长，大眼睛一翻一翻的，没说什么，却是一心的不满意和不予理解。

我们依旧一起走路，去教室，去食堂，但不说话。就像夫妻闹不愉快，但还一起做饭吃饭过日子。这样好几天，直到后来，我们找到一个契机，把这件事引出的不愉快完完全全地从我们的心里赶了出去。

那是三年级实习的日子，我们有一些同学要到安徽去调查方言，其他的同学都到火车站送行，我们也在其中。送行完毕，大家就纷纷上了公共汽车回学校。我们站在车的尾部，走着走着，我的眼泪就借题发挥噼里啪啦地落了下来，她看到就很决然地把我拉下了车。

在天津喧闹的一个街口，我痛快淋漓地大哭了一场，她也原因不明地陪着我哭了一场。然后，我们回了学校，觉得心里真的好舒畅，干干净净，无一点块垒和阴霾，简直就想大笑，至少大声说话，或者唱歌。二十岁的天空，风一吹，就变得很晴朗，蓝得要命。我们又像从前那样，傻傻的，无目的地转来转去，滔滔不绝地说呀说的。

她把头发理得短短的，我四年一贯地留着清汤挂面式的短头发，我们在校园里走来走去，有时候以为世界都在向我们注视，有时候以为我们就是世界的全部。有时候，在后半夜，一个人睡着了，另一个人还在说着，很久才发现，然后怂怂地睡去。但也有时候，我们的这一段交流被别人的介入打断，事情就又会掀起一阵波澜。

那是大学四年级的时候，我们两个人的感情面临了一次严重的考验。一个女孩，忽然间看中了我，执意要成为我的朋友。那是一个生活得很主观的女孩，也很纯洁。那个女孩经常在我俩一起走路的时候，大声叫着，冲过来，脸朝我一边，和我说话。这样一来，正和我谈得高兴的她，立刻就熄了火，不说话，毫无表情。我立刻觉得有些尴尬，但那个女孩却一点没有发觉，仍然自顾自地说着。

一来二去，几次下来，她就支撑不住了。一个晚上，在一食堂的自习室，她把我叫下来，在一层水管子的旁边，听着叮咚的水声，她说了话。她问我有没有听说过一个成语，叫"管宁割席"的。我说没有。她就给我讲。讲着讲着，我的眼泪就流了出来。现在想起来，其情其景还在眼前。我想我们的感情真的是很深很沉，是用四年一天一天的日子垒起来的。

我哭着听她讲完了成语，没听清楚，却听明白了。成语的意思大致是，一个先生的两个弟子，他们是好朋友，他们跪在同一张席子上读书，其中一个叫管宁的屏息静气，一心只读圣贤书，而另一个却总是心"有"旁骛，四处探望，于是管宁就用刀把席子从中间一割两半。

后来我忘了是怎么回到楼上自习室，又是怎么回到宿舍的。晚上，宿舍里三个天津的同学都回了家，只剩我们两个。但谁也不说话，空气十分凝重。我在床上睡不着觉，就打开台灯，想来想去不知道该写点什么。其实我是想给她写一封信，现在想来我是那么不愿意失去她。幸好当时是在暗夜里，我可以不必顾及任何虚荣心，就把心中想的写了下来。

第二天早晨，我先起了床，背起书包，一个人去教室。走之前，我把写给她的那封信压在了她的杯子下面。这是带有转折意义的一个举动，很难想象，如果没有我的这一封信，她那么倔强，怎么能转过弯来，再和我和好如初。在这一点上，我比她生活得更积极，更具有建设性。我知道，我不愿意失去她这个朋友，而且，我从本心根本没有把什么东西放在比我们之间的交流更为重要的位置上，所以，也很任性的我居然这样去做了。事实证明，我这样做的结果，是挽救了我们四年的友谊。

然后是她的一封回信，然后是带着哭和笑的和解。不过，这一次的确在我们心里留下了些什么，不是阴影，又类似阴影的东西，让我们从那以后变得有一些小心翼翼，怕有什么东西会轻易地破碎了。再不像以前，好像没有什么能够破坏我们，我们可以随便地说笑、打闹、浪费、琢磨甚至踩躏。

四年级，对于我们的友谊来说，显得有点草率和匆忙。写论文，想分配，谈恋爱。生活一下子变得错综复杂起来，我们不能专心地走路、唱歌、聊天、说笑了。本来刚刚进入四年级的时候，我们俩在宿舍一上一下两张床上，曾有过一番高谈阔论，说好我们在大学不谈恋爱，等到了社会上，找个比自己大十岁的男人崇拜着、爱着才有感觉。我们有些鄙视大学里的爱情，男生们给你一种无限缠绵些许悲壮的感觉，好像他们只会把今天与你的谈话变成明天他的小说，而不会带来你想象中的爱情和好生活。

她果然像她所承诺的那样做了，几年之后，她找到了一个大她十岁的男人，现在她和他已经一起生活了十年多，生了一个男孩子，漂亮聪明到极致。我却在高谈阔论之后不久，就和一个同级不同系的男生迅速地"好"上了。现在我也有了自己的家，有了孩子，他有着一个四岁孩子应该有的全部的傻和全部的聪明，他的圆鼓鼓的下巴和鸟一样张开的小嘴，随时随地让我产生无限遐想，生出无限的怜爱。

我大学相伴四年的好朋友，她现在就住在我住的同一条街上，我们有事打打电话，没事就各忙各的。生活里有很多的事情要做，我们已经不是上大学时什么都不要，只要友情的年纪了。

而学校里，主楼前，那两棵海棠树还是那样无限美丽，无限雅致，树干的皮像孩子的脸，没有一点皱褶。楼前，路上，又有许多一双一对同性和异性的朋友，他们又像从前的我们，兴致勃勃地走路和义无反顾地聊天。

他们还年轻。

（收入祝晓风编《南开故事（百年纪念增订版）》，
高等教育出版社 2000 年版）

带心的采访

我当记者十七年了。

十七年前,我从大学的中文系分到中国新闻社,首先不会采访写新闻,其次又有点看不起新闻:把别人的话写下来,或者从每张纸上抄下来的东西怎么就标上了自己的名字?

领导批评了我,因为我第一不爱出去采访,第二采访回来,一扭身,就夹上材料和本去了图书馆。

现在想来,那时的我,可能是个没长脚的记者。而一名好记者,不仅要长脚,而且要睁眼,还要带心。

长脚,这很好理解,就是我们惯常所说的手勤、脚勤,所谓新闻就在脚下。首先你要在场,直面新闻,才能写出新闻。新闻不会自动跑到你的脚下,你的脚必须充满主动性。不能像我最初做记者,一想到要出门,见新面孔,遇新事情,就心里发抖,脚下打晃。

睁眼,也好理解,就是要睁大眼睛,勇于发现,别熟视无睹,别视而不见,其实,很多时候,新闻就在你的眼前。

能不能走向有新闻的地方,能不能睁眼看到新闻,说起来容易,操作其实有点难。脚迈得是否有意义,眼睛睁得是否有质量,都取决于你是否带着你的心。是否带心采访,相当于带电作业,否则想写出火花,写出感觉和灵性不太可能。

我曾经写过一篇记述著名记者张建伟的文章,他关于1992年人代会的报道让人感触颇深。那时的人代会不知是否已经像现在有一千多名中外记者参加，但说记者蜂拥如过江之鲫并不为过。人待在人民大会堂高广的厅堂里，周围都是政要、巨商、专家、明星，一个人过来，一堆记者围上去，而后是无数的稿件，刊登在各报。人待在其中，会有一种自失的感觉，茫然不知所为，有点像无生命的机器。

机器就只能停留在脚的层面，只是我在场。但你是否睁大了眼睛？你看见了什么？它们是什么？为什么？意味着什么？有时候，新闻就发生在我们身边，就看你能不能看见它、发现它。

那一天，是人代会第一个休息日，许多忙碌了几天的记者翻翻大会的日程，最后决定跟着代表们的安排休息休息。这时，张建伟出现在代表的驻地，他敲了一个门，又一个门，发现代表们都不在，问一问，代表们没有去购物，没有去游玩，没有聚在一起聊天，他们不约而同都跑到了中央和国家机关的部委结识官员，沟通信息，争取资金，游说项目。带着心的张建伟把情况一凑，计上心来。

他文章的题目是《两会：高层公关行动》。在中国经济发展掀起又一个新的浪潮的时候，各地诸侯争先恐后，错过机会就对不起他面临的机会和他必须面对的老百姓。而历史又是这样地不同了，从前，不说、不争、不抢，讲究埋头苦干，现在，不仅要做，而且要说，要宣传自己，要争取自己应有或者最大的机会和权益，那么就要让别人尤其是主管部门知道、了解自己，你要做什么，他们能帮助你做什么。

历史的重大变化就在代表驻地静悄悄的走廊间书写着。张建伟从这里走过，他发现、体会、谛听、感动，而后表达。新闻淡日，淡又不淡，代表们会外的共同选择——公关，其实是发生在人代会上大而有趣、大有深意的新闻事实。只善于记录的记者觉得今日无新闻，善于发现的记者却正在伏案疾书。他为平淡之中蕴含的重大新闻而感动。

《两会：高层公关行动》给我的冲击是始料不及的。我做政治记者多年，经常参加全国人大及其常委会的报道，也曾自诩是用心来采访的记者，但总是用习惯、臆想和繁忙轻易地覆盖了发现。另外，跑一个方面时间长了，那种熟悉也很害人。我们的老朋友、老上级，他们就是新闻的携带者,而我们只顾了和他们寒暄、笑闹,忘了我们彼此的身份。而一个没有习惯和熟悉这一切的记者,他的眼睛和心保持着最初的敏感。如果他再带着一堆资料和题目,他就很有力量,很可怕。

张建伟很有力量也很可怕地向我们走来。他站在人代会的舞台上,肚子里装着行业的、社会的、国家的、世界上的很多货色,大睁着眼睛,开启着心智,在人代会上舀一瓢水,浇到已经有的那块地里,立刻开出动人的花朵。

他大概在那次人代会上写出了六七篇很有见地的新闻,《广东情结:两会"磁力效应"》《拿来?拿来……拿来!》《尺子?尺子……尺子!》《追踪第一生产力》……它们赫然登在报纸一版,沉甸甸像是一枚枚炮弹。这"炮弹"给予我们的启示是,你心中有的越多,你的发现越多。人代会和其他一切会议是你的新闻对象,更是一个新闻的出发点,它给你一个由头,给你一个发挥的当下契机,一条起跑线,至于你能跑多远,就看你的爆发力、耐力了。

记者投入两会,更投入广大的中国社会政治生活,写两会,更写这种生活。两会是这种生活的一部分,是记者摹写生活的一个切入点,只有心中蕴积着更大量的社会生活,才敢于以两会为起点而非终点,从而写出一段更宏观、更纯净的中国历史。

也是在这一年的人代会期间,我不上会,躲在办公室里作壁上观。正在读张建伟报道人代会的稿子,领导扔过来《中国大西北影展》的一张请柬。不想去,又觉得不合适,人代会期间的一个影展实在不是什么新闻。

但是,当在民族文化宫大厅里看到西北五省区的党政领导站在阶梯上的整体形象时,我却受到了极大的震动。由于种种原因,西北没有站在中国发展的前列,东西部在倾斜,孔雀东南飞,地区差距在不断拉大……但西北人自有西北人的性格,西北也有它的优势,更有求发展、要振兴的愿望和行动。当西北五省区的领导站在北京致影展开幕词时,西北五省区由四十多个少数民族组成的七千万人民也登上中国政治经济的大舞台作出他们时代的宣言。

于是当天,我仿照张建伟的思路,写了一篇《中国西北五省区领导人集体亮相宣传西北》的新闻稿,七百字的消息里,写了西北人想让中国和世界了解西北进而合作的愿望,写了五省区领导干部如何筹划这次大型公关活动,写了两会记者如何追踪到影展了解西北五省区已经具有的优势和将要推出的举措,也写了影展——它只是一系列新闻事实的客串,一个引发点。

这篇稿子被海外将近十家报纸采用,其中有报纸以头条位置刊出。

这时候,我感到了一点当记者的幸福。这是一次微不足道的采访,但我走进了中国社会,走进了西北人的心,走进了新闻,找到了事件背后的新闻所在,用我的发现给了它生命,它不再支离破碎,虽然小,但有形也有神。

我曾多次身历中国重大历史事件,但往往写出了事件,写不出历史,这也许是因为还没有足够的实力走进新闻之后再"走出"新闻。自己思想的高度还不够高,以致影响了对重要历史事件的重要性的阐述和挖掘,让人觉得有点对不起新闻。

但有许多记者是带着对社会生活中的重大问题,带着对这些问题的思考,带着关于这些问题的资料与会的,他们在会议的新视角下重新审视这些问题,这些问题在两会的大场合下重新焕发光彩,它们和两会相互映衬共同升华,这便是"功夫在诗外"。

我采访全国人大常委会前后大约八年,每次会议写几十篇稿子,有时一个上午就要发七八篇新闻稿,写得都不知道自己在写什么,真是离山太近不识山。而这八年,正是中国民主不断推进,法制建设不断健全,政治生活日臻正常化的八年,这些进步与变化都落脚在全国人大常委会的议事厅里,只因为被会议的日程锁得太紧,走不出新闻,所以写不出新闻的历史感和全貌。

忽有一日——也是1992年,我在人民大会堂全国人大常委会议事厅里独坐,四周悄无人迹,只有四百张红椅子静静陪着我,没有最高权力机关审议决策时的郑重,没有大规模高层会议的喧嚣,安静的空气过滤去暂时的浮乱,沉淀的历史和真实的现实携手走出来,到我的面前。

我一下子抓住了它,这篇《中国最高国家权力机关的红椅子》在全国人大好新闻评选中获得了一等奖。它从委员长席、委员席、列席的红椅子,写到旁听席、工作人员席、记者席的红椅子,写了中国最高国家权力机关对政府工作监督的正常化、旁听制度的健全、新闻报道的开放等等,它是一个长期积蓄后的发挥,是"走出"新闻后的一次回首。

有同行说,新闻里应该有思想的金戈铁马的奔突。其所言极是。我虽不能至,但心向往之。

(载 2001 年第 3 期《新闻三昧》)

第四辑

養德章第五十一

道生之(神也)德畜之(性也)物形之(物也)勢成之(我也)是以萬物莫不尊道而貴德(忘物)道之尊(忘我)德之貴(忘心)夫莫之命(忘性)而常自然(忘形)故道生之(神全)德畜之(性全)長之育之(心全)成之熟之(我全)養之覆之(物全)生而不有(無也)為而不恃(無我)長而不宰(無我)是謂玄德(道也)

《三十年中国梦 六十年中国风》代后记

第一，大国崛起和舆论困境

告别"十一"北京一碧万顷的天空，告别那以前长达半年步履渐急、日趋亢奋、倾情挥洒、不亦乐乎的日子，我一头扎进中央党校分校——京西中国农业大学的小小蜗居，打开《马列著作选编》，凝神于一百多年前精神领袖的原著，阅读起《路德维希·费尔巴哈和德国古典哲学的终结》。

新闻之外是一个无比宽广的世界，这个世界正以前所未有的加速度前行和变动，世界格局的变化出人意料，各国的道路选择和发展尝试惊心动魄、气象万千，其中，如何消化和应对中国的崛起已经成为很多国家首要的现实问题和战略考量。

继日本为期19年、新加坡为期20年、中国香港为期21年、中国台湾为期26年、韩国为期30年平均8.5%到9.9%的经济增长之后，中国大陆经历了30年平均9.8%的经济高增长时期。这个承载了世界上22%人口的大国，以其庞大的身躯走向世界的时候，世界为之改变。

世界惊叹：英国几乎用尽了整个19世纪使其人均国民收入增长了25倍；在1870年至1930年间，美国花去了60年时间使其人均国民收入增长了35倍；日本在1950年至1973年这23年间使其人均国民收入增长了6倍。而新中国在60年间使其居民收入增长了100倍。

发展居于世界第二的日本各大媒体均在"十一"天安门广场的阅

兵式开始不久就发回详尽的现场报道。他们尤其关注90%首次公开亮相的中国尖端武器。共同社的报道称："中国已拥有世界一流的武器。军事力量是一个国家国力的象征之一,新中国借建国六十周年庆典之际,向全世界展示了自信。"并因此得出结论,中国超过日本只是迟早的事。

而经济总量居于世界第一的美国则在那之前就感叹："对于建国六十年后的新中国经济发展只能用'中国奇迹'四字形容才最贴切。"美国《时代》周刊的封面文章称,中国已经成为世界上综合实力居前列的国家之一,无论硬实力还是软实力,中国都取得了长足的进展。中国将来的发展,必定会继续让人刮目相看。

但就是这个让世界瞩目的国家在为崛起而扬眉吐气的同时也在困惑中面临着话语的困境,长时间处于无法发声、自说自话和被人误读的境地。最新的零点调查说,自去年以来,欧洲人将中国视为最大威胁的比例几乎增加了一倍。美国也有31%的受访者认为中国的威胁程度高于伊朗与朝鲜。与此同时,中国有80%的人表示对西方抱有恶感。中西方民众情绪上的严重对立达到了前所未有的程度。

更多的时候,对于中国的崛起,很多国家像堪培拉一样陷入一种精神分裂:对于短期内带来的横财而欢欣鼓舞,却对于在更长时期后中国成为一个强国而忧心忡忡。澳大利亚罗伊国际政策研究所所长迈克尔·卫斯理认为,中国不是一个容易理解的国家,而是一个容易让外人得出极端结论的国家。

种种版本的"威胁论",即世界疑虑的一个索引:

经济威胁论——不断发展的中国与西方大国争夺有限的资源和市场;

军事威胁论——经济实力的强大必将催生令人生畏的军事力量;

文化威胁论——自成一体的中国文化的复兴是对西方文化的严重冲击;

地缘政治威胁论——强盛的中国对近邻是一种有形无形的威压;

政治体制威胁论——共产党政权与西方民主政体不同；

科技威胁论——中国科技创新特别是网络技术的进步是对西方科技霸主地位的挑战。

前不久，美国 2009 年《国家情报战略报告》渲染所谓中国军事威胁论，将中国列为挑战美国利益的国家，美国国家情报高官称中国在网络领域极具攻击性；针对中国对外投资贸易合作范围的不断扩大，西方舆论将其视作"东方殖民主义"；把中国在外设立"孔子学院"的文化交流渲染为文化扩张战略；等等。中央党校的媒体因此分析说，形形色色的"中国威胁论"，客观上都在恶化中国的国际环境，制约中国的进一步发展。

第二，正面宣传和负面效应

其实，从某种角度说，用一味的敌对来描摹当今中国和世界的关系是不准确的。虽然有调查统计，二十年前，美国有 60% 的人对中国持负面态度；二十年后，虽然中国发生了翻天覆地的变化，这个比例却基本未变。

但变化正在看似未变中滋生并发展。那是一种微妙的难言，是一种复杂、精微的心理活动，已经不是简单地漠视，已经无法一味地敌视，尚且不愿客观地正视。在历史前所未有地进行大变革的时候，在原有的世界政治和利益格局被新的力量打破的时候，在旧有的思维和理论无法解释沧海桑田的现实的时候，在新的世界观和行为模式还没有形成和被人们习惯的时候，别人和我们自己似乎都有那么一点踌躇和犹豫，一种分寸拿捏的不适当，一种不确定中的复杂和微妙。

这种分寸拿捏的不适当首先表现在我们"走出去"的行动里。中国企业在海外的兼并之路跌跌撞撞、步履维艰，而在中国媒体"走出去"和中国声音发出来的过程中，则有着更多的进退失据。

当前国内外各界认为中国媒体的对外宣传报道迫切需要改进的问

题突出表现在以下四个方面：

一、新闻时效尤其是国内热点问题和重大突发事件的报道时效较慢，往往丧失了确立事实真相发布权，也就失去了对总体局势把握的主动权。

通常的情况是："当真理还未穿上鞋子，谣言已经满天飞了。"由于长期的工作思维习惯、行政机制运行的环节制约和责任的不够明确，我们往往失去重大突发事件和热点问题的最佳发言时间，而后只能不停地被动辩解。

二、不符合国外语境，不依循境外受众心理，片面地、执拗地去做所谓"正面报道"，却带来始料未及的负面效果。

新加坡《联合早报》不久前刊登的一篇评论说："中国发生了令人难以想象的巨大变化，但中国依然存在着很多问题和困难。""外国人既不应当只挑中国的毛病而抹杀它的成就，中国也不应该只炫耀自己的成就而不让外国讲它的缺点。""用宣传来夸大成就或掩饰缺点，其效果只能适得其反。"《联合日报》国际版的一位责任编辑也指出："如果老是说好的，不说问题或者淡化问题，时间长了，读者就会产生不信任感，这又可能被别人误导。"

三、报道缺乏针对性，我们要说的和人家要听的相去太远。

美国《世界日报》记者梁国雄指出："中国媒体的对外报道，往往是用对国内受众的宣传口气来向外国受众宣传中国的观点、立场，意识形态色彩太重，观点太直白，语气太生硬。不要说那些对中国有成见的人，就是对中国不反感的人也难以提起兴趣，更不用说接纳了。"

四、报道缺少人类普遍共识的价值观念和新闻理念，报道中往往"以领导为本"，而不是"以民众为本"。这既背离党的"以人为本"执政理念，也背离基本的人情与人性。把人民的健康和生命安危放在第一位，是"三个代表"重要思想的具体体现，"人命关天"，也是东西方文化的共同价值观。在灾难报道中突出领导活动而淡化民众伤亡，只能表现出对生命的漠视。

另外，报道中的急功近利心态，使我们总在"度"的把握上失去基本的实事求是原则，而实际上，材料的失实与失当，会引起传播对象的反感和持续性的逆反心理，从而使我们的报道并未实现预期中的"正面宣传"，而始料未及地做了自己的"反面宣传"。

第三，中新社的成就报道和六十周年报道的成就

在西方许多新闻人的从业理念中，坏消息才是好消息。对自己的国家、对价值观相同的国家尚且如此，对意识形态原本就不同的中国，对大国崛起引起国际格局变化很多人还不能适应的中国，报道的立意和归宿都和我们的理解和期待迥然不同是自然的。所以，我们中国的外宣"走出去"是有着天然的屏障和鸿沟的。

但作为担负对外宣传任务的中央外宣媒体，向世界说明中国，对中国的发展和进步进行报道，是我们永远的责任和使命。如何为国家面向外部的艰难崛起和面向内部的深刻转型提供良好的新闻服务，恪尽新闻人的职守和责任，如何为中国的发展营造良好的外部环境，为中国的进步做新闻的助推，永远是我们思考、实践和创新的课题。

事实上，不少中国人对所谓成就报道的认识已经大大地更新和进步了。前不久，国家主席胡锦涛在传媒峰会上向世界宣告：中国政府支持和鼓励媒体创新观念、创新内容、创新形式、创新方法、创新手段，在保障人民知情权、参与权、表达权、监督权等方面发挥重要作用。这就给了媒体巨大的发展和创新空间，也赋予媒体重要的社会责任。

在此之前，有关方面负责的官员更要求媒体抢占第一实效，抢占热点与难点，并表示，不这样做，媒体就是放弃阵地。同时，官方对负面新闻的承受力也在逐步适应的过程中逐步提高。相信这些要求和理念都会慢慢演化为新闻管理的尺度和依据，转变为具体新闻事件报

道上的突破和社会的整体进步。

总之，成就报道是有可为空间的，中新社六十周年报道的想法和做法就是一个案例和证明。在这一中新社历史上历时最长、参与度最广的重大战役性报道中，报道团队和所有中新社人都倾注了心血，贡献了力量。在这一次跨国度、跨媒体的新闻大战中，中新社的报道让我们可以毫不愧疚地说，我们做了自己应该做到的和这一重大事件要求我们做到的，我们做了与中新社身份相符、超出中新社体量并对中新风格有所贡献的事情：

一、抢跑一步

从5月31日美国分社第一篇吴建民的专访到10月23日英国分社梅杰的专访，前后一百五十二天，时间上创造了中新社重大战役性报道的历史之最。社长主持召开、全体社委会成员参加的中新社六十周年报道誓师会是在4月20日召开的，而报道组的预备会则是3月底就开始布置报道工作了。在以上时间节点，大多数中央新闻媒体还没有进入情况，当他们到8月开始启动，9月进入高潮，中新社关于六十周年相关重点策划的稿子已经发得差不多，可以好整以暇地进入纯新闻事件报道阶段了。

二、立意高远

"世界的眼光，历史的标尺，新闻的切入"，是社长和总编给我们提出的报道要求，也是我们这次报道的指导思想。它要求我们把这次报道置于一个横向和纵向的大经纬和大视野中，在一个高的起点上开始我们的报道工作。当我们看明白了一点世界，看明白了一点历史，也就弄明白了我们应该从哪里进行新闻的切入。

三、从容策划

策划是一次重大战役性报道的灵魂。无论是中新社十七大报道，去年的地震报道、奥运报道，还是今年的新中国六十周年报道，都说明这一点。

这次六十周年报道，我们刻意抢跑一步，主要是想找到一个向世界说明中国的时间差，而避免高峰时间的急功近利，又无实效。其实，随着中国的发展，随着中国与世界相关度的迅速加强，世界对中国的"求知欲"已经大大增强，这种欲望需要以符合新闻规律的方式、春风化雨而不是醍醐灌顶的方式、从容诉说而不是大轰大嗡的方式去满足。

有了这样一个时间差，就有了一个从容的心态，我们把新中国六十周年当成一个向世界诉说中国的契机和平台，它既是重大的战役性报道，又是日常对外传播的一次延伸，只不过这一次，在我们更想诉说的时候，世界也更愿意倾听。

四、直击热点

即使在别人想听的时候，我们也不能轻慢世界的耳朵，不能自说自话。学习在别人愿意听的时候，说出自己想说出、别人也想听到的话，是一门很深的学问。

我们尝试的办法是，直击热点、直扣新闻，找到并回答别人的关切。无数次的策划会，我们从每日的新闻热点里，从最有热度的话题里，从国外对我们的困惑和质疑中，寻找我们报道的切入点。

我们这样做的结果是，成就报道给我们的总体报道添彩，在新闻大战中为中新社争光，在业务积累过程中对中新社风格有所贡献。

并不只是国家不幸的时候才能有诗人的幸运，并不只有灾难报道才能带给我们和着血泪的荣耀。如果我们用心、用力，投入就会有回报，我们就能够在国家的荣耀中找到新闻的荣耀，能够在国家成就的报道中找到新闻人的喜悦和骄傲。

当我的同事告诉我，他们在"十一"当天看到中新社的稿子和图片占据各大网站和国内外传统媒体的重要位置，这使他们感到荣耀。

当我的同行告诉我，中新社六十周年的报道能够把一向让媒体作难的成就报道做成结果令人骄傲、体现中新社风格与水平的报道，这使他们击节称叹。

我的心里于是充满深深的感激。我为中新社感到骄傲，我为我们有才华敢拼搏的和谐团队感到骄傲。

我为他们的荣耀感到荣耀,我骄傲着他们的骄傲。

(收入中国新闻社编《三十年中国梦 六十年中国风》,香港中国新闻出版社 2009 年版)

《中国式震撼》代后记

许三多,这个去年感动了中国的剧中人,用他那跌跌撞撞的语调说,他在二十三岁生日那天,看到了死去的人,从此,他失去了天真。

今天,在大地震震撼中国的日子里,这句话总是一不留神浮上我心头,我们这些没有经历过战争,没有经历过运动,没有插过队吃过苦,总是幸运地与苦难擦肩而过的一代人,还有那些比我们年轻也比我们幸运的朋友,这一次,在天崩地裂、生灵涂炭的惨烈之中,失去了原来不曾深刻意识到的、奢侈的"天真"。必须直面那些惨烈——人在自然的倾覆里只能从流飘荡吗?必须直面那些更新中的数字——每一个数字里,都有娇嫩的孩子,和他们失去的亲情,他们最切近、最正常不过的生活与成长,一瞬间,变得遥不可及。我们,是大地震的幸存者。是北川和汶川的孩子,为我们经受了沧海桑田的创伤。所以,我们实在不该还偷生在惯常的幸福里,我们必须得做点什么。

最多的时候,中新社五十六位将士在四川灾区。这个数字,超过任何一次突发事件和重大报道。在不比战场单纯的地理环境中,在比战场更复杂的心理环境中,我们的记者,残酷地,一夜长大。

最多的时候,中新社一天发稿数达到四百多篇,这个数字,刷新了中新社五十六年的历史。图片、周刊、网络、专版、专稿、视频……我们用最完整的媒体形式,在第一时间,为家国历史,也为个人心灵,为爱和勇气,留下了一份物质的和精神的档案。

冒死前进的走马川行,在呼救声中无法采访的心灵超越,泪飞如雨的书写和拍摄，激情和着悲情的策划与签发……中新社在大地震后实现了前所未有的全员发动，前所未有的前后呼应。沟通的成本变得很小，完成的能力变得很大，同一个世界的同一种愿望，让我们的专业功力几何级数地增长。

我想，这是善的力量，在引导着我们。在这样一个地球能量释放、生命遭受创伤、感情瞬间爆炸的过程中，在这样一个媒体守土有责、用信息赢取信心的过程中，中新社以善、理性和建设性，奉献了自己，同时，也呈现了自己。

从此，中新风格不再是象牙塔里傲视四周的"学院派"，那些泥石流下的、尸腐味中的、废墟上的文字，正在洗礼我们的灵魂，洗刷我们过往的机巧和轻浮。震后的我们，必须向灾难索要出最多的财富，不然，便无法面对逝者。

中新社社委会决定，用这一本书，把我们在大地震中的所思、所想、所做、所为收集起来，希望在一次大难、一次大战中提取的精神钙质，某一天会让我们这个团队长高，长大。震后的我们，不管肩膀多么瘦弱，也得以笔为旗，担负起国家民族的责任。

尽管我们等了又等，但还是不能完整收录下我的同事络绎前往灾区的脚步，不能完整收录下我的同事后方午夜心系灾区的笔迹。所以，就在大地震发生一个月的时候，我们呈上这本书吧——算是对逝者的追忆，算是对前方战士的礼赞，算是对同人爱心和勇气的致敬，算作对国家成长的省思和对民族重生的期待。

（收入中国新闻社编《5·12 汶川——疼痛的笔锋》，香港中国新闻出版社 2008 年版）

中新社探索中国特色话语和叙事体系构建的历史脉络和实践价值

中国新闻社（以下简称"中新社"）是以对外报道为主要业务的国家通讯社。在近七十年的实践探索中，中新社人展现出对国家和民族的担当，对人和文化的尊重，对专业与职责的坚守，对创新与发展的追求，这种浸润在多元报道作品里的独特精神气质，被新闻界同人概称为中新风格。

中新风格，可以说是中新社人在探索中国特色话语和叙事体系构建中所凝结的智慧力量。在不同的历史阶段，中新风格立足中国，回应海外关切，以国际化视角关照中国与世界的连接。这种与时俱进、不断传承发展的精神理念在中国对外新闻文化传播事业中发挥着独特的影响和作用。

一、历史环境下的中新风格

1952年10月1日，中新社在北京成立。成立中新社是为了向当时近百家海外华文报纸报道新中国的消息，也是为了冲破西方对新中国的舆论封锁。中新社是在特定的历史环境中创建的。海外华侨和海外华文报刊不仅是中新社长期服务的对象，还是中新社建立、生存、发展的历史前提。

（一）廖公三篇讲话奠定中新风格主基调

廖承志同志是中新社的主要创办者，也是中新风格的主要开创者。

想要探讨中新风格的由来，则必须从廖承志同志关于中新社工作的三篇讲话说起。

1. 打破关门主义，反对教条主义，报道要"群众化"。

第一篇讲话是在1952年9月14日，地点在北新桥三条一号的海棠院。廖承志同志出席建立中新社的筹备会议，做动员讲话。当时，参加中新社筹备工作的共有四十七人，这篇讲话就被命名为《从四十七个开始》。在这篇讲话中，廖公确立了中新社工作的主要任务："我们要建设新中国，争取国际友人的支持是一个很重要的问题，而华侨工作应该是争取国际友人的一个环节，这是不能违反的原则。这项工作，首先是组成华侨爱国统一战线，团结华侨大多数。因此，中国新闻社的任务是重大的。"

怎样办好中新社是筹建中新社工作中必须解决的重大问题，廖公在讲话中向中新社的同事发出了"打破关门主义，反对教条主义"的号召。他说，"如果有人在华侨当中提出过左的口号，把进步的和中间落后的隔离开来，这就是'左'倾机会主义、冒险主义。这样就有失败的危险"，要"打破华侨中间的地域和政治宗派，打破一切关门主义。只要是爱国的华侨，不管他们过去做过些什么对不起人民的事，只要现在不做了，都应该团结起来"。他特别强调，报道要"群众化一些"，"要做到这一点就得解决两个问题：第一，要使报纸能够办下去。但是现在有的人只求痛快，不顾政治后果，这是不对的。应该做到既能坚持立场，又能使报纸生存下去，否则是没有好处的。第二，有些朋友很天真，不懂得时间、地点、条件的不同，不知道不根据具体情况照搬国内的一套是常常要犯错误的，如报道'三反''五反'等。……那就是教条主义"。他进一步强调："调子要低一些，不光进步报纸能登，应使中间报纸，甚至落后报纸都能登，否则不用办中国新闻社，有新华社就够了。""应使华侨对中国新闻社有好感。"他说，"中国新闻社首先要解决消息的形式问题"，"要如何使华侨看了不会感到它一点生气也没有。要做得有分量，就应掌握华侨的特点，了解其困难,报道要有特色"。

廖公在筹建中新社初始,就为构建中新风格确立了基本路向:打破关门主义,反对教条主义,报道要"群众化"。在这篇讲话之后,中新社记者开始了以中新风格讲好中国故事的新闻实践探索。

2. 反对"文抄公",要摆事实,讲道理。

第二篇讲话是在1965年3月12日,廖公接见中新社分社会议代表并发表讲话。这篇讲话主旨非常鲜明,就是反对"文抄公"。当时,时近"文革","左"的思想盛行,这严重影响了中新社的报道工作,突出表现是报道的调子越来越高。对此,廖公是不以为然的,非常不满意。我看过这篇讲话的原始记录稿,篇幅很长,没有什么理论,都是大白话,反复说的意思就是反对"文抄公"。他直率地说:"'文抄公'要不得!"他特别强调:"中国新闻社是要把富有高度政治性的新闻,消化成为华侨中间、落后读者能吸收的东西。这就需要马列主义水平更高一些。'文抄公'不是马列主义。中新社编辑部的立场观点、思想方法,应当有高度的马列主义,而形式是爱国主义。""我们天天发出的消息,是不是上政治课?上政治课是对的,但不是教条主义的政治课。不是没有血肉的、无的放矢、'文抄公'和教条主义的政治课。"他说,"报道不要啰唆、过长,要简短有力","中新社的报道,要根据马列主义的解说,把事实编排起来,要以马克思理论的指导去摆事实,用事实讲道理,用事实讲话。中新社更要注重摆事实,以事实教育、团结华侨"。

对有些事情,廖公不主张对外公开报道:"国内激烈阶级斗争如何反映?中新社有(个)传统,凡是社会改革运动的过程,我们不报道。"他一口气举了四个例子。第一个例子,"反对封建迷信,如说:'大中华'(香烟包装盒)上两个华表是'封建';'红双喜'(香烟包装盒)也要改,这是胡闹,不能报道"。第二个例子,"华侨本身的弱点缺点,如投机倒把、少数归侨学生有阿飞作风,也不应该报道"。第三个例子,"宣传增产节约,不要去报道'不买猪肉就是爱国',后来又叫喊大家多吃肉,哈尔滨提出'吃爱国肉',每天吃一斤,这些都不能报道"。第四个例子,在讲话现场,有同志问,对贫下中农的作用如何报道?廖公当即说,"中新社在一个时期,综合报道一下就可以了","如'李双双',在国内受欢迎,国外看不懂"。他一再强调,"要提高通讯社的威望,切忌'文抄公'"。廖公讲的"文抄公",不仅仅指报道风格,也是说办好中新社,要始终坚持爱国主义的报道方针,不能用"左"的那一套思想、"左"的那一套办法来指导中新社的工作。在当时"左"的年代,廖公的讲话振聋发聩,发人深省。

3．不穿"干部服",讲究灵活性、针对性。

第三篇讲话是在1981年2月26日,廖公参加当年中新社分社记者站会议,发表即席讲话。讲话的主要内容是,中新社的工作要"表现出极大的灵活性"。他说,要"最大限度地加以灵活应用,面对国外,主要面对海外华侨,还有中国血统已加入当地国籍的华人,港澳同胞,台湾同胞。它的工作对象还可以扩大到和这四种人有密切联系的外国朋友"。他特别强调:"你们中国新闻社应表现出极大的灵活性,这个灵活性是面对着复杂的群众,你说它是中间的也可以,说它是中间落后的也可以,甚至是完全落后的也可以,但是我们必须争取他们。这就是你们中国新闻社的重要的工作。"

这次讲话的背景是,当时中新社刚刚恢复建制不久,业务发展日新月异。廖公说:"中新社就是一个国家通讯社。"中新社的报道"不要忘了一般群众",不应该穿"干部服",不应该像个官僚,不说官话,要会说家常话。对于怎样坚持和发扬中新风格,廖公在这篇讲话中阐述得很清楚,且反复地讲,苦口婆心,真是千叮咛、万嘱咐。这篇讲话是廖公到中新社的最后一次公开讲话,也成为他对中新社工作的"最后嘱托"。

廖公的这三次讲话,是在中新风格开始萌芽、初步形成、逐步走向成熟的三个不同历史时期,回答了三个问题,即我们是谁,我们从哪里来,我们将走向哪里,可以说是中新风格生成、发展、成熟的历史样本，是中新风格人文滋养的历史源头。

（二）确立爱国主义报道方针

中新社的报道方针是爱国主义。这一方针是王稼祥、廖承志主持制定的"侨报编辑方针"和毛泽东主席、周恩来总理批准的全国侨报记者会议的决议定下来的。

在 1957 年的中新社分社社长会议上，廖承志指出，中新社的任务主要是把祖国情况向国外华侨报道，通过报道进一步提高华侨的爱国主义认识，加强他们的爱国团结。

1963 年 4 月 4 日，廖承志在中新社分社记者站负责人会议上谈到爱国主义宣传方针时说，华侨现在不仅仅具有朴素的爱国主义，只认庙堂，不认菩萨，而是深化了一步。形势在变，爱国主义有了充实的进一步的内容。中新社的任务，是要使全世界具有中国血统的人拥护毛主席，拥护祖国的政策，这不仅是爱国主义，也是国际主义。爱国主义和国际主义就统一在这方面。这是最马列主义的，同时是国际主义的，也是爱国主义的。

1981 年 2 月 26 日，在中新社分社记者站会议上，有同志提出："爱国主义宣传是否可分为高低调两部分？"廖承志回答说："可以。不过要看对象来定。不要忘了一般的群众，不太了解我们情况的人，你对他们唱高调，变成对牛弹琴了。所以还要看对象。注意针对性，才能够定合适的调子。要不然，情况不同，对象不同，你弹出来的声音还是一个样子，那就不太对头了。就外面的读者、群众来讲，还是两头小、中间大，这是一个规律，听高调的人总是少数。"

爱国主义是指对祖先繁衍生息那片土地深沉的热爱。华侨漂洋过海，远离故土，对祖国家乡的爱恋更诚挚、更热烈。为让中新社发出的报道使海外读者入耳、入心，廖承志为中新社确立了爱国主义的报道方针。这一方针是依据当时的历史条件、历史环境而提出的，是符合当时的历史发展的现实需要的。应当历史地看待爱国主义报道方针，而不能脱离历史环境孤立地看待这一方针，也不能把这一方针与国际主义割裂开来，正如廖承志所强调的，"中新社的指导思想应当是爱国主义同国际主义紧密相结合，这是出发点"，由此在报道中体现出最大的灵活性，使中新社的报道服务于海外华侨华人受众。正是因为历史实践的不断发展，坚持爱国主义报道方针的历史实践也是不断发展的。在建社之初及以后很长一段历史时期，中新社同人一直根据这一方针，努力实践，不断探索，卓有成效地开展各项工作。在爱国主义报道方针指导下，中新社逐步形成了以"民间通讯社"为名义的对外报道风格。

（三）宣传服务对象拓展"四种人"

从1974年5月开始，中新组（中国新闻社）全面总结1970年以来的工作，就中新社对外宣传的一些重大问题连续进行了为时三个月的讨论。

关于中新社的宣传对象，过去通常只提华侨和侨报。从20世纪60年代以来，华侨状况有了很大变化，约有百分之八十的华侨加入了所在国国籍，身份改变为外籍人。原为华侨所办的报刊，多数也改为中国血统外籍人所办的外国华文报刊。面对这种新的发展形势，中新社的报道对象，要不要明确提出也包括中国血统外籍人呢？讨论会认为中新社的宣传对象，理所当然地应该包括中国血统外籍人。讨论会还指出，由于中国血统外籍人已加入外国籍，中新社的对外宣传要注意两个问题：一是报道的方针，对华侨、台湾同胞和港澳同胞是讲爱国主义，通过宣传报道，加深他们对社会主义祖国的了解和热爱；对外籍华人则讲友好感情和促进团结合作。二是划清华侨与外籍华人的界限，前者是中国人，后者是中国血统的外国人，中新社的对外报道要符合我国的外交政策和侨务政策。在文字上，也要分清华侨与外籍华人的不同身份，不宜把外籍华人称为华侨。

这次讨论提出，应该把台湾同胞、港澳同胞正式列为中新社的宣传对象。主要考虑是，实现祖国的完全统一是中国共产党的一项战略任务，再加上中美、中日关系的新发展，更需要加强对台湾的宣传；

香港和澳门作为我对外联络的桥梁和窗口,对侨工作和对台工作的重要阵地,需要作长期打算,充分利用。

中新社《关于加强对台湾、港澳同胞,华侨和中国血统外籍人宣传报道的意见》(以下简称《意见》)第一次正式提出"中国新闻社的宣传对象是广大台湾同胞、港澳同胞、海外华侨和中国血统的外籍人"四种人,报道的目的"对于台湾、港澳同胞和华侨是加深对社会主义祖国的了解和热爱,对外籍人是加深对新中国的了解,增进对新中国的友好感情"。《意见》就上述宣传对象所处的社会环境作了分析,认为他们"所处的社会环境不同于新中国,社会制度不同,政治经济地位不同,思想觉悟和接受水平不同",因此中新社的对外报道一定要"注意宣传对象的政治环境,他们的特点和水平,加强针对性","努力做到坚持原则,实事求是,有的放矢,区别对待,讲究效果,不强加于人"。

(四)改革开放以来的实践发展

1978年9月18日,国务院侨务办公室下发《关于恢复中国新闻社原有机构和业务的通知》,意味着中新社的恢复建制是站在新的历史起点上的再出发。

在这一时期,中新社事业发展朝气蓬勃,气象万千,新人辈出,实现了一个又一个历史突破,在伟大的历史变革中实现了自身的历史转变:

1. 以通稿为标志的中新社对外报道风格已经形成,专稿、新闻图片、电影电视纪录片也已形成独特的风格,成为中新社对外报道风格的重要组成部分。"实、宽、短、快、活"的中新社对外报道风格在海内外形成了相当的影响,为当时中国内地的同业带来了清新之风,成为中新社影响力的重要标识。

与"文革"前中新社对外报道的特色相比,中新社对外报道在新时期的显著特征是:(一)通稿确立了"民间色彩"的对外报道风格,被同业称之为"中新体"或"中新风格";(二)无论是通稿还是专稿、新闻图片、电影电视纪录片，都全面转向"反映现实"，虽然也有"谈古论今"，但"今天"的现实题材成为中新社采编部门报道的鲜明的主题；（三）通稿、新闻图片、电影电视纪录片在中国内地业界中影响日显，在有些领域领风气之先。通稿、专稿报道触及的一些敏感题材也为海外所关注。

2. 专稿报道确定"面向中间，反映现实"的报道方针。专稿报道由此因势而变，适时进行采编业务结构调整，大胆触及现实题材，敏锐捕捉现实变化，适时引导海外舆情，影响渐大。专稿报道如此广泛地进入香港及海外中间报纸，开辟专栏，树立品牌，培养名记者，这些都是前所未有的。既培养了"谈古论今"的"文史名家""周简段"，也培育了集体笔名的"名记者""宗渭""非闻"，也有不少个人笔名声名鹊起。

3. 建立摄影部，建立新闻图片播发系统，结束了"重风光图片，轻新闻摄影"的局面，风光图片与新闻摄影并重的格局开始形成，新闻摄影日益受到重视，一批新人破土而出。

4. 电影电视工作取得了一系列开创性业绩，创造了辉煌。通过民间公司运作的方式，积极开展对外合作拍片，借用外力扩大了中国在海外的文化影响。《原野》《龙的精神》《春桃》《老店》《努尔哈赤》《八千里路云和月》等一批佳作在中国大陆和台湾地区及美国先后获奖，一批艺术家由此成名，如凌子，如刘晓庆，如姜文，一批作品突破禁区，轰动一时。中新社电影部虽然只是一个规模很小的制片机构，却在当时吸引了中国内地同业关切的目光。

5. 首次提出中新社事业发展长远目标，即建设成为世界华人社会的信息中心和文化服务中心。1981年6月24日，中共中央宣传部发文说："中国新闻社是我国专向港澳和海外左、中及偏右的华文报纸发稿，向海外华侨、华人、港澳同胞、台湾同胞以及和这四种人有密切联系的外国朋友宣传的国家通讯社。"这进一步明确了中新社是国家通讯社的地位，进一步明确了中新社服务的对象除"四种人"之外，还有"第五种人"(和这"四种人"有密切联系的外国朋友)。

中新社采编工作始终坚持用心用情为侨民服务,全面加强侨务侨乡侨情报道,侨务外宣事业获得很大发展,各方面的工作条件有了很大改善。中新社在中国内地业界中的地位有所提高,事业有了长足发展。

(五)新世纪以来的传承和发扬

进入新世纪以来,大批中新社恢复建制后方出生的"70后""80后"毕业生走上我社采编岗位并逐渐成为主力,中新风格的传承更为迫切。期间,中新社历任社长、总编辑反复强调杜绝"官话报道""空话报道""大话报道",反对"官方化""内宣化""地方化""同质化"的话语表达方式。2002年9月,时任中新社总编辑郭招金在社庆五十年的致辞中,以"国际视角+亲和力"为特点概括了中新风格的通稿话语表达方式。2005年1月的全社工作会议上,时任中新社社长刘泽彭提出了"官话民说、硬话软说、长话短说、空话不说"的理念,丰富了中新风格的内涵。2017年1月的全社工作会议上,时任中新社社长章新新强调:"中新风格在宏观层面,是一种存在价值,更是一种精神价值;在中观层面,是一种品牌标识,更是一种专业态度;在微观层面,才是一种方式方法。从构建一家媒体的差异化特征、与众不同的辨识度和影响力标识而言,中新风格永远不会过时,锻造这种风格的努力也永远不应该停止。"在2019年12月召开的中新风格研讨会上,现任中新社社长陈陆军提出,中新风格贯彻马克思主义新闻观,遵循国际传播规律,坚持实践标准,是党的实事求是的思想路线与中新社国际传播实践经验相结合的产物,我们要继承好、弘扬好中新风格。

二、中新风格的理念和原则

话语和叙事体系承载着一个国家特定的思想价值观念,是国家文化软实力的重要组成部分。构建具有中国特色、中国风格、中国气派的话语和叙事体系,一直是中央新闻媒体承担的职责和使命,也是加强我国国际传播能力建设发展所面临的重要课题。

中新社自创社以来,一直以向世界展示中国、联通中国与世界为己任,在长期的新闻实践中勇于开拓、守正创新,不断探索如何在世界语境中有效传播中国声音,讲好中国故事。面对复杂多变的世界形势,风起云涌的媒体生态变革,中新社人不断完善对外叙事的逻辑框架,提升对外话语的针对性、有效性,丰富对外话语的载体和形式,也总结凝练出中新风格的传播理念和基本原则。

(一)坚持实事求是,一切从实际出发

中新社在近七十年的新闻实践中,无论历史条件、国际环境、受众情况、报道方式发生怎样的变化,始终坚持实事求是,一切从实际出发的原则。

在对外新闻报道中,中新社始终贯彻马克思主义新闻观,遵循国际传播规律,在不同历史阶段、不同国际形势、不同舆论环境下,坚持实践标准,尊重客观事实,不搞假大空式的宣传,不重复喊空洞政治口号,不用一个模式面对不同类型的受众。

在讲好中国故事的实践中,中新社坚持一切从实际出发,摒弃形形色色的形式主义、官僚主义,坚持效果导向、受众导向、服务导向,以长久的定力和耐力探索传播中国声音的有效路径。

(二)坚持与时俱进,不断丰富和发展

中新风格是与时俱进的,它具有鲜活的生命,从来不是凝固和停滞的所在。

从 20 世纪 50 年代开始,尽管不断受到"左"的思想的冲击,但中新风格的探索始终没有停歇。中新社聚集了一批海外报人,在他们的带动下,专稿、电影、图片等多个部门进行了大胆的新闻实践,成就斐然,使中新社成为中国对外宣传的"奇兵",这个"奇兵"为中新风格的形成书写了独特的历史篇章。20 世纪 80 年代,中新社的通稿、专稿、电影、图片四翼齐飞,标志着中新风格日益成熟。中新社不仅在海外风生水起,在国内也引起业内人士的瞩目。在 21 世纪初,以中国新闻网的崛起、《中国新闻周刊》的创办等为标志，中新风格的构建进入第三个历史时期。目前，中新风格的构建也进入新时代，步入到第四历史发展阶段。随着国际经济政治格局深度调整，全球治理体系深刻变化，世界传媒业也处于前所未有的大发展、大变革、大调整之中。平台渠道的更新迭代越来越快，互联网、移动传播、视频发展的新技术、新应用层出不穷。面对这一局势，中新社人始终保持开拓创新的锐气、敢为人先的勇气、蓬勃向上的朝气，敢于打破不适应发展的条条框框，不断大胆实践，不断创造创新，在始终坚持"爱国主义"报道基调的同时，以"人类命运共同体"理念为核心价值，进一步丰富发展中新风格理念从"中国话语"到"世界语境"的演进过程。

（三）坚持新闻规律，恪守专业精神

对于中新社而言，中新风格不仅是一种报道风格，更是一种专业态度、行事作风，是机构的底色和精神追求。

首先是坚守新闻传播规律，贴近实际，贴近受众，回应关切，反映热点，以春风化雨、润物无声的方式，潜移默化地引导和影响"海外中国"舆论。

其次是坚持效果导向；形式上无论是轰轰烈烈，还是默默无闻，都以长期实效为决策标准，克服急功近利的冲动，增加绵绵用力、久久为功的耐心和定力。

再次是坚守目标定位，认清并充分发挥优势特长，从做实、做特、做深、做专上着力，特别是注重对国际传播资源的保护性、策略性使用和长期涵养。

三、中新风格的特色和运用

中新社人在长期的新闻报道实践中，不断探索、积累，形成独到的新闻采编创作手法和技巧，赋予中新社新闻作品鲜明的特色和格调。

（一）坚守新闻操作的时、度、效

时、度、效是检验新闻舆论工作水平的标尺，也是中新风格始终坚持的报道原则和要求。

时，即把握时势、时机、时效，既追求新闻报道的速度，也讲求舆论传播的时机。

案例：品牌栏目"十九大十九问"（荣获第二十八届中国新闻奖国际传播类一等奖）

"十九大十九问"专栏的设计和排期充分考虑了十九大各时间节点的新闻属性，体现出策划的用心和讲究。排期分为三阶段：

一是9月30日党代表名单公布当天开始，第一时间回应舆论对代表选举的关切，连续五天迅速发出五篇稿件：《近四万里挑一，2287名十九大代表怎样选出？》《习近平等为何在这些单位当选十九大代表？》《十九大代表选举设置了哪些"负面清单"？》《十九大代表中这33.7%因何不平凡？》《十九大为何有特邀代表？》。

二是以10月11日十八届七中全会召开为新闻点，连续发出五篇稿件，如《中共中央全会为何五年召开七次？》《这些落马官员的纪律处分为何要在全会上追认？》，小切口，大视角，全面介绍中共中央全会的历史、职责，以及党纪党规。

三是在十九大会期前后发出共九篇稿件，均切中重要时间点。如开幕前一天发出《十九大为何首设党代表通道？》《世界上最大执政党怎样举行党代会？》；开幕当天发出《十九大会场布置有何讲究？》；会期发出《中共如何通过修改党章确立"行动指南"？》；针对国外贺电发出《中共的国际"朋友圈"有多广？》。

度，指新闻报道的尺度、温度、力度。尺度，是一种分寸感的把握，恰如其分地报道客观事实；温度，是情感和人文关怀的表达；力度，是斗争精神的体现，是立场态度的坚定。

案例：品牌栏目"十九大十九问"

为保证稿件易于阅读、更好落地，"十九大十九问"专栏系列稿件统一采取"千字文"的篇幅。在简洁的篇幅内讲清楚完整的组织架构、党史脉络、机制沿革，叙事有取舍，有轻重，有节奏，把枯燥的历史、制度以简明易读的方式呈现，展现出厚积薄发的功力。如《中共如何通过修改党章确立"行动指南"？》梳理了二大以来历次党章修改的历史，没有写成简单罗列的"编年体教科书"，而是以修改党章是集体智慧转化为行动指南的思路为指引，写成简明的"纪传体历史"。又如，《十九大为何首设"党代表通道"？》聚焦中共党代会从秘密举行到首次主动开放再到开放程序机制化、开放形式多样化，跳出了新闻中心的平面感，增强了历史的纵深感，通篇只有一句专家评论，没有自我表态和溢美之词，但党代会逐步开放的脉络客观清晰，寓意不言自明。

效，强调效果导向，以传播效果为依归。

案例：品牌栏目"十九大十九问"

作为中国的执政党，中国共产党带领全国人民不断取得举世瞩目的巨大成就，党代会历来是海外关注的焦点。值得注意的是，大部分受众实际上对中国共产党的历史、制度、党内程序和纪律等并不了解，因而常出现舆论混淆，海外舆论甚至长期对党和党代会留有好奇、神秘的刻板印象。"十九大十九问"组稿在策划上有的放矢，抓住十九大前期舆论升温的机会，以海外最关注、最好奇的新闻点为切口，回应海外关切，系统介绍知识，以客观平实的信息元素，最大限度地"去神秘化"，帮助海外受众增加对中国共产党和十九大的认知。"十九大十九问"系列报道被海外华文媒体百分之百采用，同步分发的系列新媒体产品在海内外社交平台亦产生极佳的传播效果。

（二）塑造风格基调的平、实、雅

新闻报道的风格基调是精神之外延，浸润在中新社报道字里行间的，是中新社人长期秉持，并受到海内外受众广泛认可的传播理念和传播精神，可以概括为平、实、雅三个字。

平，坚持平实、平衡、平稳的报道基调，秉持平易近人、平实感人、平和待人的写作风格。

案例1：历年中国新闻奖获奖作品

平实、平衡、平稳是中新社新闻报道的基本调性，贯穿于中新社近七十年的新闻报道实践始终。撷取中新社历年荣获全国好新闻奖、中国新闻奖作品的标题，就能窥见中新社新闻报道在观照视角、基调把握和创作风格上的突出特点。如《陈香梅来到廖公家》（1984年）、《李宁笑答外国记者》（1985年）、《北京人争赏香山红叶》（1986年）、《五亿农民初尝民主直选》（1992年）、《硝烟散尽访平潭》（1997年）、《六方会谈：瘦尽灯花又一宵？》（2005年）、《那一夜，我们没有采访》（2009年）、《京城风雨送乔石》（2015年）、《历史深处的证言：寻访联合国珍藏的"九一八"真相》（2017年）、《打造民意"直通车" 中国立法跑出"加速度"》（2018年）、《特殊之年的两会，习近平为何先提"人民"？》（2020年）等。

案例2：外宣微视频"习近平的故事"

作为中宣部"习近平的故事"外宣微视频协调工作机制成员单位，中新社锚定大主题下的小切口，寻找"硬新闻"中的"软表达"，用平和平实、平易可亲的镜头语言温润诠释大国领袖形象。《平心之交——习近平与外国朋友的故事》讲述总书记与外国友人之间平等、暖心的交往和沟通，以中英双语字幕形式在境内外上线，获全网全量首页首屏头条推送；2021年"五一"当日推出的《千千万万普通人最伟大！习近平这样赞美劳动者》阐述总书记"人世间的一切幸福，都是要靠辛勤的劳动来创造"的重要理念，登上微博热搜榜；以总书记在广东汕头考察期间参观侨批文物馆为叙事主线推出《习近平·一纸侨批见赤子》，在境内外社交媒体平台同步推送，获得极佳反响。

实，是贴近实际，贴近受众，用事实说话，言之有物，空话不说，平实生动。

案例："疫情下的美国"系列报道

2020年，新冠疫情全球蔓延，以美国为首的西方国家对中国采取一系列限制打压措施，与此同时，美国本土也因政党纷争和社会撕裂造成乱象和动荡。中新社驻美国分社记者克服种种困难，主动深入当地基层，实地采写疫情下的美国众生相，综合梳理疫情应对及困局乱象、华裔社区和群体的状态写真等，发出《当种族问题遇到新冠病毒》《疫情下的美国：各"州"为战背后的"顶层"缺失》《美国新冠疫情下的"众生相"》《美国重启经济的"困境"》《"紧急状态"下的旧金山》《探访纽约三大华埠：熬过最难时期，生活还要继续》《休斯敦抗疫一线华裔医护的压力与努力》《美国疫情"震中"的华人生活》等二十组文图报道，直观反映美国抗疫不力的真实状况和少数族裔、弱势群体的艰难处境，从侧面呼应对美舆论斗争需要。在复杂的舆论环境和双边关系跌入谷底的情势下，用事实说话，以平实审慎的表达回应关切。

雅，指中新社报道所蕴含的文化调性，这与中新社的出身气质息息相关，大批文人名士和海外归侨参与了中新社的创立，他们的历史视野、文化传承，他们为机构所奠定的文化基调和知性气质，使得中新社的报道散发着独特的传统文化气韵。这种气韵，不是靠引经据典凸显文化积淀，反而是以一种白描手法，平实质朴娓娓道来。可以说，中新社的新闻报道从文化高峰中走出来，传递出独树一帜的气质基调。

案例1：系列人物报道

中新社记者为一批批中国的知识精英尤其是文化人刻画了珍贵的人物剪影，《在梁漱溟的书斋中谈天》《钱锺书杨绛印象记》《新岁访巴金》《聂绀弩的人生境界》等为时代留证，《曹禺病中吟》《冰心的心事》《吴青追忆"雷洁琼姑姑"》等充溢着人文气息和人道关怀。

案例2：《人民大会堂的"静默"与"有声"》

中新社新时期的新闻报道传承和延续了这一特质。《人民大会堂的"静默"与"有声"》一稿就是代表作品。2020年5月召开的十三届全国人大三次会议，是新冠疫情暴发后召开的首次全国人代会。开幕当天，中新社记者巧妙从"声音"的角度切入，以大会默哀环节的"静默"和审议涉港决定草案的"有声"，将人代会的数项重磅议程串联，通过默哀凸显中国最高立法机关的人本情怀，通过审议草案议案体现最高权力机关的国家意志，记录了疫情时期特殊人代会的历史一刻。

（三）突出题材覆盖的宽、特、亲

报道题材的选择体现了新闻的价值判断、角色定位和路径选择。中新社报道在题材覆盖上呈现出宽、特、亲三大特点。

宽，指题材广泛，有对外传播价值，"上下五千年，纵横九百六十万（国土）"，"有利于说明中国的皆是新闻"。

案例1："京华感旧录""神州轶闻录"等专栏

早年间，中新社曾在香港《华侨日报》开设"京华感旧录""八桂集锦"，在香港《星岛晚报》开设"金陵忆旧"，在台湾《世界论坛报》和香港《大公报》开设"神州轶闻录""九州逸趣"，在纽约《北美日报》开设"江浙风情"等专栏，这些专栏文章涉猎广泛，视角新颖，深受海外华侨华人读者的青睐。

案例2：视频栏目"微视界"

视频栏目"微视界"以短小精悍的微纪录片为主要表现形式，关注高速发展的社会中特别的人与事件，体现关切社会民生的责任感和人文情怀，通过平实不失严谨、鲜活不乏深度的节目内容突出特有的文化品位。节目以系列形态展现题材的广泛度，其间十分注重正向的引导意义。如表现港澳台题材的"香港故事"系列、"多彩澳门人"系列、"台湾映像"系列，表现外国人在中国的"看见中国"系列，表现公益性人物的"我为人人"系列，表现特定职业的"行里乾坤"系列，表现别样人生追求的"创想人生"系列，表现工匠精神的"匠由心生"系列，表现守望相助、人文关怀的"人间暖阳"系列，表现各领域大师、长者的"千帆过眼"系列等。

特，指充分发挥自身禀赋优势，在涉疆涉藏等特色领域发挥独特作用。

案例：涉疆涉藏经典报道

中新社记者在长期的对外报道实践中，凭着高度的新闻敏感、丰富的知识积累以及辛勤、扎实的工作作风，在新闻界创下了一个又一

"首次"：首次报道中国官方宣示"港人治港"政策（1982年），首次报道西藏拉萨"3·5"骚乱（1988年），首次对新疆乌鲁木齐"7·5"事件作出文图报道（2009年）……正是这些为中新社带来良好专业声誉的报道，也为中新社开辟了一方独具优势的特色报道领域。

1988年初，出于对拉萨可能在藏历新年前后发生事件的预判，中新社记者与美联社、路透社、法新社等外国记者入藏采访。"等候"了二十多天后，外媒记者纷纷离开拉萨，中新社记者仍坚守。在3月5日清晨，即拉萨传昭大法会的最后一天，西藏分裂主义分子在境外势力的指挥下发动了震惊世界的"3·5"骚乱。由于事先准备充分，中新社是全球媒体中当天唯一发出有关"3·5"骚乱消息的新闻机构。世界主要传媒和海外华文传媒都刊发了这一消息。

2018年，新疆多地开展职业技能教育培训，受到海内外舆论广泛关注，部分别有用心的外媒更是将此污蔑为"强制劳动""人权危机"。中新社针对这一情况，主动作为，组织采集力量深入和田、墨玉两县采访学员达二十余人，制作《我的生活终于有了色彩：维吾尔族姑娘教培中心重拾舞蹈梦》《新疆教培中心学员的"小目标"：要把家乡特产卖到全世界》等六集视频节目，真实反映新疆职业技能培训中心的学员学习和生活情况。系列节目在中国港澳台地区及澳大利亚、加拿大、美国的媒体播出后，引发极大反响，有效发挥了舆论引导作用。

2020年，班禅大师赴西藏开展为期三个月的活动，中新社派出文图记者随行采访，侧重以对外角度展现受信众爱戴拥护的宗教领袖形象，也通过班禅的足迹所及，展现西藏社会的发展。微信稿《班禅而立之年再回出生地，都做了哪些事？》《班禅林芝语青年：唯有努力学习，才能在人生中拥有更多选择》均获得"10万+"的阅读量。随行摄影记者发出的图片通稿被《中国日报》《美国侨报》《星洲日报》（马来西亚）、《正报》（中国澳门）等数十家媒体采用。此外，十一世班禅回抵驻锡地扎什伦布寺的独家现场视频，在境内外各平台均取得不俗传播效果。

亲，指贴近港澳台侨外受众，突出海外视角，既彰显鲜明的时代气息，又展现浓郁的生活气息。

案例1：新闻图片《溥仪、鹿钟麟、熊秉坤相逢一笑泯恩仇》

中新风格倡导对读者与媒体客户的服务意识，回应海外关切，积极释疑解惑，不断提升新闻报道的亲和力、感召力和影响力。1961年10月，中新社记者为末代皇帝溥仪拍摄的一张照片被传为佳话。当时正值全国人大、全国政协会议召开之际，适逢辛亥革命五十周年，中新社邀请部分人大代表、政协委员举行座谈会。在这个座谈会上，被特赦后的溥仪与把他从紫禁城里赶出来的冯玉祥将军部下鹿钟麟，以及打响武昌起义第一枪的战士熊秉坤不期而遇。三人见面后非常高兴，图片部记者张茂新及时抓拍到这一镜头。拍照时，溥仪特别兴奋，他在两人中间，张开双臂，搭在两人肩上。这是一张非常出色的新闻图片，同时也是一张极为珍贵的历史照片。

案例2：通稿《两岸夫妻过年回谁家》

记者在采写"新春走基层"活动稿件时，将视角瞄准了"两岸夫妻"群体，以生于20世纪70、80、90年代的"台湾女婿"为样本，以小见大，通过描述"过年"这一生活性极强的细节展现两岸跨海婚恋的发展与融合，生动地向海内外华侨华人呈现了两岸交流常态化，以及改革开放以来中国强劲的时代脉动，使稿件既具有新春温度，更具网络热度和时代深度。

（四）秉承表现手法的简、博、趣

中新风格不仅展现在新闻的选材、角度、布局和谋篇中，同时也体现在新闻行文的遣词造句中。具有典型中新风格的新闻报道在写作方式上，呈现出简、博、趣的审美标记。

简：简洁精约，短小精悍；用词节制，惜墨如金；力戒穿靴戴帽，拖泥带水。

案例1：《六届全国人大一次会议在京开幕》

1983年6月6日，中新社时任总编辑王瑾希采写专电《六届全国人大一次会议在京开幕》，以短文、短句子、短段落，提炼概括了此次会议上的重大决策、重点部署、重要意义和最新动向等，从庞杂的会议信息中抽丝剥茧，以最精练的笔墨传递最受海外关切的资讯。此稿后获全国好新闻奖。

案例2：《快讯：金浦机场今天下午发生爆炸》

又如1986年9月14日16时，中新社记者谢一宁在韩国汉城金浦机场偶遇爆炸突发事件，在48分钟内发出《快讯：金浦机场今天下午发生爆炸》，全文仅159字，将记者目击的现场情况、伤亡人数、警方回应等情况清晰传递，信息精准，言简意赅。该稿获得当年全国新闻奖一等奖。

博：拓展新闻的时空轴，丰富新闻的历史背景、因果关系、社会影响和发展趋势，使新闻报道呈现广博深远的意境。

案例1：网络直播"吾乡"系列

2020年是决战脱贫攻坚，决胜全面小康收官之年。中新社策划推出"吾乡"系列网络直播，充分利用融媒体报道手段，聚焦美丽乡村、产业脱贫、生态环境治理、侨乡发展等，以"慢直播"的流行方式，带受众身临其境走进乡村振兴的宏大画卷。二十余期系列直播总观看量突破千万，将重大主题报道作出了"新意"与"诗意"。

案例2：视频节目《中国"新四大发明"》

中新视频设新闻专题栏目"中国新视野"，2017年栏目起始四期以当年的时新话题"中国'新四大发明'"为主题，分别对共享单车、网络购物、扫码支付和高铁进行深度挖掘，片中强化这些新发明技术含量的同时，更注重凸显它们对于普通人生活的改变，以"趣味性＋科普感"记录展现行进中的中国，聚焦这个古老国度在新时代里正在发生的深刻变化。

趣：角度新奇，令人耳目一新；语言生动活泼，鲜活有趣。

案例1：《安倍访美受"礼遇" 白宫内外有"温差"》

这篇国际新闻报道以中国立场关注日本首相安倍晋三访美一事。

从安倍晋三访美所到各处"鲜花"与"臭鸡蛋"并存的事实落笔,将美国政府高层对其的"国宾"规格礼遇,与美国民间团体强烈要求安倍就历史问题"正式道歉"的民意做对比,角度新颖,比喻贴切,以白宫内外的"温差"点透官方和民间对日态度的差异。

案例2:微信公众号贴文《为什么兵马俑都是单眼皮?》

这篇聚焦"世界第八大奇迹"秦始皇陵兵马俑的微信公众号文章,以饶有趣味的视角,提出了"兵马俑为什么都是单眼皮"的话题,然后从考古学、人类学等角度图文并茂地展开阐释和讨论,寓科学性、知识性于趣味性之中,读来令人兴致盎然。

(五)践行叙事方式的全、活、融

在互联网时代,快速更新迭代的信息传播技术赋能新闻生产,使新闻产品在传播手段、叙事方式上都得到极大丰富。中新风格在近年来的新闻实践中,呈现出全、活、融的鲜明特征。

全:多形态、多手段、多平台的综合运用。

案例:外宣重点品牌栏目"近观中国"

中新社作为中央主要新闻单位和重点外宣媒体,始终把深入宣传阐释好习近平新时代中国特色社会主义思想,全方位解读总书记重要思想,聚焦总书记核心地位,展现总书记大国领袖形象,作为全社工作的首要政治任务,持续加强、不断创新总书记形象和思想的对外宣传工作,努力打造富有中新风格和差异化、辨识度的中新社核心报道,着重提升在海外中国舆论场的传播针对性、有效性。

中新社倾力打造的"近观中国"融媒体专栏被纳入中宣部重点部署实施的外宣品牌栏目之列,在多元话语表达、多形态呈现方式、多平台集束传播的综合运用方面彰显出独到之处。在移动互联网迅猛发展,社交化传播不断更新迭代的新格局下,"近观中国"不断探索创新时政报道融合传播新形式,推出图解、海报、视频、H5、GIF表情包等多个层次、多种类型产品。如,抗疫报道中的海报产品《生命重于泰山!疫情就是命令!防控就是责任!》《习近平:不获全胜决不轻言成功》《阻击疫情，习近平作出最新部署》等传播效果良好。又如，梳理总书记新年贺词推出的 GIF 表情包《2020 来了！一组"硬核"表情包收好》，把讲话金句制作成节日表情包，直观亲切有动感，特别适合在微信聊天等场景使用，潜移默化地传播总书记重要论述。再如，融合产品《战疫时刻，习近平不同寻常的八个细节》以打动人心的文字描述，配以极具视觉冲击力的创意海报和别具一格的"弹幕"封面图，以小见大，立体展示总书记在这场大战中的殷殷关切。在关于总书记报道的新媒体产品传播渠道的拓展方面，中新社实现了电脑客户端、移动客户端、微博、微信、海外社交平台等全媒体覆盖，形成了不同产品形态适配、不同平台呼应的立体化传播格局。

活：报道理念与时俱进，报道手法灵活多变，新闻细节鲜活，故事性强。

案例：重磅专栏"中国共产党的'十万个为什么'"

2021 年，为庆祝建党一百周年，中新社重点推出"中国共产党的'十万个为什么'"大型融合策划报道，以问为题，史论结合，今昔对接，在设问中铺开一个个充满人情味的隽永故事，积极探索中国叙事体系构建。

专栏明确以"党史+新闻"的方式讲述故事。如《中共各级"一把手"为何被称为"书记"？》一稿从当下热播剧《山海情》讲起，《这本印错的〈共产党宣言〉为什么成为国家一级文物？》则以热播剧《觉醒年代》中的一个场景切入，力避"空对空"翻炒历史碎片，在史料新闻化过程中完成对今天的观照。专栏秉持"党史+关切"的视角，如《为什么中共入党誓词几经修改却始终强调它？》一稿，讲"永不叛党"四个字的深刻用意，突出的是对全面从严治党的坚持。专栏还重视对外传播，贴近海外受众。如《中南海正门，影壁上为什么刻的是这五个大字？》《国庆节，天安门广场为什么要摆放孙中山画像？》等一组稿件被境外主流媒体全文转载，在推特、脸书平台浏览、互动反响良好。

截至目前,"中国共产党的'十万个为什么'"已播发稿件 100 多篇,总阅读量近 3 亿,仅微博话题阅读量就超过 1.2 亿。

融:探索融通中外的表达,构建中话西说的新方式。

案例:学理型专栏"东西问"

2021 年,习近平总书记就加强国际传播能力建设发表重要讲话,在讲话中总书记强调"用中国理论阐释中国实践,用中国实践升华中国理论,打造融通中外的新概念、新范畴、新表述,更加充分、更加鲜明地展现中国故事及其背后的思想力量和精神力量",对汇聚中国人文社科力量,发挥智库专家资源,服务国际传播工作提出了明确要求。

中新社积极发挥在长期新闻实践中积累的国内外高端智库思想资源优势,于 2021 年伊始推出大型学理型融合报道专栏"东西问"。开栏文章《中国领导人为什么在元旦而不是春节发表新年贺词?》,既介绍新中国诞生之初就用法定方式确立公历纪年来实现与世界接轨,也介绍中国领导人始终在公历新年发表贺词来展开与世界交流。中宣部"新闻阅评"对此给予推介肯定。

专栏创建半年来,已推出重点报道六十多篇。文章把"陈情"和"说理"结合起来,着眼中国与世界在大变局下的新互动,围绕文化、民主、人权、中美关系、法治、涉疆、涉藏等主题,着力创新话语表达,探索建立既体现我国立场观点和价值观念,又为外国受众理解和接受的对外话语体系。"东西问"专栏的推出,正是习近平总书记提出的"从政治、经济、文化、社会、生态文明等多个视角进行深入研究,为开展国际传播工作提供学理支撑"的实践探索。

中新风格是中新社在近七十年的对外报道实践中,构筑形成的独树一帜的个性特征和审美风貌。它不仅仅是新闻写作的方式方法,也是中新社人的精神气质和价值追求。一代又一代中新社人不断推陈出新,在媒介不断变迁的过程中构建起具有新的历史特点,与时代、社会相适应的对外话语和叙事体系,赋予中新风格丰富的内涵和巨大的实践价值。站在媒体深度融合发展、国际传播不断拓展升级的新起点上，中新社人将重整行装再出发，与时俱进，勇于创新，为中新风格注入新的时代内涵。

（2021年与中新社总编室主任张红、国际部主任尹宁合作）

用"中国共产党的'十万个为什么'"撬动世界对第一大政党的好奇心

——中新社不断探索讲好中国共产党故事新路径

2021年是中国共产党成立一百周年,讲好这个世界第一大政党的故事,让世界读懂中国共产党,进而让世界读懂中国,迎来一个极佳时点和重要契机。中国共产党拥有百年奋斗实践和七十多年执政兴国经验,在这样厚重的历史积淀中,寻求"中国共产党为什么能"的当代解答,并进行国际化的表达,非常重要但绝非易事。

中新社在建党百年之际精心策划推出"中国共产党的'十万个为什么'"大型融合系列报道,从新闻角度切入,以问为题,史论结合,今昔对接,在设问中铺开一个个充满人情味的隽永故事,再以具有"当代性"和"全球性"的观察视角,进一步探索党史故事的当代意义。党史故事只是一个切片及切入口,更重要的是展现中国共产党精神气质的脉络传承,以世界维度的观照达致有效讲述中国共产党故事的目标。从叙事角度、叙事结构和叙事形态等方面探索中国叙事体系。这也是继中共十九大时推出"十九大十九问"之后,中新社对外讲好中国共产党故事的又一次尝试。

一、从新闻切入连接今昔,勾勒出精神脉络

人们常说,"新闻是历史的初稿"。而当历史已有"定稿",需要新闻唤醒时,就应做适当的转化,找好切入的角度,不能仅是停留在历史故事的时空当中。中新社在报道策划"中国共产党的'十万个为什

么'"系列报道之初,就确立起基本思路:既要走进历史的深处,又要回到当下的现实与热点。在题材选择上,力求探寻、还原那些穿越历史烽烟,走过激流险滩,依旧熠熠生辉的百年大党的精神气质。

譬如,在庆祝中国共产党成立一百周年大会上,习近平总书记庄严宣告:"我们在中华大地上全面建成了小康社会。"这无疑是重磅新闻点之一,中新社迅即推出《百年中共与千年小康,为什么今天能"相遇"?》一稿,在中华民族的千年奋斗史中索引"小康"的家国理念,将叙事落点放到党史中去:"历史总是有着向前的脚步,中共接过了'小康'的接力棒,将它由一个'诗与远方'的理想概念,具象为一个政党的执政目标,细化成一套可供实施的操作方案。"稿件没有照搬政治术语,而是用通俗简洁的语言向外界勾勒出一个民族千年接续奋斗的理想成为现实的历史脉络。

习近平总书记说:"以史为鉴,可以知兴替。我们要用历史映照现实,远观未来……"中新社的系列策划报道,特别注重以当前热点切入,对接今昔时空,找出赓续传承的精神脉络,并将目光投向未来。当神舟十二号成功飞天,中国航天员首次入驻自己国家的空间站时,《为什么中国已在太空安家还不能忘记那些牛皮背篓?》一稿溯及"两弹一星"的历史故事,并认为秉承自力更生、艰苦奋斗的精神,未来之中国能创造更多丰碑与功勋;《中国人为什么一下子被"平视世界"四个字打动了?》《60年后,"国家的孩子"为什么上了热搜?》等稿件则是从网络"热词""热搜"出发,把全国两会、中美高层战略对话等舆论热点与党史、国史勾连起来,从一个小切口,与关涉民族国家命运的宏大主题建立联系,集合国内外舆论关切,有效讲述中国共产党带领人民奋斗的故事。

不同于内宣语境中的党史学习教育,我们无法完全用党史去教育、感动外国受众,只能从当下外界对中国及中共的关切中,借势借力去找到精准的结合点,贯通古今、梳理脉络,试图解答一些关键之问。

譬如，在一些存在意识形态偏执的美西方政客挑拨离间中国共产党与中国人民的关系时，我们就必须讲清楚中国共产党以民族复兴为己任的初心使命，她执政理念中的传统文化基因，她与人民之间的血肉联系，来破解外界那些话语陷阱；当中国科技成就再次引发全球瞩目时，我们也应该及时去讲清楚这个政党带领人民拼搏奋斗的故事，来回击那些所谓技术偷窃的诬蔑与抹黑；当外界利用民族问题设置议题进行炒作歪曲时，我们也需要讲述这个国家最温暖的故事，以及执政党历来的政策，以正视听。

讲述中国共产党故事需要站在本国和世界范围内最大多数人民的立场上，找寻更长历史时期内的"元话语"及其在不同时间点的具体表述，才能具有世界意义。国家的繁荣发展，民族的自尊自信，无疑是世界各国人民共同的追求与期待。谋求民族复兴，立党为公，执政为民，这些正是对外讲述中国共产党故事的"元叙事"。

二、在历史中汲取思想的力量，为当代作出注解

"今天，我们回顾历史，不是为了从成功中寻求慰藉，更不是为了躺在功劳簿上、为回避今天面临的困难和问题寻找借口，而是为了总结历史经验、把握历史规律，增强开拓前进的勇气和力量。"对于学习党史的意义，习近平总书记这样诠释。

"一切历史都是当代史"，百年中共奋斗史，不光是这个政党的记忆，也是国家和民族的共同记忆，蕴含着丰富的精神财富。中新社"中国共产党的'十万个为什么'"系列策划不简单地停留在讲述党史故事，而是锚定"讲述故事的意义"，描画出中国共产党人的精神谱系，力避照本宣科，防止肤浅化和碎片化，尤其是要避免为了吸引流量流于"猎奇撷趣"。系列稿件走进历史的深处，走回现实，再将焦点定格在当代中国共产党人治国理政的思想与实践，实现思想高度的提升，达致知行合一。

譬如《这个故事，为何被习近平在"复兴之路"提及？》一稿，讲的是陈望道翻译《共产党宣言》首个中文译本"吃墨水"的故事，通过当代中共领导人的讲述和阐释，来注解中国共产党走过一个世纪的"内动力"，那就是信仰的力量；《这篇长文，中共为什么要"永远读下去"？》一稿，则是讲述《甲申三百年祭》这篇文章的故事，展现的是中国共产党一以贯之保持"赶考"意识，时刻有"如履薄冰的谨慎"与"居安思危的忧患"。

再如《中国共产党为什么要叫"共产党"？》一稿追寻了初心与理想，《中南海正门，影壁上为什么刻的是这五个大字？》一稿着重阐释全心全意为人民服务的根本宗旨，《党支部是个什么"部"？》一稿则剖析了基层党组织建设的重要性，《为什么中共入党誓词几经修改却始终强调它？》一稿突出的是全面从严治党的坚持，《周恩来为何给亲属制定了这"十条家规"？》一稿谈的是党风政风家风，《中共中央拜年，为什么只奉"清茶一杯"？》一稿议的是加强自身作风建设，《邹韬奋生前未入党，为何被许"吾党的光荣"》则聚焦知识分子的统战工作……

该系列策划通过历史故事和党史知识，与习近平总书记在各个场合的讲话"金句"呼应，总结升华出思想，进行故事性的注释，史论结合，进一步深入阐释总书记重要讲话精神，并勾勒出一代代中国共产党人思想信念的坚守与传承。

习近平总书记在阐述加强和改进国际传播工作时，特别强调要加强对中国共产党的宣传阐释，帮助国外民众认识到中国共产党真正为中国人民谋幸福而奋斗，了解中国共产党为什么能，马克思主义为什么行，中国特色社会主义为什么好。

中新社的系列策划稿件，把这些大的"为什么"拆解成一系列具体的、具象的、细致的"为什么"，并尝试通过历史与现实的连接作出可信、可感的回答。这里面有从严治党，保持自身先进性和纯洁性的故事；有建设学习型政党，不断进行理论和实践创新的故事；有多党合作与政治协商、统一战线、改革开放等治国理政的故事；有共产党员"冲锋在前，享乐在后"的党风故事；等等。这些小故事尽量选取契合外界对中国共产党的"好奇心"的历史素材，并用当代话语为之作出注解，一系列叙事文本如同一块块小巧的"拼图"，构成了一幅"写意"长卷。

三、让故事照见人性的光辉，探究关键密钥

中国共产党百年历史，是一部恢宏的奋斗史诗，在宏大叙事之中，更有一个个共产党员充满人情味的故事，让中国共产党、中国共产党员的形象丰满立体起来。习近平总书记强调，要努力塑造可信、可爱、可敬的中国，而那些党史和现实中的可信、可爱、可敬的中共党员，正是如斯中国的生动注释，也是中新社这组系列策划关注的重点。

《周恩来为什么批评下级后又再三道歉检讨？》《为什么一张字条让邓小平掐灭了香烟？》，这些逸事流传甚广，既有趣味性，又意味深长。中共领导人闻过则喜、虚心纳谏、从善如流的胸怀度量，让他们赢得敬意。他们不仅是领导人物，更是党员的楷模与榜样，也是优秀中国共产党员的代表。

提起党员，更多强调的是党性，但讲党性并非抹杀人性，一些典型人物报道中把优秀共产党员塑造成高大全、不食人间烟火形象的"套路"，往往适得其反。其实，正是领导人物身上那些特殊性、随机性的小误会、小癖好，才会让他们更亲切近人；那些白璧微瑕、无心之失，才会让他们更可信、可爱、可敬。

也正是从人性当中优化、升华、结晶的党性，才能让人感受到真诚实在的信仰力量，才能让外界读懂中国共产党人的行事逻辑。《为什么这句话，让一位抗疫医生成为"顶流"？》一稿，从一位中国抗疫医生走红说开去，探究了中国取得新冠病毒疫情阻击战胜利的关键密钥。"共产党员先上"不是一句空洞的口号，不是影视剧里的虚构，它

不但让一位医生、一名共产党员在社交平台上走红、出圈，更是引起了全社会的共鸣、共振、共情，这就是当代中国的真实图景。"中国为什么行？""中国共产党为什么能？"答案就在其中。

个体形象不能在宏大叙事中模糊了面目，尤其是在国际传播中，需要用谦逊、谦和的小叙事讲述人类共通的思维、情感、经验，来引发"共情"。无论是党的领导人，还是普通党员，一个个中共党员的形象构建起中国共产党的整体形象，真人、真事、真感情、真性情提升了中国共产党形象的"温度"。

四、设问中求解，从"十九问"到"十万个为什么"

"中国共产党的'十万个为什么'"系列策划是中新社尝试探索富有中新风格叙事方式达致国际传播有效性的又一次专业探索。在2017年党的十九大报道中，中新社就曾推出"十九大十九问"系列报道，获得第二十八届中国新闻奖一等奖。该系列报道以新闻为由头，系统介绍中国共产党的知识，真实、立体、全面对外展现党的形象，形成了一组兼具独创性和现象性、受到业界关注、传播效果理想的系列报道，在新时代探索"外宣"与"外需"的契合，打造导向、专业、口碑、效果兼备的新闻产品进行了尝试。

《习近平等为何在这些单位当选十九大代表？》《近四万里挑一，2287名十九大代表怎样选出？》《中共中央全会为何五年召开七次？》《中共十九大前怎样进行全党"总动员"？》《世界上最大执政党怎样举行党代会？》《十九大会场布置有何讲究？》《中央委员是如何产生的？》……"十九大十九问"抓住海外关注升温的机会，结合会议每日议程安排，选取受众最关切的新闻点，以客观、平实的信息元素，最大限度地回答真问题，回应真关切，提升海外受众对中国共产党的认知度。

十九篇兼具新闻性、知识性和史实性，篇幅约一千字的小综述，涵盖了党的历史、制度、程序、规定、纪律等全方位的内容，突破了传统新闻报道"新近发生的事实"的定义框架,对信息进行了空间和时间两个维度的整合与延伸,以点带面,每一"问"都回答一个新闻点及其背后的系统知识和历史概貌,落实了"真实、立体、全面"展现党的形象的要求。

以"问"为题,适度设置悬念,并不只是一种新闻操作的技巧,而是问"真问题",答"真关切"。从"十九问"到"十万个为什么",这种设问求解的模式,形成了具有中新风格的独特文体,最大限度地坚持平实、平衡、平稳的叙事文风,于材料中发掘出真实独到的内在逻辑,并搭建扎实的行文结构,简约节制生动,不铺陈,不杂芜。

从十九篇"为什么"到一百多篇"为什么","真""实""简"的风格得到了一以贯之的坚持。这些篇目中没有溢美之词,避免空泛表态,以节制的"陈情"与"说理",通过对材料的选取,对切入角度的选择,向世界展示了中国共产党的百年大党形象,解析了中国共产党的"执政密码",以新视角增加国际社会对党的了解和认知。

五、从"他塑"中破圈,中国共产党国际传播再思考

5月31日,中共中央政治局就加强我国国际传播能力建设进行第三十次集体学习,习近平总书记对加强和改进国际传播工作进行了专题性、系统性的论述,提出了加强国际传播能力建设的新时代课题,其中也特别强调,要加强对中国共产党的宣传阐释。

我们正在经历"世界百年未有之大变局"。国际政治波谲云诡,尤其是在新冠疫情的冲击影响下,不稳定不确定性因素层出不穷,有观点认为,当前形成了自"冷战"结束以来最为复杂的国际传播环境。应当看到,西方发达国家仍掌握着国际话语权,"西强我弱"的国际舆论格局仍未改变。当今世界对中国和中国共产党的形象认识主要来自美西方媒体的"他塑",在意识形态、政治经济利益的驱动下,丑化抹黑中国共产党形象的报道并不鲜见,导致国际社会对中国共产

党形象的建构与真实情况存在偏差，甚至一些国家对中国共产党的认识产生错误。特别是随着中国日益强大，一些原本优越感十足的西方国家看待中国的心态失衡，经常透过"偏见滤镜"来报道和看待中国，西方主导的国际话语体系给中国共产党国际形象的塑造与传播带来结构性约束。

走出误读，走出"他塑"，找到世界对世界第一大政党几乎被淹没但实际存在的好奇心，国际传播"破圈突围"任务紧迫。然而在外宣工作实践中，应当直面目前存在的一些问题，譬如：缺乏语境转换，让对外报道成为自说自话；政治术语多，生动平实的语言少；执政成就说得多，执政理念说得少；着重"讲道理"，轻视"讲故事"；等等。改进传播策略，提高传播艺术，提升国际传播效能，增强亲和力和实效性，任重道远。

习近平总书记强调："要加快构建中国话语和中国叙事体系，用中国理论阐释中国实践，用中国实践升华中国理论，打造融通中外的新概念、新范畴、新表述，更加充分、更加鲜明地展现中国故事及其背后的思想力量和精神力量。"

中新社作为中央主要新闻单位和重点对外传播媒体，一直积极探索富有中新风格的国际传播语态，坚持"官话民说、硬话软说、长话短说、空话不说、中话西说"。无论是"十九大十九问"，还是"中国共产党的'十万个为什么'"，均是努力以事明理、以理服人、以情感人，用最易被海外受众认知、理解和接受的话语，用"刚柔相济，以小胜大"的方式，力求精准的针对性和特别的实效性。在新的征程上，中新社将不懈求索，努力打造新型国际传播主流媒体，为塑造可信、可爱、可敬的中国形象，展现真实、立体、全面的中国，提高国家文化软实力作出贡献。

（与中新网副总编辑唐伟杰合作；
载 2021 年第 9 期《新闻战线》）

新全球化时代的中新社与中新风格

——中新风格在对外话语体系构建中的独特价值

中新社作为以对外传播为主要业务的通讯社，承担着报道国内外重大议题，连接中国与世界，尤其是海外华侨华人群体的重要职责。中新社建立的历史背景和发展的历程决定了它肩负中国故事的传播使命、认同建构的时代责任、文化中国的共同情怀和华文媒体的引领要求这四重意义深远的历史使命。在国际形势急剧变化、世界进入新全球化阶段、中国的对外传播走向新格局新阶段的当下，中新风格在理念和实践层面都凸显出新的特征。

在理念层面，中新风格紧扣全球新闻发展的理论前沿，形成了以"人民性、故事性、对话性、建设性"为特征的理念价值；在实践层面，中新社一线媒体人沿袭老一辈中新人在探索中形成的一系列报道风格，将其发展成为历史沿革的继承性、媒体定位的精准性、话语风格的独特性和数字时代的延续性四大实践体悟。

面对国内外不断变化的新形势和中国发展的新要求，中新社未来的发展需要深度融入国际传播的发展趋势中，深度融入中国对外传播的趋势中，深度融入媒介融合的趋势中，深度融入海外华人核心关切和情感诉求的新变化中，继承发扬中新风格并将其与新的媒介和政治社会环境相适应，推动中新社作为国家通讯社在对外传播中发挥更为重要的作用。

一、中新风格的时代背景与历史沿革

中新社的前身是国际新闻社（以下简称国新社），在1938年由范长江、胡愈之等发起成立。在抗日战争及解放战争时期，国新社在中国共产党的领导下开展新闻工作，向国统区报刊和海外华侨报纸提供通讯稿和专稿。在国新社的鼎盛时期，采用国新社稿件的报刊共计超过一百五十家，涵盖了中国共产党领导的《新华日报》《华商报》，国统区报刊，以及东南亚、印度、美国、澳大利亚、非洲的华侨报纸。

新中国成立后，国内外形势复杂严峻，为打破美国等西方势力的封锁，使海外华侨报纸有祖国的直接新闻来源，中共中央领导认为有必要成立一家直接向海外华文报纸提供稿件的通讯社，中新社由此应运而生。最初，中新社受众定位为海外华侨华人。1956年3月，中新社召开整编会议，确定了组织和业务架构。会议明确了中新社是负责海外华文报刊各种稿件的一个"华侨通讯社"；成立了社务委员会和编辑委员会；建立了广播、通讯、图片、专稿四个编辑部和广东、福建、香港三个办事处。20世纪60年代，中新社开始报道国际新闻，加强了新闻、出版、图片、画报、电影、文艺和对海外华文报刊的调研等业务，在海外华侨报纸中已形成很大影响。

根据国侨办发布的《华侨华人蓝皮书：华侨华人研究报告（2015）》和《华侨华人蓝皮书：华侨华人研究报告（2017）》的数据，目前全球华侨华人人数超过6000万，主要集中在东南亚、日韩和欧美地区。海外华侨华人成为中国与世界联系的重要桥梁。据不完全统计，马来西亚正式注册的华人社团超过7000个，泰国华人社团也有2000多个，菲律宾则有1000多个，日本有130多个，加拿大有400多个，美国有800多个，欧洲有近1000个。这样庞大且与中国血脉相连的华侨华人群体，在中国加强与世界沟通对话、增进相互了解中发挥了独特作用。

基于面向海外华侨华人、海外华文媒体服务的职责定位，中新社在新中国建设和发展时期逐渐成为以中文为主要写作语言的国家通讯社。也是在这个历史时期,中新社在报道选题上呈现出"中国立场、国际表述","民间视角、民间表达"的鲜明特色;在新闻写作上形成了"官话民说、硬话软说、长话短说、空话不说"的独特风格;在专业态度上,展现出追求真实、准确、客观、及时的新闻坚守;在气质品格上,构建了实事求是、以人为本、与时俱进的精神价值。

总体来说,目前学界对中新风格的关注大多是从业务实践角度出发,虽然能呈现出中新社报道的细节和操作风格,但缺乏相应理论框架的支撑和提纲挈领式的归纳总结。特别是在国际格局快速变化,全球新闻生产理念不断更新的当下,需要结合全球新闻理论的发展,重新理解和厘清新时代中新风格的表现与特征。因此,本研究试图在综合整理中新风格的历史使命和现实表达的基础上,从理念和实践两个层面分析新全球化语境下中新风格的新特点、新总结,并对新时代全球化、全媒体的环境下中新社未来的发展路径进行讨论。

二、新全球化时代中新社的历史使命

(一)中国故事的传播使命

讲好故事,事半功倍。因为故事能在讲述者和受众之间迅速建立情感上的联系,产生思想上的共鸣。党的十九大报告强调,要推进国际传播能力建设,讲好中国故事,展现真实、立体、全面的中国,提高国家文化软实力。中新社的实践已经走在中国故事海外传播的前列。

故事既是国家历史与人民生活的积淀,又是民族精神与时代理念的浓缩。讲好中国故事,既可以让世界对中国多一分尊重,多一分理解,多一分认同,使中国的朋友圈越来越大、越来越牢固、越来越真实,又可以增加全国各族人民为建设社会主义现代化强国而上下求索的正能量。习近平总书记多次强调,讲中国故事是时代命题,讲好中国故事是时代使命。事实上,习近平总书记本人是讲中国故事的大师——无论是出访演讲、撰写文章,还是会议发言、调研谈话,都具有强烈的"讲故事"意识,传情达意具体生动、通俗深刻,充分展现了中国智慧与中国精神。在新闻报道的故事性层面,中新社也进行了一系列努力和探索,中新社对于中国故事的传播意识主要体现在以下几个方面:

一是选择好故事"人物"。故事是人讲的,通常也是讲人的故事。中新社在选取新闻人物时,有意识地选择重大新闻事件中的中国人物和港澳台侨声音。例如,1987年,中新社推动促成台湾记者三十八年来首访大陆,助力两岸新闻交流破冰。2017年,两岸交流三十周年之际,中新社记者专访台湾"中央社"前董事长陈国祥,发出《忆台媒初"登陆" 陈国祥指"催化两岸交流"》的稿件,时任《自立晚报》总编辑的陈国祥忆述了当年派遣记者绕道日本前往大陆,实现三十八年来台湾记者首次对大陆公开采访的历史性事件。通过新闻当事人的娓娓道来,稿件展现了两岸三十年间增进相互了解,促进同胞感情,进而共同弘扬中华文化,推动两岸关系和平发展的历程。

二是选择好故事"题材"。中国故事的题材千千万万,中国故事的元素林林总总,讲好中国故事应精选能代表中国形象、传递中国理念的人与事,使其成为世界了解中国的窗口。中国从站起来到富起来到强起来的奋斗、发展与进步,造就了大量故事题材,深度发掘、系统整理这些故事题材是讲好中国故事的基础工程。例如,山西分社记者采写的文字稿件《中国人民代表大会制度"见证人"申纪兰和西沟村的变迁》,以申纪兰四十多年来带领西沟村人治山治沟、兴企办厂,逐浪市场经济大潮的生动故事,展现了中国农民艰苦奋斗、与时俱进的精神面貌和日益繁盛的中国新农村形象,该稿荣获第三十届中国人大新闻奖一等奖。又如,视频部推出的"微视界"栏目,深入祖国各地,选取诸如重庆"洋"网红、澳门合唱团、军人手工匠等具有代表性的中国普通人,向海外展现真实、生动、美好的中国。

三是选择好讲故事的"话语"。话语是故事的外壳、交流的工具、情感的载体。讲好中国故事,可以用中国话语讲中国故事,也可以用外国话语讲中国故事，用中国话语讲世界故事。2020年，新冠疫情暴发后，"中国病毒起源论""向中国索赔论""中国疫情数据不透明论"等来自境外的负面杂音、错误论调一度甚嚣尘上，部分西方政客为了政治私利不断诋毁、攻击中国。面对复杂严峻的国际舆论环境，中新社迅速策划部署，设置议题，内外联动，从国际权威专家学者、在华亲历疫情的外国人、国际知名人士等"外眼"入手，借嘴说话，以"开放性"聚焦中国战"疫"获得国际肯定，以"关联性"贴近受众有效引导舆论，以"全球性"讲述人类命运共同体和中国担当故事，三十余篇原创报道形成一组有温度、有力度、有深度的系列报道。

四是选择好讲故事的"形式"。讲故事不一定都是用文字语言形式，还可以灵活运用电视、电影、舞蹈、音乐、图片、诗词等多种形式。2019年初，针对美西方一些政客和组织对涉疆话题的恶意歪曲及炒作，中新社精心策划，特派记者赴新疆和田实地探访当地职业技能教育培训中心，采制《我的生活终于有了色彩：维吾尔族姑娘教培中心重拾舞蹈梦》《新疆教培中心的"情话"：丈夫为妻子唱起浪漫情歌》《新疆教培中心女学员"变形记"：从蒙面长袍到化妆美容》等系列短视频，以鲜活的人物故事为主，突出学员培训前后的正向变化，事实表达清楚，人物观点明确，发出时机巧妙，与境外不实论调形成正面交锋，有效对冲国际舆论场片面不实信息。

（二）认同建构的时代责任

全球化时代的到来使得中国与国际社会的关系更近了，它一方面加强了中国在国际政治、经济舞台上的发言权，另一方面也要求中国以一个大国的身份在国际事务中发挥其应有的作用。全球化之于文化的一个重要作用，就在于它消解了认同的"单一性"和"本真性"，原先被人们普遍认为的单一的民族和文化认同也发生了裂变，我们已经不可抗拒地被带入了一个全球化的时代。因此，如何在新时代通过媒体引领在全球社区内建立华侨华人社区的身份认同，成为中新社的时代责任和使命。在全球化时代，华文媒体是凝聚华人的纽带、族群发声的平台、文化传承的载体、交流对话的桥梁，作为构成海外华人社会重要支柱之一的作用凸显。

在传播技术日新月异的当下，无论传播手段如何更新，媒体平台如何多元，中新社立足国际新闻市场的基础就是扎根华人社会，维护族裔权益，争取话语权。近几年，华文媒体的团结协作意识明显加强，在涉及同胞权益的关键问题上联合发声，这使主流社会更能听到华文媒体的声音，看到华人社会的力量。美国的华文媒体虽然形式多样，内容定位和传播方式也有所不同，但在触及华裔社区和族群利益的大是大非问题上，各媒体都尽力发声、相互呼应，成就了美国华文传媒发展史上的新篇章。继2013年华裔抗议美国广播公司辱华案、2014年华裔警员梁彼得司法不公案后，近两年影响最大的应属陈霞芬案。面对美国部分政客的不实指控，中新社对这一议题保持关切，积极回应，在凝聚西方华人社群声音，表达中国对华裔科学家和华人社群的支持方面产生显著影响。

近年来，华文媒体的发展环境也更显复杂：一方面随着中国国际地位的提升和华人融入当地社会的脚步加快，华文媒体的竞争力与影响力日益增强；另一方面纷乱复杂的国际局势也让不同的声音增多，华人社会和华文媒体都不可避免地面对一些新的误解和偏见。即便如此，中新社并没有忘记根基之所在、职责之所在、使命之所在，仍在不断展现坚韧的生命力和有为的担当，这充分体现了中新社的使命担当。

（三）文化中国的共同情怀

既然作为民族国家之意义上的民族具有更多后天的建构性，那么在全球化的时代，随着民族国家疆界的模糊，世界主义所蕴含的超民族意识便有所抬头。这一趋势并不是突然出现的，早已在中国近现代历史上就已经有所反映，它的源头可以追溯到五四时期，面对西方文化和文学思潮的冲击，一大批追求新知的知识分子把目光转向西方世界。而在风云变化的当下,中新社面向全球以华侨华人为主的对中国文化具有认同感的群体,弘扬更具广泛性和兼容性的"文化中国"。

中国是有深厚底蕴和精彩故事的国家,世界各国及其民众也渴望了解和认识中国。另一方面,中国的发展亦融入世界、接轨国际,中国要发展、进步、富强,需要吸收和借鉴一切先进文明,因此,交流交融至关重要。随着中国同外部世界的互动持续加深,关于中国的信息也广泛传播。在这个过程中,海外华文媒体的作用不可忽视。海外华文媒体就是一座桥梁,一头连着华人社群,一头连着所在国主流社会;一头连着中国,一头连着世界。由于深入了解中外历史、政治、经济、民族、宗教等各种情形,又熟悉住在国政治制度、法律环境、民风乡俗和文化心理,海外华文媒体具有融通中外的优势,其话语表达往往更易于为东西方所接受,能够以海外受众喜闻乐见的方式将中国推向世界,化解隔阂,消弭偏见,冰释误解,让国际社会更加准确、全面、深入地了解中国,认识中国,理解中国。中新社的目标,不仅仅是面向海外华侨华人这一群体发布新闻,而是建立一个如华人学者杜维明所述的"文化中国"体系。它包含了超越民族国家界限的文化共同体对于中国的认知和理解,追求在新全球化时代凝聚更为广泛的华人力量,为中国的发展营造良好的外部环境。

(四)华文媒体的引领要求

近几年,随着中国国力的增加,中国国际地位日益提高,华人的国际影响力在不断增强,海外华文媒体的综合优势也在不断扩大,对海外侨胞乃至主流社会的影响更加明显。海外华文媒体既连接着祖国又连接着国际,应当积极弘扬和平合作、互利共赢的精神,有效地传递中国声音,做到中国立场国际表达,让海外读者和外国友人客观真实地了解中国。

随着移动互联网成为舆论交锋的主要平台,海外华文新媒体异军突起,逐渐成为塑造国家形象、争夺国际话语权的一股新生力量,并发挥越来越重要的作用。面对新媒体日新月异的发展,海外华文媒体转型升级、融合发展成为必然的选择。

顺应时代趋势,做媒体融合的变革者。中新社在保持自身特色的同时,把握机遇,主动对接全球信息高速公路,增强海外华文媒体与中国主流媒体在内容、渠道、平台、技术、人才培养等多方面的交流合作,聚合全球资源和新闻资讯,形成合力。在融合发展的过程中,不忘初心,坚守媒体社会责任;内容为先,提升媒体核心竞争力;尊重规律,把新媒体发展提升到优先的位置;创新引领,推动媒体融合发展,在新媒体社交平台扩大影响力,增强华文媒体在海外的话语权,真正发挥中新社全媒体领域的引领能力。

三、新全球化时代中新风格的理念演进

2016年以来,全球政治和国际关系格局发生了翻天覆地的变化,自"二战"以来形成的美式全球化价值在理念和实践层面都受到挑战。当前世界格局已经逐步进入新全球化的阶段,媒体的职能拓展为帮助人们理解世界的全貌以及不同国家、族群和社群之间的联系。如果说美式全球化推崇的是同质化和单向输出,那么新全球化追求的则是多元化和多向流动。美式全球化带有深刻的"后殖民主义"印记,视美国模式为全球各国发展的基本路径。新全球化则力图打破这种思维惯性,鼓励不同国家以本国的历史和文化传统为基础,寻找符合本国国情的发展模式,并通过文明的交流和互鉴推动人类社会共同发展。

在这样的背景下,国际新闻的理念也在悄然发生转变,西方国家对于全球新闻的垄断被逐渐打破,长期以来奉西方"新闻专业主义"为圭臬的国际新闻理念开始寻求新的发展出路。诸如解困新闻、建设性新闻、发展新闻学和对话新闻学等新的新闻理念不断涌现,为美式全球化时代之后如何利用新闻推动国际社会的相互理解与合作开辟了新的路径。中新社在理念层面把握了这一动向,并在报道中充分地贯

彻了新的国际新闻理念,推动了中新社在新全球化时代的理念更新和实践落地。通过对中新社近年来重大新闻报道的分析梳理,新全球化时代的中新风格在理念层面可以概括为以下四个重要特性。

(一)家国情怀与人类命运共同体的坚守——人民性的实践

2013年,习近平主席在全国宣传思想工作会议上指出"党性和人民性从来都是一致的、统一的",重申党性与人民性的统一,使得"人民性"这一沉寂已久的概念被重新提起,澄清了以往对党性和人民性问题的认识误区。从时间维度看,"人民性"的概念是从"群众性"概念而来,两者基本是指同一个意思。人民性和党性作为一对概念,在微妙的平衡中体现着党报的政治属性。在国内,最早将党报党性与群众性(人民性)并提的是毛泽东,他强调《解放日报》的改版要点是"增强党性和反映群众",后来在《对晋绥日报编辑人员的谈话》中进一步提出:"你们的工作,就是教育群众,让群众知道自己的利益,自己的任务,和党的方针政策。……我们的报纸也要靠大家来办,靠全体人民群众来办,靠全党来办,而不能只靠少数人关起门来办。我们的报上天天讲群众路线,可是报社自己的工作却往往没有实行群众路线。"中国共产党的宗旨是"全心全意为人民服务",马克思主义新闻观要求办报需要强调"党性"和"人民性"的统一,为人民服务,致力于满足人民的需要。

"人民性"的新闻思想不仅体现在国内新闻报道中,"人民性"也可与"中国梦"和"人类命运共同体"等政治理念结合起来,对外传播"人民性"的具体内涵。比如在"中国梦"的对外传播工作中,应当以"媒体公共性"为标准,以"中国梦归根到底是人民的梦"为指南,深入挖掘把中国人民和世界人民联结为"命运共同体"的主题,不回避中国发展中碰到的问题,淡化官方色彩和政府主导因素,把焦点对准普通民众诉求,突出人民在实现中国梦中发挥的作用。

作为中国共产党创办和领导的、具有悠久革命传统的国家通讯社,中新社在创建发展的各个时期始终坚持正确的政治方向,拥护党的领导，高扬爱国主义旗帜，以全心全意为人民服务为根本宗旨。中新社创办人廖承志曾在讲话中旗帜鲜明地提出"坚持爱国主义"，提出中新社稿件不要一个口号照搬照抄，不是马列主义的"文抄公"，指出华侨报纸是群众报纸，是华侨广大中间群众的报纸。在对外阐述事关党和国家路线方针政策、国家主权和领土完整、经济发展和社会进步等重大议题时，中新社始终旗帜鲜明地固守正确的价值立场，向世界传播中国人民的声音，同时兼顾以面向海外华侨华人为核心的定位，选择符合通讯社定位的表达方式。在新全球化时代，这种人民性不仅覆盖了全球视角与中国立场的结合，更凸显了人类命运共同体所蕴含的新世界主义价值，推动中新社的报道彰显人类的共同价值和普遍意义。

在家国情怀的层面，中新社立足中国、辐射港澳和华侨华人、影响全球的报道维度层次清晰，一方面体现了全球华人的情感联系和爱国情结，另一方面则呈现了作为人类命运共同体的全球民众在新世界主义精神下如何互通互利，建立具有共融价值的全球社会。

在近几年的报道中，中新社立足于家国情怀的人类命运共同体理念展开了一系列相关主题报道，充分阐释了中国如何将人类命运共同体作为国家叙事的一部分，代表了中国在新全球化时代对于中国人民和全球民众共生共荣的价值期待。在全球化时代，人民性的价值不仅仅体现在群众路线中，中新社作为沟通海内外华人的桥梁，更多地利用自身在全球华侨华人中的影响力，将人民性价值与全球华人的家国情怀、人类命运共同体的立场结合起来，在国际传播中实践了人民性这一中国共产党新闻理念的核心价值。

（二）官话民说，打造有温度的叙事——故事性的实践

在舆论宣传中，西方偏重于个体表达和细节描述。在西方受众看来，越是平凡的人、普通的事，就越真实可信，深入人心。对外传播归根结底是做"说服人"的工作，若想说服西方受众，就必须善于讲平凡人的故事，以故事拉近与受众之间的距离，在娓娓道来中实现传播意图。西方媒体奉为圭臬的"华尔街日报体"写作风格，就是要求

新闻报道从细节和个人故事入手,去切入具有社会意义和社会影响的选题。如何讲好故事,对于以情感化为导向的数字媒体叙事具有重要的启示意义。

在全球化时代,"讲好中国故事"的目标对于媒体提升叙事能力提出了更高的要求。值得一提的是,美国学者约瑟夫·奈在2013年进一步阐释"软实力"概念时提出,在信息时代,处理国际事务的成败取决于"谁讲的故事更动听"(Whose story wins)。这说明当前软实力更多地表现为叙事和修辞的能力,通过叙事能够解释世界是什么样的,也能够塑造人类对于冲突和利益的感知。习近平主席多次在讲话中强调,在推进中国国际传播能力建设的过程中需要"讲好中国故事,传播好中国声音",这是因为当前的国际关系中,"讲故事"已经成为一种重要的能力。

中新社自创建伊始,即深知"讲故事"在国际传播中的重要性,在对外传播实践中高度重视增强新闻报道的叙事性,是对外讲好中国故事、传播好中国声音的先声和典范。中新社着眼于传播对象的资讯需求,在深入系统地报道沿海地区侨乡新闻、港澳台新闻、全球华侨华人新闻的同时,主动向世界宣介新时代中国特色社会主义思想,主动讲好中国共产党治国理政的故事、中国人民奋斗圆梦的故事、中国坚持和平发展合作共赢的故事,让世界更好地了解中国。中新社的报道充分体现了"讲故事"的能力在新闻中的实践。

在香港发生的修例风波中,中新社将报道聚焦在香港普通民众身上,以一个个细节和故事的报道呈现了与西方媒体"妖魔化"报道完全不同的形态。在《新婚警嫂:先生平安归家是最好礼物》的融合媒体报道中,记者将目光对准了新婚警嫂沈太太。沈太太与当警察的丈夫在结婚后还没来得及度蜜月,先生就因修例风波投入执法工作,而且一干就是三个多月,沈太太则关注局势的变化而每日提心吊胆。稿件以新婚警嫂的视角,展示了警察执法的艰辛和市民希望香港社会尽快恢复正常秩序的迫切。相比于宏观和泛化地呈现香港的混乱,这一稿件从一个普通家庭的故事入手，视角独特，可视性强，更多地引发受众的共情，这一报道在秒拍平台播放量达 200 万，说明这个带有"人情味"的故事有效地引起了海内外受众的情感共鸣。

类似的基于"共情"的故事在中新社的报道中很常见，无论是在南京大屠杀八十周年纪念日报道中对于日本遗孤代表团的关注，还是在英国脱欧系列报道中对时任首相特蕾莎·梅"午餐变早餐"的特写，都充分体现了当前中新社报道中对于细节故事和新闻事件全局把握的能力。相比于传统对外传播重说理轻说事的风格，中新社以小见大、以事说理的报道形式，沿袭了其传统的"全球视角，民间观察"的思路，并将其与新媒体时代新闻报道对于故事性的追求相结合，形成了具有独特风格的国际新闻报道模式。

（三）中国立场，华人声音——对话性的实践

在新闻理念的发展脉络中，新闻对话性的出现是在新闻客观性被奉为西方主流新闻价值观圭臬的背景下进行的一次发生在西方学界内部与外部的反思，它顺应了后现代主义思潮对现代主义哲学的挑战，以及互动性、普及性新媒体技术对传统单向度、以文字为核心的印刷媒介的替代，在实践层面也有利于发展中国家打破西方国家单方面定义"客观真实性"的信息传播霸权。

"对话新闻学"承认和接受新闻传播主体的局限性，考虑到其本身的意识形态，不以是否"真实""客观"为唯一标准，而是以促成平等、和谐、民主的"对话"为目标，主动与新闻事件利益攸关的各方进行平等对话，促进彼此理解，展现多方不同的声音。在对外传播中，这种"对话性"理念可以帮助抵抗西方强势话语构建的"一元伪真实"，通过提倡与多方利益相关者沟通，而不急于按照以往报道惯例与理解范式消极疏离于事件，国际报道可以超越"客观新闻学"的局限，通过平等的对话与沟通打破认知偏见，更加真实客观地表现话语权薄弱国家的真实社会图景。

对话性新闻在当前国际新闻的实践中发挥了日益重要的作用。在

国际社会各种矛盾日益加剧，不同国家、民族之间冲突不断升级的背景下，如何通过新闻报道主动与新闻事件利益攸关的各方进行平等对话，展现多方不同的声音从而促成理性对话，弥合族群误解，增进了解和共识是对话新闻学给当前国际新闻的重要启示。中新社作为沟通海内外、传递中国声音的重要桥梁，在提升对话能力、增进海外社会特别是海外华侨华人对中国理解的层面作出了重要的努力和巨大的贡献。

在十九大期间，中新社策划推出了"十九大十九问"专题，以"问"为题，以新闻为由头，系统介绍党的知识，真实、立体、全面对外展现党的形象。长期以来，海外大部分受众对中国共产党的历史、制度、党内规范和程序等并不了解，这给了某些舆论混淆视听的空间，将中共党内的正常程序、纪律规定曲解为"人事异动""政治斗争"的现象时有发生。每到党的重大会议期间，海外舆论就会出现一系列耸人听闻的"解密""爆料"等，即使内容完全编造，毫无政治常识，但却仍旧能够广为流传。近年来，随着中国国际地位的提升，国际社会了解中国共产党的意愿大大增加。这也导致了信息和舆论的不均衡加剧，表现为对人事议题更强烈的关注和渲染。

五年一度的全国党代会是引导受众了解中国共产党的极佳机会，但如果仅把党代会作为新闻事件来宣传，较难呈现全貌；如果以"教科书"的形式来宣介，又难免冗长，难以引起受众兴趣，难以取得效果。中新社充分吸纳了对话新闻学的价值，一改传统政治报道比较刻板的话语和框架，直面海外舆论对于中国政治制度的猜疑和困惑，用解答党代会的十九个重要问题的方式回应了海外舆论的关切，在开诚布公的对话中实现了中国政治制度的对外传播。

"十九大十九问"中的十九个选题基本涵盖了党的历史、制度、程序、规定、纪律等全方位内容，以"问"为题，以点带面，以小见大，每一"问"都回答一个新闻点及其背后的系统知识和历史概貌。如《十九大为何有特邀代表？》回应了几个最易引发误读的关切——特邀代表的来历，哪些人能成为特邀代表，他们有哪些权利，列席大会的有多少人，请谁来等；《中共如何通过修改党章确立"行动指南"？》梳理了中共二大以来历次党章修改的历史，直面海外舆论对党章修改的疑问，给予了切实而有效的回应。

在国际社会意识形态冲突逐渐升温，民族主义、民粹主义情绪抬头的背景下，中国的国际传播媒体更需要利用对话新闻的价值，将新闻报道作为与国际社会进行对话，解释中国发展现状和思路的窗口，通过有效的对话帮助国际社会理解中国的发展逻辑，从而提升中国政治制度和政治文化的感召力和影响力。中新社的"十九大十九问"作为对话新闻的典范，利用十九大的契机向国际社会解释了中国的政党制度及其合理性，不仅有效地回应了海外关切，也展现了中国主流媒体乐于积极对话的开放姿态。

（四）积极价值与解困思维——建设性的实践

在民粹主义兴起，智媒推送的"后真相"放大了社会分裂，威胁到以精英主义立足的传统主流媒体的生死存亡的时代背景下，新闻业需要对自身的社会价值与角色进行反思和定位。近几年来，有学者提出"建设性新闻"这一理念，强调积极性、参与性和社会责任的新闻报道形式。建设性新闻的核心理念主要包括：问题解决的导向，面向未来的视野，包容与多元，赋权，提供语境和协同创新。它打破了突发新闻紧盯当下和调查新闻追溯过去的视野局限，通过吸纳解困新闻、公民新闻等相关理念，推动新闻作为一种建设性的力量参与到社会发展的进程中，希望新闻从业者秉持着"如何能够推动社会变好"而非"为什么情况这么坏"的思路展开报道，从而将新闻业的合法性从单纯的呈现和批判向着推动人类进步的维度转变。

自建立以来，中新社始终将自己定位为"中国以对外报道为主要新闻业务的国家通讯社，是以海外华侨华人、港澳同胞、台湾同胞和与中国有联系的外国人为主要服务对象的通讯社"。作为以港澳台和海外华人为主要服务对象的国家级媒体，作为连接中国大陆主流声音和港澳台及海外同胞的桥梁发挥好作用，是中新社长期立足的根本。特别是伴随着中国的快速崛起，港台地区和海外舆论对于中国存在着一系列质疑、抹黑和妖魔化的声音，中新社作为面向这些地区发声的主流媒体，在沟通解释、澄清误解方面进行了大量的努力。面对着复杂多变的国际形势，中新社立足于建设性新闻的立场，直面当前国际社会涉华的重要议题积极发声，以解决问题的导向和积极的价值引导国际舆论。

2019年8月以来，香港的动乱势头不断扩大，引发海内外华人社会的强烈反响。中新社作为关注港澳地区事务的通讯社，自然投入了大量精力在报道中。但不同于其他媒体的是，中新社的报道没有简单聚焦于冲突和暴力，而是另辟蹊径加大了香港市民人物专访的采集，先后发出了《特写：各界力挺香港茶餐厅老板娘，撑警之声响彻小店》《香港遭示威者围殴司机发声：我失去了很多，但学会了感恩》《香港警嫂深情教子：你的父亲是真正的英雄》等近二十篇特稿和"香港故事——香港市民心声"系列视频。这一系列稿件采访扎实、制作精细，以鲜活、生动的故事打动人心，在海内外引起强烈反响。其中"一人茶餐厅"女老板的稿件，被大量转发、评论，成为爆款新闻，在微博上的阅读量超过5亿，在秒拍、腾讯等国内平台的累计播放量近5000万，在YouTube等海外社交媒体的播放量近100万。中央电视台根据中新社提供的视频素材，先后制作了"一人茶餐厅"女老板、货车司机、机场怒斥示威者的梁先生三条新闻在《新闻联播》中播出。

建设性新闻的重要价值之一就是强调关注新闻议题中呈现出的积极价值，要求新闻报道是严谨且具有正向价值的，以维护新闻的核心功能和道德要求为依归，包含积极的情绪和解决方案等重要元素。面对香港社会的混乱和冲突，中新社没有简单地进行批判，没有单纯地去呈现暴力和冲突，而是将目光聚焦在香港"沉默的大多数"，展现香港普通爱国爱港百姓在社会正常秩序受到冲击后的生活与行动；通过将他们的想法和行动转变成为具有感染力的故事，以娓娓道来的方式讲述爱国爱港的普通百姓如何用切身行动保护香港，反对暴乱。这一独特的视角将香港问题的议题焦点，转移到了如何更好地恢复香港社会的秩序上，一方面通过建设性的价值呈现了如何为香港局势破局的可能性，另一方面也能够吸引更多的普通香港市民参与到止暴制乱的行动中，从而为内地主流媒体的香港报道提供一种不同的维度。

面对日益复杂的国际形势和香港、台湾等地区的社会问题，中新社报道中所反映出的建设性新闻报道形态，代表了当前中国主流媒体新闻报道理念的转型。面对着广泛存在的全球性和地区性冲突，中新社对于建设性新闻理念的实践可谓恰逢其时。在世界的任何一个角落，建设性新闻的理念和实践都能够有效地推动智媒时代的新闻业在不同政治和社会背景下，完成价值观和身份认同的转型与重塑，实现新全球化语境下新闻报道的价值转型。

四、新全球化时代中新风格的实践体悟

在宏观的理念层面，中新社形成了以"人民性、故事性、对话性、建设性"为特征的报道形式，紧跟国际新闻理论发展前沿，在实践的层面践行了中国的国际新闻从"宣传"到"传播"、从"我说你听"到"良性互动"的理念和价值转变。而在微观的操作层面，中新社的报道在沿袭传统的报道价值和实践理念之外，逐步以目标受众关切为立足点，以清新、朴实的话语风格和精准的媒体定位推进有效的对外传播。

为了进一步分析新全球化时代中新风格的实践发展和数字媒体对中新风格的影响，研究团队对中新社老一辈资深媒体人和目前身处采编工作一线的记者编辑进行了问卷调查和电话访谈，梳理提炼出中新风格在新闻实践操作层面呈现出的四个鲜明特征。

（一）历史沿革的继承性

作为一个在实践过程中自发形成的新闻报道理念，中新风格具有

深厚的历史积淀,并在一代代中新社人新闻报道的实践过程中发展完善。目前活跃在一线的记者编辑一致认为,中新风格作为老一辈新闻人逐步形成并延续下来的一种报道方式,对他们的新闻实践具有重要的影响力。中新风格的这种历史继承性体现在,当前中新社一线的记者编辑普遍非常熟悉"官话民说、硬话软说、长话短说、空话不说"的中新风格核心理念,以及"平实、平稳、平衡"的"三平"视角。同时也有很多记者编辑提到"短、平、快、活"的新闻文风和"国际视野+中国立场"的报道原则。这说明中新风格作为一种价值共识,已经渗透进了中新媒体人的理念和实践中,在中新社内部形成了一种具有共识性的行业习惯,作为指导中新社报道的共同认知和基本导向。中新风格代代相传,具有丰富的历史积淀和继承性。

(二)媒体定位的精准性

在中国的主流媒体和国际通讯社中,中新社对目标受众的定位最为清晰明确。以海外华侨华人为主要服务对象,中新社的报道目标也清晰明确,报道手法直指目标受众需求,通过文化中国的理念连接海外华侨华人和中国,并以此辐射全球的中华文化圈。在一线记者编辑的认识中,中新社始终坚持半官方、平民化、亲和力等"民间通讯社"的定位,并由此形成了主要面向"四种人",进而以对外传播视野辐射全球的媒体品牌。在日益增长且新移民不断融入主流的海外华侨华人社会,华文资讯仍将是承担传播国家影响力和民族凝聚力的重要力量,在维护国家核心利益方面仍具有重要作用。在新全球化时代,中国的全球传播面临新的挑战,中新社以兼具人民性和故事性的报道特征,以半官方媒体的姿态和具有亲和性的报道风格,形成了独具特色的媒体品牌,找到了精准的媒体定位。

(三)话语风格的稳定性

中新社在历史的实践中逐步形成了以"平实、平稳、平衡"为显著特征的报道形式,在语言风格上力求"柔性、有温度、个性化"。这一语言风格被历代中新社记者编辑继承和发扬,成为中新社在新闻采写领域标志性的特征。面对诸如香港修例风波、新冠疫情等涉及重大国计民生的问题,中新社的报道仍旧秉中持正,以理服人、以情动人,充分体现出了媒体报道所应当具有的人文关怀。

在一线记者编辑的实践层面,很多人提到中新社的报道力求"以小见大",即使面对重大的社会政治选题,如何将同题作文写出新意是记者们广泛思考的问题。"平实、平稳、平衡"的话语风格反映在报道中即关注具体而微的场景故事。特别是一些海外驻站记者在涉华争议事件的报道中,中新社的报道文章较少"摆立场""喊口号",而是着力探索事件内部值得关注的故事,通过寓理于事表达立场,澄清异议,一方面具有较好的传播效果,另一方面也逐步打造了具有较高识别度的中新风格话语方式。

(四)数字时代的延续性

数字媒体时代,大众传播的话语风格和表现方式都发生了较大的变化。中新社一线记者编辑,特别是从事新媒体领域工作的受访者认为,数字媒体环境下中新风格一方面遭遇了挑战,一方面也面临着机遇。挑战方面,传统中新风格所具有的特征如何适应新媒体环境的要求是一个亟待解决的问题;机遇方面,中新风格在这样的媒体环境下显得愈发重要。在碎片化传播的背景下,中新风格所坚守的建设性的视角和故事性的报道方式,及其朴素、典雅的文字风格和具有深度的内容挖掘,能够进一步彰显人文价值和社会意义。

因此,数字媒体时代的中新风格一方面应当继往开来,守正创新,保持传统的立场站位和话语风格,另一方面则需要在快餐化、碎片化的传播当中找准受众,打造一系列兼具传统中新风格和数字时代传播要求的媒体产品和品牌,通过提升跨媒体叙事能力,强化受众意识,将之进一步发扬光大。

五、深度融合——新时代中新社的未来发展路径

在新中国成立以来的对外传播发展历程中，中国国家形象先后经历了从"红色中国""开放中国"到"全球中国"的转变。随着"一带一路"倡议的全面实施，中国和世界都将进入一个发展的新时代。在此背景下，我国对外传播工作的战略重点转移到构建以"积极、主动参与全球治理的负责任大国"为特征的"全球中国"形象上来。在全面深化改革开放的战略部署下，我国对外传播事业在内容、渠道、技术等方面进入快速提升的阶段，并随着"一带一路"倡议和构建"人类命运共同体"理念的落地生根，开始引领重塑全球传播新秩序的时代潮流。

在这样的背景下，新时代中新社的中新风格也开始与全球传播的发展有着更为密切的联系。总体上看，中新社在数十年的对外传播实践中，形成了与国内其他对外传播媒体交融互鉴又独具特色的新闻风格：从早期的"官话民说、硬话软说、长话短说、空话不说"以及"实、宽、短、快、活"五字原则，到新时代将这些特质融汇在新闻理念发展所形成的以"人民性、故事性、对话性、建设性"为代表的风格。中新社在长期采访积累过程中逐渐形成的中新风格成为中国新闻业，特别是对外报道中独具特色的风格。在中国进一步崛起并在国际舞台上扮演更为重要角色的背景下，中新社未来的发展将深刻地与国际新闻传播理念和中国对外传播发展相融合，走向具有中新社独特风格的多层次、多维度融合发展。概括而言，这种深度融合包含了四个相互关联的层面。

（一）深度融入国际传播的发展趋势中

全球新闻业正处于"古登堡革命"后六百年未有之大变局中，新兴技术层出不穷，媒介生态纷繁复杂，加之中国也步入改革的"深水区"和"攻坚克难期"，媒介生态呈现出一定的两面性，同时出现了"多媒体同步发展，全业态百花齐放"的盛况与"机构媒体遭遇瓶颈，平台媒体乱象丛生"的困局。在这样的背景下，中新社作为具有独特地位和精准定位的国家通讯社，需要进一步深度融入国际传播和国际

新闻的发展趋势中。一方面提升报道内容的品位与风格，避免陷入平台媒体流量混战和吸睛博弈中，突出建设性的报道风格和故事性的典雅语言，打造具有国际视野和中国风格的国际新闻品牌；另一方面，中新社需要紧跟融合媒体和智能媒体的发展趋势，进一步提升媒介融合和智能媒体技术运用的能力，将新媒体叙事融入传统的中新风格中，打造数字时代全媒体、大融合的中新报道模式。

（二）深度融入中国对外传播高质量发展的进程中

在全球格局和中国的社会发展面临拐点性的变局时，中国的对外传播战略和发展目标也在发生变化，从而形成不同于以往的全新国家叙事。国家叙事是指一个国家展现出怎样的价值观和目标，讲述关于自身怎样的故事。通过不同的国家叙事，可以看出这个国家所试图构建的是怎样的共同体形象。不同国家叙事的背后，展现的是根植于不同国家历史和文化之中的传统思想和现代社会发展方向的结合。在"全球中国"的全新国家叙事形成的背景下，对外传播的目标和任务都会发生显著的变化。作为连接中国社会和海外华侨华人力量的重要纽带，中新社需要将自身融入"全球中国"这一新型国家叙事中，通过向海外华人介绍中国当前的发展理念，凝聚文化中国的广泛力量，并进一步影响海外受众，为"讲好中国故事，传播好中国声音"的新时代中国对外传播战略贡献力量。

（三）深度融入媒介融合的趋势中

在数字媒体、智能媒体和沉浸媒体等不同媒体形态相继崛起的背景下，媒介技术的发展和媒介融合的深入成为未来国际媒体较量的重要层面。国际媒体只有深入地走向技术与内容、形态与渠道的融合，才能够在国际传播中占据一席之地。中新社作为最早建立网站的亚洲中文媒体，在数字化时代抢占了发展的先机。1995年4月，中新社香港分社注册了"www.chinanews.com"网站。中新网一出现便引起国际传媒和国内外网民的关注，是华文媒体在数字化转型中发出的先声。近些年来，中新社进一步深化新媒体和融媒体实践。2020年，新冠疫情席卷全球。在特殊之年的传统佳节中秋节，人们对于团圆和平安的期待更为迫切。中新社与腾讯在中秋之际携手推出"云聚中秋"微信互动小程序，借助全球网络渠道进行传播，实现了全球华侨华人、留学生与祖国亲朋的"云端相聚"。全球超过 1200 万用户通过"云聚中秋"微信小程序上传自己及亲友的照片，生成中秋团圆餐的合影，并分享至微信朋友圈，实现与至爱亲朋在云端共度佳节、叙谈情谊的心愿。"云聚中秋"平台生成照片超过 6600 万张，其中来自全球 129 个国家和地区的海外用户占比高达 43.02%。通过科技赋能和平台合作，这款融媒体产品充分激发了趣味性和互动性，在海外华侨华人、留学生群体中获得了超预期的参与效果。在"万物皆媒"的全媒体时代逐渐来临，内容生产与信息传播的链条重组的大背景下，中新社可以进一步深入探索数字媒体和智能媒体的发展规律，了解目标受众的数字媒体使用习惯，有的放矢地推动媒介融合和新媒体矩阵建设，从而将中新社的声音通过全媒体、全平台传递到更广阔的环境中。

（四）深度融入海外华人核心关切和情感诉求的新变化中

作为主要面向海外华侨华人的国家级媒体，中新社与海外华侨华人始终有着密切的联系。但伴随着改革开放和中国近些年来的发展，海外华侨华人的结构、身份和认同都开始出现明显的代际变化。中国内地改革开放之前，散居世界各地的华侨华人大部分为老一代移民和港台移民（包括东南亚地区华侨华人的再移民）。1978 年特别是 20 世纪 80 年代以后，中国内地出国留学、定居人员的数量不断增加。这一批新移民是与中国关系最为密切的人群。它们来自中华民族的中心区域，与中华文化的主体部分最为接近，对中华文化的认同意识最强。因此，中新社的报道需要逐渐增加对这一批新移民的价值认同和情感诉求的关注，充分吸纳对话性新闻的理念，强调多方利益沟通和价值共识塑造，寻找海外华侨华人与中国发展的最大公约数，进而推动海外华侨华人对中国发展的进一步认同和支持。

（2021 年中国新闻社与清华大学新闻与传播学院合作项目研究报告，课题组负责人为史安斌、王晓晖）